MARC LEVY

Zurück zu dir

Buch

Nach einigen Monaten in Paris kehrt Arthur nach San Francisco zurück. Sein bester Freund Paul freut sich und hat alles vorbereitet, damit er sich wohlfühlt. Denn die vergangenen vier Jahre waren für Arthur nicht einfach.

Lauren ist eine junge Assistenzärztin, die im Memorial Hospital in der Notaufnahme arbeitet. Sie steht kurz vor ihrer Doktorarbeit und ist von zahlreichen Menschen umgeben, die sie sehr schätzen, auf sie achten – und ihr jedoch nicht alles erzählen … Lauren lag eine Zeit lang im Koma. Sie hat aber kaum Erinnerungen an die Zeit davor und an das, was passierte, während sie schlief. Doch alles ändert sich, als eines Tages ein Mann in die Notaufnahme das Memorial Hospital gebracht wird. Lauren ist sich sicher, dass sie sich noch nie begegnet sind, doch er kommt ihr unheimlich bekannt vor. Und nach und nach wird aus Erinnerungen eine Geschichte – die Geschichte zweier Menschen, die schon immer füreinander bestimmt waren …

Autor

Marc Levy wurde 1961 in Frankreich geboren. Nach seinem Studium in Paris lebte er in San Francisco. Mit siebenunddreißig Jahren schrieb er für seinen Sohn seinen ersten Roman, *Solange du da bist,* der von Steven Spielberg verfilmt und auf Anhieb ein Welterfolg wurde. Seitdem wird Marc Levy in fünfundvierzig Sprachen übersetzt, und jeder Roman ist ein internationaler Bestseller. Marc Levy lebt zurzeit mit seiner Familie in New York.

Von dem Autor bereits erschienen:

Solange du da bist (37733), Am ersten Tag (37658), Die erste Nacht (37659), Wer Schatten küsst (38026), Sieben Tage für die Ewigkeit (38061), Wo bist du? (38166), Die zwei Leben der Alice Pendelbury (38028)

Marc Levy

Zurück zu dir

Roman

Aus dem Französischen von
Eliane Hagedorn und Bettina Runge

blanvalet

Die französische Originalausgabe erschien 2005 unter dem Titel
»Vous revoir« bei Robert Laffont, Paris

MIX
Papier aus verantwortungsvollen Quellen
FSC® C014496
FSC
www.fsc.org

Verlagsgruppe Random House FSC® N001967
Das FSC®-zertifizierte Papier *Holmen Book Cream*
für dieses Buch liefert Holmen Paper, Hallstavik, Schweden.

Besuchen Sie uns auch auf www.facebook.com/blanvalet und
www.twitter.com/BlanvaletVerlag.

1. Auflage
Deutsche Taschenbuchneuausgabe November 2015 bei Blanvalet, einem
Unternehmen der Verlagsgruppe Random House GmbH, München.

Umschlaggestaltung und -motiv: © www.buerosued.de
Redaktion: Gerhard Seidl
ED · Herstellung: sam
Satz: Buch-Werkstatt GmbH, Bad Aibling
Druck und Einband: GGP Media GmbH, Pößneck
Printed in Germany
ISBN: 978-3-7341-0254-7

www.blanvalet.de

Für meinen Sohn Louis.

»Gravitation is not responsible for people falling in love.« – Die Schwerkraft ist nicht dafür verantwortlich, dass Menschen sich verlieben.

Albert Einstein

Arthur bezahlte seine Rechnung an der Rezeption. Er hatte noch Zeit, ein wenig durchs Viertel zu schlendern. Der Hotelboy gab ihm einen Gepäckaufbewahrungsschein. Er ging über den Hof und lief die Rue des Beaux Arts entlang. Das frisch gereinigte Pflaster trocknete in den ersten Sonnenstrahlen.

In der Rue Bonaparte wurden bereits einige Geschäfte geöffnet. Arthur zögerte vor der Auslage eines Bäckers, setzte dann aber seinen Weg fort. Im Hintergrund zeichnete sich der weiße Kirchturm der Abtei Saint-Germain-des-Prés gegen den blauen Himmel ab. Er ging bis zum noch verlassenen Place Fürstenberg. Vor einem Schaufenster wurde ein Eisengitter hochgelassen. Arthur begrüßte die junge Floristin, die in ihrem weißen Kittel an eine Chemikerin erinnerte. Die fantasievollen Blumenarrangements, die sie mit ihm zusammengestellt hatte, hatten die kleine Dreizimmerwohnung geschmückt, die er noch bis vor zwei Tagen bewohnt hatte.

Die Blumenhändlerin erwiderte seinen Gruß, ohne zu wissen, dass sie ihn nicht wiedersehen würde.

Am Vortag hatte er seinen Schlüssel bei der Hausmeisterin abgegeben und somit Abschied genommen von vielen Monaten im Ausland und von dem extravagantesten Architekturprojekt seiner Karriere, einem französisch-amerikanischen Kulturzentrum.

Vielleicht würde er eines Tages in Begleitung der Frau zurückkommen, die seine Gedanken beschäftigte. Er würde ihr die Gassen dieses Viertels zeigen, das er so sehr liebte, und sie würden zusammen an der Seine entlangbummeln, wo er gerne spazieren ging, selbst an den hier so häufigen Regentagen.

Er setzte sich auf eine Bank, um den Brief zu schreiben, der ihm am Herzen lag. Als er fast fertig war, schob er ihn in den gefütterten Umschlag, schloss ihn, ohne ihn zuzukleben, und steckte ihn ein. Er sah auf die Uhr und machte sich auf den Rückweg zu seinem Hotel.

Das Taxi würde bald kommen, in drei Stunden ging sein Flugzeug.

Heute Abend wäre er nach der langen Abwesenheit, die er sich selbst auferlegt hatte, wieder in seiner Stadt.

Kapitel 1

Der Himmel über der Bucht von San Francisco war glühend rot. Durch das Rundfenster sah er die Golden Gate Bridge aus dem Nebel auftauchen. Über Tiburon neigte sich das Flugzeug auf die Seite, verlor langsam an Höhe, legte sich erneut in die Kurve und überflog die San Mateo Bridge. Von der Kabine aus hatte man den Eindruck, die Maschine würde auf die weiß schimmernden Salzfelder zugleiten.

Das Saab-Cabrio schlängelte sich zwischen zwei Lastwagen hindurch und schoss quer über drei Fahrspuren, ohne sich weiter um die Lichthupensignale der empörten Fahrer zu kümmern. Er verließ den Highway 101 und bog im letzten Augenblick in die Ausfahrt zum internationalen Flughafen von San Francisco ein. Vor der Zufahrt bremste Paul ab, um die Wegweiser zu lesen. Er fluchte, da er die richtige Abzweigung verpasst hatte, und setzte hundert Meter bis zur Parkplatzeinfahrt zurück.

Im Cockpit zeigte der Bordcomputer eine Höhe von zweitausend Fuß an. Die Landschaft hatte sich noch einmal verändert. Wolkenkratzer, einer moderner als der andere, zeichneten sich gegen den Abendhimmel ab. Die Landeklappen wurden ausgeschwenkt, sodass sich der Luftwiderstand der Tragflächen vergrößerte und das Tempo weiter gedrosselt werden konnte. Bald wäre das dumpfe Geräusch zu hören, wenn das Fahrgestell ausgefahren würde.

Auf der Anzeigetafel in der Ankunftshalle war der Flug AF 007 als »gelandet« aufgeführt. Von der Rolltreppe hetzte Paul über den Gang. In einer Kurve wäre er fast auf dem glatten Marmorboden ausgerutscht, hielt sich in letzter Sekunde am Arm eines entgegenkommenden Flugkapitäns fest und rannte auch schon weiter.

Der Airbus A340 der Air France bewegte sich schwerfällig über das Rollfeld und näherte seine eigenartige, eindrucksvolle Schnauze der großen Fensterfront des Terminals. Der Lärm der Turbinen erstarb in einem langen Pfeifen, und die Fluggastbrücke wurde herangefahren.

Hinter der Trennwand des internationalen Ankunftsterminals stützte Paul die Hände auf die Knie und rang nach Luft. Die automatischen Türen öffneten sich, und der Strom der Passagiere ergoss sich in die Halle.

Eine Hand erhob sich aus der Masse, und Paul bahnte sich einen Weg zu seinem besten Freund.

»Nun drück mich nicht tot«, sagte Arthur zu Paul, der ihn fest umarmte.

Die Verkäuferin des benachbarten Kiosks beobachtete sie gerührt.

»Lass es gut sein, das wird ja langsam peinlich«, beharrte Arthur.

»Du hast mir wirklich gefehlt«, erklärte Paul und zog ihn zu den Aufzügen.

Sein Freund musterte ihn belustigt. »Was soll denn dieses Hawaii-Hemd? Hältst du dich etwa für Magnum?«

Paul betrachtete sich im Spiegel der Fahrstuhlkabine,

verzog das Gesicht und schloss einen Knopf. »Ich habe der Umzugsfirma, die vorgestern die Kartons geliefert hat, deine neue Wohnung aufgeschlossen«, erklärte er. »Ich habe aufgeräumt, so gut ich konnte. Hast du ganz Paris aufgekauft, oder hast du noch zwei, drei Sachen in den Geschäften gelassen?«

»Danke, dass du dich darum gekümmert hast. Ist es eine schöne Wohnung?«

»Das wirst du gleich sehen, ich denke, sie wird dir gefallen, und sie ist nicht weit vom Büro entfernt.«

Seit Arthur den imposanten Bau des Kulturzentrums abgeschlossen hatte, war Paul nicht müde geworden, ihn zur Rückkehr nach San Francisco zu bewegen. Nichts hatte die Leere ausfüllen können, die Arthurs Abwesenheit hinterlassen hatte – er liebte ihn wie einen Bruder.

»Die Stadt hat sich nicht sehr verändert«, sagte Arthur.

»Wir haben zwei Wolkenkratzer zwischen der 14th und 17th Street gebaut, ein Hotel und Büros, und du findest, dass sich die Stadt nicht verändert hat?«

»Wie läuft es im Büro?«

»Von den Problemen mit den Pariser Kunden abgesehen, nicht schlecht. Maureen kommt in zwei Wochen aus dem Urlaub zurück, sie hat dir eine Notiz auf deinem Schreibtisch hinterlassen, sie freut sich wie ein Schneekönig, dich wiederzusehen.«

Während seines Parisaufenthalts hatten Arthur und seine Assistentin mehrmals täglich telefoniert, und sie hatte sich um seine laufenden Aufträge gekümmert.

Fast hätte Paul die Autobahnausfahrt verpasst und schnitt erneut quer über drei Spuren, um noch die Abzweigung zur 3rd Avenue zu erwischen. Ein Hupkonzert quittierte das gefährliche Manöver.

»Entschuldigung«, sagte er und warf einen Blick in den Rückspiegel.

»Keine Sorge, wenn du erst mal den Place de l'Étoile gesehen hast, macht dir nichts mehr Angst.«

»Was ist das?«

»Die größte Autoskooterbahn der Welt – und noch dazu umsonst!«

Arthur hatte ein Stoppschild an der Van Ness Avenue genutzt, um das elektrische Dach zu öffnen.

Das Verdeck fuhr mit einem grässlichen Quietschen zurück.

»Ich kann mich einfach nicht von diesem Wagen trennen, er hat zwar etwas Rheuma, fährt aber tadellos.«

Arthur öffnete die Seitenfenster und atmete die Meeresluft ein.

»Und, Paris?«, fragte Paul erwartungsvoll.

»Viele Pariser!«

»Und die Pariserinnen?«

»Immer noch sehr elegant!«

»Und du und die Pariserinnen? Hattest du ein paar Affären?«

Arthur zögerte kurz, ehe er antwortete: »Ich habe nicht wie ein Mönch gelebt, wenn du das meinst.«

»Nein, ich spreche von ernsthaften Sachen. Bist du verliebt?«

»Und du?«, gab Arthur zurück.

»Eingefleischter Junggeselle!«

Der Saab fuhr in nördliche Richtung und bog in die Pacific Street ein. An der Kreuzung Fillmore Street parkte Paul am Bordstein.

»Hier ist dein neues *home sweet home;* ich hoffe, es gefällt dir. Wenn nicht, können wir uns mit der Agentur arrangieren. Es ist nicht einfach, etwas für andere auszuwählen …«

Arthur unterbrach seinen Freund, es würde ihm gefallen, da wäre er ganz sicher.

Mit Koffern beladen, traten sie in die Halle des kleinen Gebäudes und fuhren mit dem Aufzug in den dritten Stock. Als sie an der Wohnung 3B vorbeikamen, erzählte Paul seinem Freund, er habe seine Nachbarin getroffen. »Eine Schönheit«, flüsterte er, während er den Schlüssel im Schloss der gegenüberliegenden Tür umdrehte.

Vom Wohnzimmerfenster aus hatte er einen herrlichen Blick auf die Dächer von Pacific Heights und den Sternenhimmel. Die Umzugsfirma hatte die Möbel aus Frankreich verteilt und den Architektentisch vor dem Fenster aufgestellt. Die Bücherkisten waren geleert worden, ihr Inhalt stand schon in den Regalen.

Arthur begann sogleich, einige Möbelstücke zu verrücken, schob das Sofa auf die der Fensterfront gegenüberliegende Seite und einen der beiden Sessel neben den kleinen Kamin.

»Wie ich sehe, bist du noch immer genauso pedantisch.«

»So ist es doch besser, oder?«

»Perfekt! – Und gefällt es dir?«

»Ich fühle mich zu Hause!«

»Nun bist du also in deine Stadt zurückgekehrt, in dein Viertel und mit etwas Glück auch in dein Leben!«

Paul führte ihn durch die Wohnung: Das Schlafzimmer war geräumig und mit einem großen Bett, zwei Nachtkästchen und einer Kommode eingerichtet. Ein Lichtstrahl drang durch das Fenster des angrenzenden Badezimmers. Arthur öffnete es sogleich und freute sich über den schönen Ausblick.

Es tat Paul leid, ihn an seinem Ankunftsabend allein lassen zu müssen, aber er hatte ein Arbeitsessen, das Büro bewarb sich um einen wichtigen Auftrag.

»Ich könnte dich begleiten«, schlug Arthur vor.

»So wie du aussiehst mit deinem Jetlag-Gesicht, ist es besser, du bleibst zu Hause! Ich komme morgen vorbei und hole dich zum Mittagessen ab.«

Paul schloss Arthur noch einmal in die Arme und versetzte ihm einen Rippenstoß, er war glücklich, dass sein Freund zurückgekehrt war. Als sie das Badezimmer verließen, wandte er sich um und machte eine ausladende Handbewegung.

»Ach, diese Wohnung hat noch etwas Wunderbares, was du gar nicht bemerkt hast.«

»Was denn?«, fragte Arthur.

»Es gibt keine Wandschränke.«

Im Zentrum von San Francisco bog ein grüner Triumph mit überhöhter Geschwindigkeit in die Potrero Avenue ein. John Mackenzie, der Parkwächter des Memorial Hospital, legte seine Zeitung beiseite. Er hatte das charakteristische Motorgeräusch der jungen Ärztin erkannt, sobald sie die

22th Street überquert hatte. Mit quietschenden Reifen hielt sie vor seinem Häuschen. Mackenzie stand auf und blickte auf die Kühlerhaube, die fast bis zur Windschutzscheibe unter der Schranke stand.

»Müssen Sie den Chef notoperieren, oder wollen Sie mich nur ärgern?«, fragte er kopfschüttelnd.

»Sie sollten mir dankbar sein, John, ein kleiner Adrenalinstoß tut Ihrem Herzen gut. Lassen Sie mich jetzt bitte rein?«

»Sie haben heute Abend keinen Dienst, ich habe Ihnen keinen Platz reserviert.«

»Ich habe ein neurochirurgisches Handbuch in meinem Fach vergessen, dauert nur ein paar Minuten.«

»Mit Ihrer Arbeit und diesem Flitzer werden Sie sich irgendwann noch umbringen, Frau Doktor. Die Nummer 27 hinten rechts ist frei.«

Lauren bedankte sich mit einem Lächeln und fuhr, sobald sich die Schranke gehoben hatte, erneut mit quietschenden Reifen an. Der Wind blies ihr das Haar aus dem Gesicht und entblößte eine alte Narbe.

Arthur saß allein in seinem Wohnzimmer und machte sich mit den Örtlichkeiten vertraut. Paul hatte eine kleine Stereoanlage im Bücherregal aufgestellt.

Er schaltete das Radio ein und begann, die letzten, in einer Ecke aufgestapelten Kartons auszupacken. Es läutete an der Tür, und er ging öffnen. Eine reizende alte Dame streckte ihm die Hand entgegen.

»Rose Morrison, ich bin Ihre Nachbarin.«

Arthur bat sie herein, doch sie lehnte ab.

»Ich hätte gern ein bisschen mit Ihnen geplaudert, aber ich habe heute Abend noch eine Menge zu tun. Also, damit wir uns gleich verstehen: kein Rap, kein Techno, eventuell etwas R&B, aber nur guten, und vielleicht Hip-Hop. Wenn Sie irgendetwas brauchen, klingeln Sie bei mir, aber lange genug, ich bin stocktaub!«

Und schon drehte sich Miss Morrison um und kehrte in ihre Wohnung zurück.

Arthur blieb eine Weile in der Tür stehen, bevor er sich wieder an die Arbeit machte.

Eine Stunde später erinnerte ihn sein knurrender Magen daran, dass er seit dem Flug nichts mehr gegessen hatte. Ohne große Hoffnung öffnete er den Kühlschrank und entdeckte zu seiner Überraschung eine Flasche Milch, ein Stück Butter, ein Päckchen Toastbrot und einen Beutel mit frischen Nudeln sowie einen Zettel, auf dem Paul ihm guten Appetit wünschte.

Die Notaufnahme war brechend voll. Auf Rolltragen, Rollstühlen, Sesseln, Bänken, überall saßen Verletzte. Hinter der Scheibe des Empfangs überflog Lauren die Liste der Neuaufnahmen. Kaum waren die Namen der schon behandelten Patienten auf der großen weißen Tafel ausgelöscht, kamen neue dazu.

»Habe ich etwa ein Erdbeben verpasst?«, erkundigte sie sich bei der Oberschwester.

»Dich schickt der Himmel, hier ist der Teufel los.«

»Das sehe ich! Was ist los?«

»Der Anhänger eines Lasters hat sich gelöst und seinen Weg im Schaufenster eines Supermarkts beendet. Dreiundzwanzig Verletzte, zehn davon schwer. Sieben sind in den Kabinen hinter mir, drei im CT, ich habe die Intensivstation angepiepst, um Verstärkung anzufordern«, fuhr Betty fort und reichte ihr einen Stapel Patientenkarten.

»Das kann ja ein gemütlicher Abend werden!«, sagte Lauren und zog ihren Kittel an.

Sie betrat den ersten Untersuchungsraum. Die junge Frau, die regungslos auf dem Bett lag, musste um die dreißig sein. Lauren überflog das Aufnahmeblatt. Aus ihrem linken Ohr rann ein feiner Blutfaden. Die Assistenzärztin griff nach der kleinen Stiftlampe, die an der Tasche ihres Kittels befestigt war, und hob die Lider der Patientin, doch die Pupillen reagierten nicht auf den Lichtstrahl. Sie betrachtete die bläulich verfärbten Fingerspitzen und ließ die Hand der jungen Frau vorsichtig sinken. Um ihr Gewissen zu beruhigen, legte sie ihr das Stethoskop auf die Brust und zog dann das Laken bis über den Kopf. Sie sah auf die Wanduhr, schrieb etwas auf die Patientenkarte und ging in die Nachbarkabine. Auf der Karte hatte sie die Sterbezeit mit zwanzig Uhr einundzwanzig vermerkt – die Stunde des Todes musste ebenso präzise registriert sein wie die der Geburt.

Arthur inspizierte jeden Winkel der Küche, sah in den Schubladen nach und schaltete dann die Herdplatte unter dem Topf mit siedendem Wasser aus. Er ging über den Flur, um bei der Nachbarin zu läuten. Da er keine Antwort bekam, wollte er gerade kehrtmachen, als sich die Tür öffnete.

»Das nennen Sie lange klingeln?«, fragte Miss Morrison.

»Ich wollte Sie nicht stören, hätten Sie vielleicht etwas Salz?«

Miss Morrison sah ihn scheinbar konsterniert an.

»Ich kann es kaum fassen, dass die Männer heutzutage noch so plumpe Annäherungsversuche machen!«

Arthur sah sie erschrocken an, und die alte Dame lachte von Herzen.

»Sie müssten Ihr Gesicht sehen! Kommen Sie herein, die Gewürze sind im Korb neben dem Spülbecken«, erklärte sie und deutete auf ihre Kochnische, die an das Wohnzimmer angrenzte. »Nehmen Sie sich, was Sie brauchen, ich bin sehr beschäftigt.«

Damit kehrte sie zu einem großen Sessel zurück, der vor dem Fernseher stand. Arthur ging hinter die Küchentheke und beobachtete belustigt Miss Morrisons weißen Haarschopf, der sich hinter der Rückenlehne bewegte.

»Also, mein Junge, Sie können bleiben oder gehen, Sie können machen, was Sie wollen, aber leise. In einer Minute wird Bruce Lee eine unglaubliche Kata hinlegen und dem kleinen Anführer der Triade, der mir langsam auf die Nerven geht, eine Abreibung verpassen.«

Die alte Dame machte ihm ein Zeichen, in dem anderen Sessel Platz zu nehmen, aber lautlos.

»Wenn die Szene zu Ende ist, holen Sie sich den Teller mit kaltem Fleisch aus dem Kühlschrank und sehen Sie sich das Ende des Films mit mir zusammen an, Sie werden es nicht bereuen! Außerdem ist es immer angenehmer, zu zweit zu Abend zu essen als allein.«

Der Mann, der auf dem Untersuchungstisch festgeschnallt war, litt unter mehreren Knochenbrüchen an den Beinen; wenn man sein bleiches Gesicht betrachtete, schien »leiden« das richtige Wort zu sein.

Lauren öffnete den Arzneimittelschrank und griff nach einer kleinen Glasampulle und einer Kanüle.

»Ich ertrage keine Spritzen«, wimmerte ihr Patient.

»Ihre beiden Beine sind gebrochen, und Sie haben Angst vor einem kleinen Pikser? Die Männer überraschen mich immer wieder!«

»Was injizieren Sie mir da?«

»Das älteste Schmerzmittel der Welt.«

»Ist das giftig?«

»Schmerzen lösen Stress, Tachykardie, Bluthochdruck aus und hinterlassen unauslöschbare mnemonische Spuren … Glauben Sie mir, das schadet Ihnen mehr als ein paar Milligramm Morphin.«

»Mnemonisch?«

»Was sind Sie von Beruf, Mister Kowack?«

»Automechaniker.«

»Ich schlage Ihnen einen Deal vor: Sie vertrauen mir, wenn es um Ihre Gesundheit geht. Wenn ich Ihnen hingegen eines Tages meinen alten Engländer, den Triumph, zur Reparatur bringe, können Sie damit machen, was Sie wollen.«

Lauren setzte die Nadel an und betätigte den Kolben der Spritze. Das flüssige Opiat, das in Francis Kowacks Vene drang, würde ihn von seinen Qualen befreien. Die opiumhaltige Flüssigkeit verteilte sich in seinem Blut, und sobald sie den Hirnstamm erreichte, blockierte sie die neurologische Meldung des Schmerzes. Lauren setzte sich auf einen kleinen Rollhocker, überwachte die Atmung ihres Patienten und wischte ihm den Schweiß von der Stirn. Er beruhigte sich.

»Man nennt dieses Mittel Morphin – in Anlehnung an Morpheus, den Gott des Traumes. Ruhen Sie sich jetzt aus. Sie haben großes Glück gehabt.«

Kowack hob die Augen zur Decke. »Ich war in aller Ruhe beim Einkaufen«, brummelte er. »Bei den Tiefkühltruhen wurde ich von einem Lastwagenanhänger erfasst, meine Beine sind zertrümmert … Was ist in Ihrem Beruf eigentlich die genaue Definition von Glück?«

»Dass Sie nicht in der Kabine nebenan liegen!«

Der Vorhang wurde zur Seite gezogen. Professor Fernstein sah sie mürrisch an.

»Ich habe geglaubt, Sie hätten dieses Wochenende frei?«

»Der Glaube ist Sache der Religion«, entgegnete Lauren schlagfertig. »Ich wollte eigentlich nur schnell vorbeischauen, aber wie Sie sehen, mangelt es nicht an Arbeit«, fügte sie hinzu und setzte ihre Untersuchung fort.

»In der Notaufnahme mangelt es selten an Arbeit. Aber wenn Sie mit Ihrer Gesundheit spielen, spielen Sie auch mit der unserer Patienten. Wie viele Stunden Dienst hatten Sie diese Woche? Aber ich weiß gar nicht, warum ich Ihnen diese Frage stelle, Sie werden mir ohnehin antworten, wenn man liebt, rechnet man nicht«, sagte Fernstein und verließ verärgert die Kabine.

»So ist es«, brummte Lauren und legte ihr Stethoskop auf den Brustkorb des Automechanikers, der sie verschreckt ansah. »Keine Sorge, ich bin in Hochform, und er kritisiert mich immer.«

Dann trat Betty ein. »Ich kümmere mich um ihn, du wirst nebenan gebraucht«, sagte sie.

Lauren stand auf und bat Betty, ihre Mutter anzurufen. Sie würde die Nacht über hierbleiben und brauchte jemanden, der sich um ihren Hund Kali kümmerte.

Miss Morrison spülte die Teller ab, Arthur war auf dem Sofa eingenickt.

»Ich glaube, es ist Zeit, dass Sie schlafen gehen«, sagte sie.

»Das glaube ich auch«, erwiderte Arthur und streckte sich. »Danke für den Abend.«

»Willkommen in der Pacific Street Nummer 212. Ich bin ein guter Mensch, aber oft zu diskret, wenn Sie also irgendetwas brauchen, können Sie immer bei mir klingeln.«

Beim Hinausgehen bemerkte Arthur einen kleinen schwarz-weißen Hund, der unter dem Tisch lag.

»Das ist Pablo«, erklärte Miss Morrison. »Wenn man ihn so sieht, könnte man glauben, er wäre tot, aber er geht nur seiner Lieblingsbeschäftigung nach: dem Schlafen. Übrigens ist es Zeit, dass ich mit ihm Gassi gehe.«

»Soll ich das übernehmen?«

»Gehen Sie lieber ins Bett. Ich fürchte, in dem Zustand, in dem Sie sind, finde ich Sie beide morgen früh schlafend unter einem Baum vor.«

Arthur verabschiedete sich und ging in seine Wohnung. Er wollte eigentlich noch etwas aufräumen, aber die Müdigkeit war stärker.

Als er, die Hände hinter dem Kopf verschränkt, auf dem Bett lag, sah er durch die angelehnte Tür. Die Kartons, die im Wohnzimmer aufgestapelt waren, riefen Erinnerungen an eine andere Nacht wach, in der er im letzten Stock eines viktorianischen Hauses unweit von hier eingezogen war.

Es war nach zwei Uhr nachts, und die Oberschwester suchte Lauren. In der Notaufnahme war es endlich leer geworden. Betty nutzte die Gelegenheit, um die Medikamentenschränke in den Untersuchungskabinen aufzufüllen. Sie ging den Gang entlang und zog den Vorhang der letzten Kabine zurück. Auf dem Bett zusammengerollt schlief Lauren den Schlaf der Gerechten. Betty schloss den Vorhang wieder und ging kopfschüttelnd davon.

Kapitel 2

Arthur wachte gegen Mittag auf. Das warme Sonnenlicht schien durch das Wohnzimmerfenster. Er machte sich ein notdürftiges Frühstück und rief Paul auf seinem Handy an.

»Hallo Baloo«, sagte sein Freund, »wie ich sehe, hast du einmal rund um die Uhr geschlafen.«

Paul schlug ihm vor, gemeinsam mittagessen zu gehen. Aber Arthur hatte einen anderen Plan.

»Soll das heißen, ich habe die Wahl, dich zu Fuß nach Carmel gehen zu lassen oder dich hinzufahren?«

»Weder noch! Ich möchte, dass wir den Ford aus der Werkstatt deines Stiefvaters abholen und dann zusammen hinfahren.«

»Dein Auto steht seit einer Ewigkeit dort, willst du das Wochenende auf der Autobahn mit Warten auf einen Abschleppwagen verbringen?«

Arthur erklärte, der Kombi hätte schon öfter lange Ruhepausen erlebt. Außerdem kenne er die Leidenschaft von Pauls Stiefvater für alte Autos, er habe es sicherlich gepflegt. »Mein alter Ford aus den Sechzigerjahren ist besser in Schuss als dein vorsintflutliches Cabriolet«, sagte er.

Paul sah auf die Uhr, ihm blieben nur noch wenige Minuten, um in der Werkstatt anzurufen. Wenn nichts dazwischenkäme, könnte Arthur direkt dorthin kommen.

Um drei Uhr trafen sich die beiden Freunde vor der Werkstatt. Paul schloss die Tür auf und trat als Erster ein. Inmitten der zu reparierenden Polizeiwagen glaubte Arthur, einen alten Krankenwagen wiederzuerkennen, der unter einer Plane ruhte. Der Kühler des Modells schien altertümlich. Er ging um das Gefährt herum, zögerte kurz und öffnete schließlich die Hecktüren. Die verstaubte Trage weckte so viele Erinnerungen, dass Paul die Stimme heben musste, um Arthur aus seinen Träumereien zu reißen.

»Vergiss die Karosse und komm her, Cinderella, wir müssen drei Autos wegfahren, um den Ford rauszuholen. Wenn wir schon nach Carmel wollen, dann sollten wir wenigstens den Sonnenuntergang miterleben.«

Arthur zog die Plane über den Krankenwagen, strich über den Kühler und murmelte: »Auf Wiedersehen, Daisy.«

Nachdem er das Gaspedal zweimal durchgetreten und der Motor kurz gestottert hatte, sprang der Wagen an. Arthur machte einige Manöver unter Pauls Anleitung, dann verließ der Kombi die Werkstatt und fuhr in nördliche Richtung, um den State Highway 1 zu erreichen, der am Pazifik entlangführte.

»Denkst du immer noch an sie?«, fragte Paul.

Statt zu antworten, öffnete Arthur das Fenster, und ein warmer Wind blies in den Wagen.

Paul klopfte auf den Rückspiegel, als wolle er ein Mikrofon testen. »Eins, zwei, drei, ah, es funktioniert, ich versuche es noch einmal … Denkst du noch an sie?«

»Kommt vor.«

»Oft?«

»Ein wenig am Morgen, ein wenig am Mittag, ein wenig am Abend, ein wenig in der Nacht.«

»Du bist nach Frankreich gegangen, um die Sache zu vergessen – das scheint ja ein Erfolg gewesen zu sein! Und denkst du auch noch am Wochenende an sie?«

»Ich habe nicht gesagt, dass ich darüber das Leben vergesse. Du wolltest wissen, ob ich an sie denke, und ich habe dir geantwortet, das ist alles. Um dich zu beruhigen, ich habe ein paar Abenteuer gehabt, und jetzt lass uns das Thema wechseln, ich habe keine Lust, darüber zu reden.«

Sie fuhren in die Richtung der Bucht von Monterey. Paul ließ den Blick über das Ufer gleiten, das draußen vorbeizog. Während der folgenden Kilometer sprachen die beiden kein Wort.

»Ich hoffe, du planst nicht, sie wiederzusehen«, sagte Paul schließlich.

Arthur antwortete nicht, und erneut herrschte Schweigen.

Die Strände, an denen die Asphaltstraße entlangführte, wechselten jetzt mit Sumpfgebieten ab. Paul schaltete das Radio aus, das jedes Mal knisterte, wenn sie zwischen zwei Hügeln hindurchfuhren.

»Gib Gas, sonst verpassen wir den Sonnenuntergang!«

»Wir haben noch zwei Stunden – und überhaupt, seit wann hast du romantische Anwandlungen?«

»Das Abendlicht über dem Meer ist mir völlig egal, was mich interessiert, sind die Mädchen am Strand!«

Die Strahlen der untergehenden Sonne drangen durch das kleine Regal, das vor dem Eckfenster im Wohnzimmer stand. Lauren hatte einen guten Teil des Nachmittags verschlafen. Sie sah auf die Uhr und ging ins Bad, spritzte sich Wasser ins Gesicht, öffnete den Wandschrank und zögerte beim Anblick ihrer Jogginghose. Wenn sie ihren Nachtdienst pünktlich antreten wollte, hatte sie kaum noch Zeit, an der Marina zu laufen, aber sie brauchte frische Luft.

Sie schlüpfte in ihr Sportzeug – dann gab es eben kein Abendessen; ihre Arbeitszeiten waren wirklich absurd, sie würde sich unterwegs eine Kleinigkeit zu essen kaufen. Sie drückte auf die Abhörtaste des Anrufbeantworters. Ihr Freund erinnerte sie daran, dass sie heute Abend zusammen in die Vorführung seines neuen Dokumentarfilms gehen wollten. Sie löschte die Nachricht, noch ehe sie Ort und Zeit des Treffens gehört hatte.

Der alte Ford hatte den State Highway 1 seit einer guten Viertelstunde verlassen. In der Ferne war auf einem Hügel die Umzäunung des Anwesens zu erkennen. In der Kurve bog Arthur Richtung Carmel ab.

»Wir haben Zeit genug, lass uns zuerst das Gepäck ausladen«, schlug Paul vor.

Doch Arthur wollte nicht umkehren, er hatte etwas anderes vor.

»Ich hätte Wäscheklammern kaufen sollen«, fuhr Paul fort. »Wenn wir es schaffen, uns einen Weg durch die Spinnweben zu bahnen, wird es ganz schön modrig in dem Haus riechen.«

»Manchmal frage ich mich, ob du nie erwachsen wirst. Es wird regelmäßig unterhalten, sogar die Betten sind frisch bezogen. Stell dir vor, in Frankreich gibt es Telefon, Fax,

Computer, Internet und sogar Fernsehen. Dass die Franzosen noch immer kein fließendes Wasser haben, erzählt man sich nur noch in der Cafeteria des Weißen Hauses!«

Er bog in einen Weg ein, der den Hügel hinaufführte, und hielt vor dem schmiedeeisernen Gitter eines Friedhofs.

Sobald Arthur ausgestiegen war, setzte sich Paul ans Steuer.

»Sag mal, in diesem magischen Haus, das sich in deiner Abwesenheit allein unterhält, sprechen sich doch nicht etwa auch Backofen und Kühlschrank ab, um uns ein Abendessen zu bereiten?«

»Nein, in dieser Hinsicht ist nichts vorgesehen.«

»Also muss ich etwas einkaufen, solange die Geschäfte noch geöffnet sind. Ich bin gleich zurück«, sagte Paul vergnügt. »Außerdem will ich dich einen Moment mit deiner Mom allein lassen.«

In zwei Kilometern Entfernung gab es einen Gemischtwarenladen, und Paul versprach, schnell zurückzukommen.

Arthur sah dem Wagen nach, der sich in einer Staubwolke entfernte. Dann wandte er sich um und ging durch das Tor. Das Licht war sanft, und Lilis Seele schien, wie so oft seit ihrem Tod, bei ihm zu sein. Am Ende des Wegs stand der von der Sonne gebleichte Grabstein. Arthur schloss die Augen, der Garten duftete nach wilder Minze. Leise begann er zu sprechen …

Ich erinnere mich an einen Tag im Rosengarten. Ich saß auf dem Boden und spielte, ich war sechs, vielleicht sieben. Es war kurz vor unserem letzten Jahr. Du kamst aus der Küche, um dich auf die Veranda zu setzen. Ich hatte dich nicht gesehen. Antoine war zum Meer gegangen, und ich nutzte die Gelegenheit, um mit verbotenen Dingen zu spielen. Ich schnitt die Rosen mit seiner Rosenschere zurück, die viel zu groß für meine kleine Hand war. Du hast dich aus der Schaukel erhoben und bist die Treppe heruntergekommen, um mich vor einer drohenden Verletzung zu bewahren.

Als ich deine Schritte hörte, glaubte ich, du würdest schimpfen, weil ich das Vertrauen missbraucht hatte, das du mir entgegenbrachtest. Ich dachte, du würdest mir das Werkzeug wegnehmen wie eine Medaille, derer man nicht würdig ist. Doch du tatest nichts dergleichen, du setztest dich zu mir und sahst mir zu. Dann nahmst du meine Hand, um sie an dem Stiel entlangzuführen. Mit deiner sanften Stimme erklärtest du mir, man müsse immer oberhalb des Auges schneiden, sonst würde man die Rose verletzen, und ein Mensch dürfe nie eine Rose verletzen. Doch wer achtet auf das, was die Menschen verletzt?

Unsere Blicke trafen sich. Du legtest den Finger unter mein Kinn und fragtest mich, ob ich mich einsam fühlte. Mit aller Kraft, die man braucht, um eine Lüge zu verbergen, schüttelte ich den Kopf. Du konntest mir nicht immer über den Altersunterschied hinweg folgen, den ich auf meine kindliche Art mit Leben erfüllte. Mom, glaubst du an ein Schicksal, das uns dazu treibt, das Verhalten unserer Eltern zu wiederholen?

Ich erinnere mich an die Worte des letzten Briefs, den du mir hinterlassen hast. Auch ich habe verzichtet, Mom.

Ich konnte mir nicht vorstellen, dass man so sehr lieben kann, wie ich sie geliebt habe. Ich habe an sie geglaubt, wie man an einen Traum glaubt. Als er verschwand, bin ich mit ihm verschwunden. Ich glaubte, mutig und selbstlos zu handeln, aber ich hätte mich auch weigern können, auf die zu hören, die mir befahlen, sie nicht wiederzusehen. Aus dem Koma aufzuwachen, ist eine Art Wiedergeburt. Lauren brauchte ihre Familie um sich herum. Und die bestand nur aus ihrer Mutter und ihrem früheren Freund, mit dem sie die Beziehung wieder aufgenommen hat. Was bin ich anderes für sie als ein Unbekannter? Auf keinen Fall aber der, der ihr eröffnen wird, dass ihre Nächsten sie sterben lassen wollten! Ich hatte nicht das Recht, das fragile Gleichgewicht zu zerstören, das sie so sehr brauchte.

Ihre Mutter flehte mich an, ihr nicht zu sagen, dass auch sie aufgegeben hatte. Der Neurochirurg schwor mir, das könne einen Schock auslösen, von dem sie sich niemals erholen würde. Und ihr Freund, der wieder seinen Platz in ihrem Leben eingenommen hatte, war die endgültige Barriere zwischen ihr und mir.

Ich weiß, was du denkst. Die Wahrheit liegt anderswo, die Angst ist mannigfaltig. Ich habe Zeit gebraucht, um mir einzugestehen, dass ich Angst hatte, sie nicht bis zum Ende meiner Träume mitziehen zu können, Angst, sie nicht realisieren zu können, Angst, der Sache nicht gewachsen zu sein, Angst, letztlich nicht der Mann zu sein, den sie erwartete, Angst, mir eingestehen zu müssen, dass sie mich vergessen hatte.

Ich habe tausendmal daran gedacht, zu ihr zu gehen, aber auch da hatte ich Angst, dass sie mir nicht glauben würde, Angst, das gemeinsame Lachen nicht wiederzufinden, Angst, sie könnte nicht mehr die sein, die ich geliebt habe, und vor allem Angst, sie noch einmal zu verlieren, dazu hätte ich nicht die Kraft. Doch wenn man liebt, hat man nicht den nötigen Abstand. Ich brauchte nur einer Frau auf der Straße zu begegnen, die ihr ähnelte, und schon sah ich sie vor mir gehen, ich brauchte nur ihren Namen auf ein Blatt Papier zu schreiben, und schon stand sie vor mir, ich brauchte nur die Augen zu schließen, um die ihren zu sehen, mich in die Stille zurückzuziehen, um ihre Stimme zu hören. Und darüber habe ich das schönste Projekt meiner Karriere verpatzt. Ich habe ein Kulturzentrum gebaut, dessen Fassade gefliest ist, man könnte meinen, ein Krankenhaus!

Indem ich nach Frankreich gefahren bin, bin ich auch vor meiner eigenen Feigheit geflohen. Ich habe verzichtet, Mom, und wenn du wüsstest, wie sehr ich mir das vorwerfe. Ich lebe im Widerspruch zwischen der Hoffnung, dass das Leben uns wieder zusammenführt, und weiß doch nicht, ob ich es wagen werde, mit ihr zu sprechen. Jetzt muss ich vorankommen, ich weiß, dass du verstehst, was ich mit deinem Haus vorhabe, und dass du es mir nicht übel nimmst. Aber mach dir keine Sorgen, Mom, ich habe nicht vergessen, dass die Einsamkeit ein Garten ist, in dem nichts wächst. Selbst wenn ich heute ohne sie lebe, bin ich nie allein, weil es sie irgendwo gibt.

Arthur strich über den weißen Marmor und setzte sich auf den von der Sonne noch warmen Stein. An der Mauer um Lilis Grab wuchs eine Weinrebe. Jedes Jahr trug sie einige Trauben, die die Vögel von Carmel wegpickten.

Arthur hörte den Kies knirschen, drehte sich um und sah Paul, der sich vor einen benachbarten Grabstein hockte. Auch sein Freund begann, in vertraulichem Ton zu sprechen.

»Das ist ja kein besonders schöner Anblick, Mrs. Tarmachow! Ihr Grab ist in einem Zustand, eine wahre Schande! Es ist schon lange her, aber wissen Sie, ich kann nichts dafür. Wegen einer Frau, deren Phantombild er sieht, hat dieser Idiot beschlossen, seinen besten Freund im Stich zu lassen. Aber es ist nie zu spät, ich habe alles Nötige mitgebracht.«

Paul holte eine Bürste, flüssige Seife und eine Flasche Wasser aus einer Tüte des Gemischtwarenladens und begann, energisch den Stein zu scheuern.

»Darf ich fragen, was du da machst?«, erkundigte sich Arthur. »Kennst du diese Mrs. Tarmachow?«

»Sie ist 1906 gestorben!«

»Paul, kannst du nicht zwei Sekunden mit deinem Blödsinn aufhören? Dies ist ein Ort des stillen Gedenkens.«

»Nun, ich gedenke, indem ich scheure.«

»Am Grab einer Unbekannten?«

»Aber sie ist keine Unbekannte«, sagte Paul und erhob sich. »Du hast mich so oft gezwungen, dich auf den Friedhof zu begleiten, um deine Mutter zu besuchen, da wirst du mir doch jetzt keine Eifersuchtsszene machen, nur weil ich ein wenig mit der Nachbarin plaudere!«

Paul spülte den Stein ab, der nun wieder weiß war, und betrachtete zufrieden sein Werk. Arthur sah ihn fassungslos an und erhob sich ebenfalls.

»Gib mir die Autoschlüssel!«

»Auf Wiedersehen, Mrs. Tarmachow«, sagte Paul. »Machen Sie sich keine Sorgen, so wie er drauf ist, sehen wir uns vor Weihnachten bestimmt noch zweimal. Aber jetzt sind Sie wenigstens bis zum Herbst sauber.«

Arthur nahm seinen Freund am Arm. »Ich hatte ihr etwas Wichtiges zu sagen.«

Paul zog ihn auf den Weg, der zu dem großen schmiedeeisernen Tor führte. »Komm jetzt, ich habe eine Rinderlende gekauft, die wird dich umhauen.«

Unterwegs harkte ein Gärtner den Kies. Arthur und Paul gingen zu dem weiter unten geparkten Wagen. Paul sah auf die Uhr, bald würde die Sonne am Horizont versinken.

»Fährst du oder soll ich?«

»Moms alten Ford? Machst du Witze? Das vorhin war eine Ausnahme«, sagte Arthur.

Der Wagen entfernte sich auf der Straße, die den Hügel hinabführte.

»Ich will deinen alten Ford gar nicht.«

»Warum fragst du dann jedes Mal?«

»Ach, halt doch den Mund.«

»Willst du die Rinderlende heute Abend im Kamin grillen?«

»Nein, ich dachte eher, sie in der Bibliothek zu braten!«

»Und wenn wir nach dem Strand am Hafen Langusten essen würden?«, schlug Arthur vor.

Der Horizont nahm bereits eine blassrosa Färbung an, wie Seidenbänder, die den Himmel mit dem Meer verbanden.

Lauren war gejoggt, bis sie außer Atem war. Jetzt ruhte sie sich auf einer Bank in dem kleinen Jachthafen aus und aß ein Sandwich. Die Masten der Segelschiffe wiegten sich sanft in der Brise. Die Hände in den Taschen, tauchte Robert auf der Hafenpromenade auf.

»Ich wusste, dass ich dich hier finden würde.«

»Hast du telepathische Fähigkeiten, oder lässt du mich überwachen?«

»Dazu braucht man kein Hellseher zu sein«, sagte Robert und setzte sich neben sie. »Ich kenne dich. Wenn du nicht im Krankenhaus oder in deinem Bett bist, dann joggst du.«

»Ich muss meinen Frust loswerden!«

»Willst du mich auch loswerden? Du hast meine Anrufe nicht beantwortet.«

»Robert, ich habe nicht die geringste Lust, dieses Gespräch wieder aufzunehmen. Meine Assistenzzeit ist im Herbst zu Ende, und ich habe noch viel Arbeit vor mir, wenn ich meine Prüfung als Fachärztin bestehen will.«

»Du interessierst dich nur für deine Arbeit. Seit deinem Unfall hat sich alles verändert.«

Lauren warf den Rest ihres Sandwichs in den Papierkorb und erhob sich, um ihre Schnürsenkel zuzubinden.

»Ich muss mich abreagieren, du bist mir doch nicht böse, wenn ich weiterlaufe?«

»Komm«, sagte Robert und ergriff ihre Hand.

»Wohin?«

»Und wenn du dich ausnahmsweise mal führen lassen würdest?«

Er stand auf, legte den Arm um sie und zog sie zum Parkplatz. Kurz darauf fuhr der Wagen in Richtung Pacific Hights.

Die beiden Freunde hatten sich am Ende des Piers niedergelassen. Die Wellen glänzten wie Öl, der Himmel war jetzt feuerrot.

»Es mag mich ja nichts angehen, aber falls du es nicht bemerkt haben solltest – die Sonne geht auf der anderen Seite unter«, sagte Arthur zu Paul, der sich zum Strand umgedreht hatte.

»Und wie es dich was angeht! Deine Sonne ist höchstwahrscheinlich auch morgen früh da, was bei den beiden Mädchen da hinten wesentlich weniger sicher ist.«

Arthur betrachtete die beiden jungen Frauen, die im Sand saßen und lachten.

Ein Windstoß blies durch das Haar der einen, die andere hielt schützend die Hand vor die Augen.

»Wirklich eine gute Idee, deine Langusten«, rief Paul aus und klopfte Arthur auf die Schulter. »Ich esse sowieso zu viel Fleisch, etwas Fisch wird mir guttun.«

Die ersten Sterne leuchteten am Himmel über der Bucht von Monterey auf. Am Strand saßen noch einige Pärchen, die diesen Augenblick der Ruhe genossen.

»Es sind Krustentiere«, korrigierte Arthur, als sie den Pier verließen.

»Was für Angeber, diese Langusten! Mir haben sie was ganz anderes erzählt. Also, die linke ist ganz dein Typ, sie sieht ein wenig wie Lady Casper aus, ich nehme die rechte«, fügte Paul hinzu und entfernte sich.

»Hast du deinen Schlüssel?«, fragte Robert und wühlte in seinen Taschen, »ich habe meinen im Büro gelassen.«

Sie betrat die Wohnung als Erste. Sie hatte Lust, sich

frisch zu machen, und ließ Robert im Wohnzimmer zurück. Er saß auf dem Sofa und hörte das Wasser der Dusche laufen.

Leise öffnete er die Schlafzimmertür. Er warf seine Kleider auf das Bett und schlich ins Bad. Der Spiegel war vom Wasserdampf beschlagen. Er zog den Vorhang zurück und trat in die Duschkabine.

»Soll ich dir den Rücken waschen?«

Lauren antwortete nicht und lehnte sich an die gekachelte Wand. Robert legte die Hände auf ihren Nacken und begann, ihre Schultern zu massieren, ehe er sie zärtlich umarmte. Lauren senkte den Kopf und gab sich seinen Liebkosungen hin.

Der Oberkellner hatte sie zu einem Tisch an der verglasten Fensterfront geführt. Onega lachte über Pauls Erzählungen. Seine Zeit mit Arthur im Internat, die Jahre an der Uni, die Anfänge des Architekturbüros, das sie gemeinsam gegründet hatten … Mit dieser Geschichte unterhielt er ihre Gäste während des Essens. Als der Kellner die riesigen Langusten brachte, leuchteten Pauls Augen auf.

»Sie wirken so abwesend«, flüsterte Mathilde, um Pauls Erzählung nicht zu unterbrechen.

»Sie können ruhig lauter sprechen, er hört uns sowieso nicht! Stimmt, tut mir leid, ich bin mit den Gedanken woanders, aber ich habe gerade eine lange Reise hinter mir, und die Geschichte kenne ich auswendig, ich war schließlich dabei!«

»Und Ihr Freund erzählt sie jedes Mal, wenn Sie Frauen zum Abendessen einladen?«, scherzte Mathilde.

»Mit einigen Varianten und indem er oft meine Rolle ausschmückt, ja«, antwortete Arthur.

Mathilde sah ihn lange an. »Sie vermissen jemanden, stimmt's? Das steht in ihren Augen geschrieben«, sagte sie dann.

»Es ist nur die Umgebung, die Erinnerungen wachruft.«

»Ich habe sechs Wochen gebraucht, um mich von meiner letzten Trennung zu erholen. Man sagt, um von einer Liebesgeschichte geheilt zu werden, braucht man die halbe Zeit ihrer Dauer. Dann, eines Morgens, wacht man auf, und die Last der Vergangenheit ist wie durch Zauberhand verschwunden. Sie können sich nicht vorstellen, wie leicht man sich dann fühlt. Ich für meinen Teil bin frei wie der Wind.«

Arthur drehte Mathildes Hand um, als wolle er die Linien auf der Innenseite lesen. »Sie haben großes Glück«, sagte er.

»Und wie lange dauert ihr Genesungsprozess schon an?«

»Einige Jahre!«

»Waren Sie so lange zusammen?«

»Vier Monate.«

Mathilde Berkane senkte den Blick und nahm ihre Languste in Angriff.

Robert lag auf dem Bett und reckte sich zur Seite, um seine Jeans zu fassen zu bekommen.

»Was suchst du?«, fragte Lauren, die sich mit einem Handtuch die Haare trocknete.

»Mein Päckchen.«

»Du willst doch wohl nicht hier rauchen?«

»Kaugummi!«, sagte Robert und zeigte ihr die kleine Schachtel, die er aus der Tasche gezogen hatte.

»Bitte wickle es in Papier, wenn du es wegwirfst, das ist wirklich ekelhaft für die anderen.«

Sie schlüpfte in eine Hose und einen blauen Kittel mit dem Emblem des San Francisco Memorial Hospital.

»Schon komisch«, fuhr Robert fort, die Hände hinter dem Kopf verschränkt, »in deinem Krankenhaus bist du nur mit grässlichen Dingen konfrontiert, und meine Kaugummis widern dich an.«

Lauren zupfte den Kittelkragen vor dem Spiegel zurecht. Bei dem Gedanken an ihre Arbeit und an die Atmosphäre in der Notaufnahme kehrte ihre gute Laune zurück. Sie griff nach ihrem Schlüsselbund und verließ das Schlafzimmer. Auf dem Flur blieb sie stehen und kehrte um. Sie sah Robert an, der nackt auf dem Bett lag.

»Mach kein Gesicht wie ein begossener Pudel. Im Grunde genommen wolltest du doch nur zu deiner Premiere heute Abend eine Frau an deiner Seite haben. Du bist wirklich egozentrisch … und ich habe Dienst!«

Sie schloss die Wohnungstür und ging zum Parkplatz hinunter. Kurz darauf fuhr ihr Triumph durch die laue Nacht. In der Green Street flackerten die Straßenlaternen eine nach der anderen auf, als wollten sie Lauren begrüßen. Bei dieser Vorstellung musste sie lächeln.

Kapitel 3

Der alte Ford fuhr im rötlichen Mondlicht, das über der Monterey Bay lag, den Hügel hinauf. Seit sie die beiden jungen Frauen in ihrem kleinen Hotel abgesetzt hatten, hatte Paul den Mund nicht aufgemacht. Arthur schaltete das Radio aus und hielt in der kleinen Parkbucht am Rande des Felsens. Er stellte den Motor aus und legte das Kinn auf das Bakelitlenkrad. Weiter unten zeichnete sich der Schatten des Hauses ab. Er öffnete das Fenster, und der Duft nach wilder Minze, der über die Hügel trieb, erfüllte den Wagen.

»Warum ziehst du so ein Gesicht?«, fragte Arthur.

»Hältst du mich für blöd?« Paul schlug mit der Hand auf das Armaturenbrett. »Und willst du das Auto auch loswerden? Willst du alle Erinnerungen über Bord werfen?«

»Ich weiß gar nicht, wovon du sprichst.«

»Ich habe dein Theater durchschaut: ›Lass uns zuerst zum Friedhof fahren und dann an den Strand, lass uns lieber Langusten essen …‹ Glaubst du, nachts würde ich das Schild ›zu verkaufen‹, das an deinem Zaun hängt, nicht sehen? Wann hast du diesen Entschluss gefasst?«

»Vor ein paar Wochen, aber ich habe noch kein ernsthaftes Angebot bekommen.«

»Ich habe dir gesagt, du sollst ein neues Kapitel anfangen, was diese Frau angeht, und nicht mit deiner ganzen

Vergangenheit Schluss machen. Wenn du dich von Lilis Haus trennst, wirst du es bereuen. Irgendwann trittst du an diesen Zaun und läutest am Tor; Fremde werden dir dein eigenes Haus zeigen, und wenn sie dich zur Tür dessen begleiten, was deine Kindheit war, wirst du dich sehr, sehr allein fühlen.«

Arthur ließ den Ford wieder an. Das grüne Tor stand offen, und der Kombi fuhr unter das Schilfdach, das als Garage diente.

»Du bist störrischer als ein Maultier!«, schimpfte Paul und stieg aus.

»Kennst du dich mit Maultieren aus?«

Der Himmel war wolkenlos. Im hellen Mondlicht zeichnete sich die Umgebung deutlich ab. Sie gingen die kleine Steintreppe neben dem Pfad hinauf. Auf halbem Weg machte Arthur zu seiner Rechten die Reste des Rosengartens aus. Er wurde schon lange nicht mehr unterhalten, doch seine unterschiedlichen Düfte riefen bei jedem Schritt Erinnerungen wach.

Das Haus war in demselben Zustand, in dem er es an seinem letzten gemeinsamen Morgen mit Lauren zurückgelassen hatte. Die Fassade mit den geschlossenen Fensterläden war noch etwas mehr verwittert, aber die Dachziegel waren unbeschädigt.

Paul stieg die Stufen bis zur Veranda hinauf und rief Arthur zu: »Hast du den Schlüssel?«

»Er ist in der Agentur. Warte, ich habe drinnen ein Doppel.«

»Und gehst du durch die Mauern, um es zu holen?«

Arthur antwortete nicht. Er lief zum Eckfenster und zog

einen kleinen Holzkeil unter dem Fensterladen weg, der sich quietschend öffnete. Dann hob er das Fenster leicht an, zog es ein wenig vor und drückte es in den Schienen nach oben. So konnte er ungehindert ins Haus steigen.

In dem kleinen Arbeitszimmer war es völlig dunkel, doch Arthur brauchte kein Licht, um sich zurechtzufinden. Seine Kindheitserinnerungen waren intakt, und er kannte jeden Winkel. Aus Angst, das Bett zu sehen, vermied er es, sich umzudrehen; er ging direkt zum Wandschrank, öffnete die Tür und kniete sich hin. Er brauchte nur die Hand auszustrecken, und schon spürte er das Leder des kleinen schwarzen Köfferchens, das Lilis Geheimnisse verwahrte. Er schob die beiden Schlösser zur Seite und hob vorsichtig den Deckel. Der Duft der beiden Essenzen, die Lili in einem großen gelben Kristallflakon mit einem mattsilbernen Stöpsel mischte, stieg auf.

Doch dies war nicht die einzige Erinnerung an seine Mutter.

Arthur nahm den langen Schlüssel, der noch dort lag, wo er ihn gelassen hatte, als er das Haus das letzte Mal abgesperrt hatte. Das war gewesen, nachdem der Inspektor Lauren in ihr Krankenhauszimmer zurückgebracht hatte, von wo Arthur und Paul sie entführt hatten, um sie vor dem vorprogrammierten Tod zu retten.

Arthur verließ das kleine Arbeitszimmer. Als er auf dem Flur stand, schaltete er das Licht an. Das Parkett knarrte unter seinen Füßen; er schob den Schlüssel ins Schloss und sperrte auf.

»Magnum und MacGyver in einem Haus, stell dir bloß vor!«

Sobald sie in der Küche waren, drehte Arthur den Hahn der Gasflasche unter dem Spülbecken auf und nahm an dem großen Holztisch Platz. Paul stand am Herd und überwachte die italienische Espressokanne, die auf dem Feuer blubberte. Schon erfüllte ein köstliches Aroma den Raum. Paul holte zwei Tassen von dem braunen Holzregal und nahm seinem Freund gegenüber Platz.

»Behalt das Haus und schlag dir diese Frau aus dem Kopf. Sie hat schon genügend Schaden angerichtet.«

»Fang nicht schon wieder damit an!«

»Nicht ich war es, der mit einer Leichenbittermiene dasaß, während wir mit zwei herrlichen Geschöpfen zu Abend gegessen haben«, fuhr Paul fort und schenkte den kochend heißen Kaffee ein.

»Deine Träume sind nicht meine!«

»Es ist an der Zeit, etwas Ordnung in dein Leben zu bringen«, sagte Paul aufgebracht. »Du hast eine neue Wohnung, einen Beruf, der dich begeistert, einen genialen Partner, und die Mädchen, die ich aufreiße, sehen mich an und beten, dass du derjenige bist, der sie anruft.«

»Sprichst du von der, die dich mit den Augen verschlungen hat?«

»Ich meine nicht Onega, sondern die andere. Es wird Zeit, dass du dich ein bisschen amüsierst!«

»Aber ich amüsiere mich ja, Paul. Vielleicht nicht so wie du, aber ich amüsiere mich. Lauren ist nicht mehr in meinem Leben, aber sie ist ein Teil von mir. Außerdem kapsele ich mich nicht vom Leben ab. Es war unser erster gemeinsamer Abend seit meiner Rückkehr, und soweit ich weiß, haben wir nicht allein zu Abend gegessen.«

Paul rührte ohne Unterlass in seiner Kaffeetasse.

»Du nimmst doch gar keinen Zucker …«, murmelte Arthur und legte seine Hand auf die seines Freundes.

Mitten in der sternklaren Nacht sahen sich zwei Freunde in der gemütlichen Küche eines Hauses am Meer schweigend an.

»Wenn ich an diese absurde Geschichte denke, die wir zusammen erlebt haben, würde ich dich am liebsten ohrfeigen, um dich ein für alle Mal aufzuwecken«, sagte Paul. »Und solltest du verrückt genug sein, sie wiederzusehen, was würdest du ihr sagen? Als du mir damals deine Geschichte erzählt hast, habe ich dich zur Computertomografie geschickt … und ich bin dein bester Freund! Sie ist Ärztin, und du glaubst doch wohl, dass sie dich, wenn du ihr die Wahrheit sagen würdest, in eine Zwangsjacke mit oder ohne Hannibal-Lecter-Kapuze stecken würde. Du hast getan, was du tun musstest, und dafür bewundere ich dich. Du hattest den Mut, sie bis zum Schluss zu beschützen.«

»Ich glaube, ich gehe besser schlafen, ich bin müde«, sagte Arthur und erhob sich.

Er war schon auf dem Flur, als Paul ihn zurückrief. Arthur steckte den Kopf durch die Tür.

»Ich bin dein Freund, weißt du das?«, sagte Paul.

»Ja.«

Arthur ging durch die Hintertür hinaus und um das Haus herum. Er strich über das rostige Gestell der Hollywoodschaukel und sah sich um. Die Bretter der Veranda hatten breite Fugen, die an der Fassade waren durch die glühende Sonne und die salzige Luft abgeblättert, und der verwilderte Garten sah trostlos aus. Eine frische Brise erhob sich, und Arthur fröstelte. Aus der Jackentasche zog er den Brief, den er in Paris auf einer Parkbank begonnen hatte; er schrieb die letzte Seite und schob ihn zurück in die Tasche.

Der nächtliche Nebel über dem Pazifik erstreckte sich bis zur Stadt. Lauren stand an der Theke des Café Parisian, das gegenüber der Notaufnahme lag, und studierte die Karte.

»Was machen Sie bloß zu dieser späten Stunde allein in meinem Bistro?«, fragte der Wirt, während er ihr ein Sodawasser brachte.

»Eine Pause zum Beispiel?«

»Nach den vielen Krankenwagen zu urteilen, war heute Abend ganz schön was los bei Ihnen«, sagte er und polierte seine Gläser. »Sehr lobenswert, die ganze Welt zu retten, aber haben Sie auch schon mal an Ihr eigenes Leben gedacht?«

Lauren beugte sich vor, als wollte sie ihm etwas Vertrauliches mitteilen. »Sagen Sie es mir, bin ich Gegenstand aller Gespräche, oder war Fernstein heute zum Abendessen hier?«

»Er sitzt da hinten«, gestand der Wirt und deutete auf eine Nische.

Lauren rutschte von ihrem Hocker und trat an den Tisch des Professors. »Wenn Sie so ein Gesicht machen, verschwinde ich gleich wieder und esse allein an der Theke«, sagte sie und stellte ihr Glas auf den Tisch.

»Setzen Sie sich, statt Unsinn zu reden.«

»Ihre Zurechtweisungen vor meinem Patienten gestern waren nicht unbedingt nötig. Manchmal behandeln Sie mich, als wäre ich Ihre Enkelin.«

»Sie sind mehr als das, Sie sind mein Geschöpf! Nach Ihrem Unfall habe ich Sie wieder zusammengeflickt …«

»Danke, dass Sie die Schrauben auf beiden Seiten meines Kopfs entfernt haben, Herr Professor.«

»Mein Werk ist besser gelungen als das von Frankenstein, ausgenommen der Charakter vielleicht. Wollen Sie einen Teller Pancakes mit einem alten Doktor und viel Ahornsirup teilen?«

»In dieser Reihenfolge, ja.«

»Wie viele Patienten haben Sie heute Nacht behandelt?«, fragte Fernstein und schob seinen Teller zur Mitte des Tischs.

»Rund hundert«, antwortete sie und nahm sich eine reichliche Portion Pfannkuchen. »Und was machen Sie noch hier? Sie müssen doch wohl keine Nachtwache schieben, um Ihr Monatsgehalt aufzubessern?«

»Kein schlechter Schnitt für einen Samstag«, stellte Fernstein mit vollem Mund fest.

In der Nische eines Bistros saßen ein alter Medizinprofessor und seine Studentin im vertraulichen Gespräch und genossen diesen Augenblick spätnächtlicher Ruhe.

Die Notaufnahme gegenüber kam für einige Stunden auch ohne sie zurecht. Das flackernde Licht einer Laterne, welche die Straße erleuchtet hatte, erlosch. Der neue Tag graute.

Arthur war auf der Hollywoodschaukel eingenickt. Die anbrechende Dämmerung hüllte den Garten in ihr sanftes Licht. Er öffnete die Augen und betrachtete das Haus, das friedlich zu schlummern schien. Weiter unten leckten die

Meereswellen am Strand und vollendeten ihr nächtliches Werk. Der Sand war wieder glatt und jungfräulich. Er erhob sich und sog die frische Morgenluft tief ein. Dann ging er eilig über die Veranda, lief über den Flur und die Treppe hinauf. Oben trommelte er an eine Tür und stürzte in Pauls Zimmer.

»Schläfst du?«

Paul schreckte hoch und saß kerzengerade im Bett. Er sah sich suchend um und entdeckte Arthur in der geöffneten Tür.

»Du gehst jetzt wieder ins Bett, und zwar sofort! Vergiss, dass es mich gibt, bis der kleine Zeiger des Weckers eine anständige Zahl erreicht hat, sagen wir die Elf. Dann, und wirklich erst dann, kannst du mir deine idiotische Frage noch mal stellen!«

Paul drehte sich um, und sein Kopf verschwand unter dem dicken Kissen. Arthur verließ das Zimmer, machte aber auf dem Flur kehrt und kam zurück.

»Soll ich zum Frühstück ein Baguette holen?«

»Raus!«

Lauren öffnete die ferngesteuerte Garagentür und schaltete den Motor aus, sobald sie geparkt hatte. Ihre Hündin Kali hatte den Triumph schon auf der Straße gehört und begann, laut zu bellen. Lauren ging zur Haupttreppe, eilte hinauf und betrat ihre Wohnung.

Die Standuhr auf dem Kaminsims zeigte fünf Uhr dreißig an. Kali verließ das Sofa und begrüßte Lauren, die sie in die Arme nahm. Nach den Streicheleinheiten setzte die Hündin ihre Nacht auf dem Kokosteppich des Wohnzimmers fort, und Lauren trat hinter die Küchentheke, um sich einen Kräutertee aufzubrühen. An der Kühlschranktür hing unter einem Magneten in Froschform eine Nachricht ihrer Mutter, die besagte, dass Kali gefressen hatte und Gassi gegangen war. Sie zog eine Schlafanzugjacke an, die viel zu groß für sie war, kuschelte sich unter die Bettdecke und schlief sofort ein.

Kapitel 4

Paul stieg mit seiner Tasche die Treppe hinunter. Auf dem Flur nahm er auch Arthurs Tasche mit und rief ihm zu, dass er draußen auf ihn warten würde. Nachdem er das Gepäck im Ford verstaut hatte, nahm er auf dem Beifahrersitz Platz, sah sich um und begann, laut zu pfeifen. Geschickt stieg er dann über den Schaltknüppel hinweg und setzte sich ans Steuer.

Arthur schloss die Eingangstür von innen ab. Er trat in Lilis Büro, öffnete den Wandschrank und betrachtete das schwarze Lederköfferchen, das in einem der Fächer untergebracht war. Mit dem Finger strich er über die kupfernen Verschlüsse, nahm den versteckten Brief an sich und legte den Schlüssel an seinen Platz zurück.

Er verließ das Haus durch das Fenster. Während er den Keil unter den Laden schob, hörte er seine Mutter schimpfen, weil Antoine diesen verdammten Fensterladen immer noch nicht repariert hatte. Und er sah Lili achselzuckend im Garten stehen und sagen, alte Häuser hätten schließlich auch ein Recht, ihre Falten zu haben. Dieses kleine Stückchen Holz zeugte von einer Zeit, die nie ganz vorbei sein würde.

»Rutsch zur Seite!«, sagte er zu Paul und öffnete die Fahrertür. Er stieg ein und rümpfte die Nase.

»Komischer Geruch hier drin, findest du nicht auch?«

Nachdem sie ein Stück den Weg entlanggefahren waren, kurbelte Paul das Fenster runter. Zwischen Daumen und Zeigefinger hielt er ein Plastiksäckchen mit der Aufschrift einer Metzgerei und warf es am Tor des Anwesens in die Mülltonne. Sie waren frühzeitig losgefahren und mieden so den Verkehrsstau der Wochenendheimkehrer. Am frühen Nachmittag würden sie in San Francisco sein.

Lauren rekelte sich und gähnte. Nur widerwillig verließ sie das Bett. Wie immer bereitete sie zuerst das Fressen für ihre Hündin Kali in dem schweren Napf und stellte sich dann ihr Frühstück auf einem Tablett zusammen. Sie ließ sich im Alkoven im Wohnzimmer nieder, wo die Morgensonne durch das Fenster schien. Von hier aus konnte sie die Golden Gate Bridge sehen, die sich wie ein Bindestrich über die Bucht spannte, die Häuschen, die sich an die Hänge von Sausalito schmiegten, und sogar den kleinen Fischereihafen von Tiburon. Nur die Signalhörner der großen, auslaufenden Frachtschiffe, vermischt mit den Schreien der Möwen, unterbrachen die wehmütige Stille dieses Sonntagmorgens.

Nachdem sie einen Großteil ihres üppigen Frühstücks vertilgt hatte, stellte sie das Tablett in die Küche und verschwand im Badezimmer. Der kräftige Wasserstrahl der Dusche, der die Narben auf ihrer Haut nie ganz auslöschen würde, machte sie vollends wach.

»Kali, sei nicht so ungeduldig; wir gehen ja gleich raus«, sagte sie und wickelte sich ein Handtuch um die Hüften, wobei ihre Brüste unbedeckt blieben. Sie verzichtete auf Make-up, öffnete den Schrank, zog eine Jeans und ein Polohemd an, zog das Polohemd wieder aus, schlüpfte in eine Bluse, zog die Bluse wieder aus und das Polohemd wieder an. Sie sah auf die Uhr; ihre Mutter würde sie erst in einer Stunde an der Marina treffen, und Kali war auf dem Sofa wieder eingeschlafen. Also ließ sich Lauren neben ihrer Hündin nieder, zog ein dickes Handbuch der Neurochirurgie unter dem Stapel von Akten auf ihrem Couchtisch hervor und vertiefte sich, an einem Bleistift kauend, in ihre Lektüre.

Der Ford hielt am Cervantes Boulevard vor der Nummer 27 an. Paul stieg aus und nahm seine Reisetasche aus dem Kofferraum. »Hast du Lust, heute Abend ins Kino zu gehen?«, fragte er Arthur.

»Unmöglich, ich habe schon eine Verabredung.«

»Ein Er oder eine Sie?«, erkundigte sich Paul und grinste.

»Kleines Tête-à-Tête mit einem Snack vor dem Fernseher.«

»Das ist ja eine gute Nachricht. Und dürfte ich wissen, mit wem, ohne indiskret zu sein?«

»Du bist es!«

»Was?«

»Indiskret!«

Der Wagen entfernte sich und bog in die Fillmore Street ein. An der Kreuzung Union Street hielt Arthur an, um einen Lastwagen vorbeizulassen. Ein grünes Triumph-Cabrio, das hinter dem Anhänger versteckt war, nutzte die Gelegenheit, um sich einzufädeln, und fuhr dann zur Marina hinunter. Ein auf dem Beifahrersitz angegurteter Hund bellte aus Leibeskräften. Der Lastwagen überquerte die Kreuzung, und der Ford fuhr den Hügel nach Pacific Heights hinauf.

Das heftige Schwanzwedeln bewies, dass Kali glücklich war. Die Hündin schnüffelte aufgeregt und schien sich zu fragen, welches Tier wohl schon vorher hier gewesen war. Ab und zu hob sie den Kopf, um wieder zu ihrer Familie zurückzulaufen. Nachdem sie mehrere Schleifen zwischen den Beinen von Lauren und Mrs. Kline gedreht hatte, rannte sie wieder los, um das nächste Fleckchen zu inspizieren. Wenn sie flanierenden Paaren oder ihren Kindern zu viel Zuneigung entgegenbrachte, rief Laurens Mutter sie zur Ordnung.

»Hast du gesehen, wie ihr die Hüften wehtun«, sagte Lauren und nickte in Richtung Kali.

»Sie wird älter! Wir übrigens auch, falls du das noch nicht bemerkt hast.«

»Du scheinst ja bestens gelaunt zu sein; hast du das letzte Bridgeturnier verloren?«

»Wo denkst du hin, ich habe all diese alten Jungfern geschlagen! Ich mache mir nur Sorgen um dich.«

»Völlig überflüssig, mir geht es gut. Ich habe einen Beruf, den ich liebe, und fast keine Kopfschmerzen mehr. Ich bin glücklich.«

»Ja, du hast recht, ich sollte die Dinge von der positiven Seite betrachten. Dies ist eine schöne Woche; du hast es geschafft, dir zwei Stunden freizunehmen, ganz für dich, das ist doch schon was!«

Lauren deutete auf einen Mann und eine Frau, die vor ihnen über den Steg des kleinen Hafens liefen.

»Sah er dem da ähnlich?«, fragte sie ihre Mutter.

»Wer?«

»Ich weiß nicht, warum, aber ich muss seit gestern wieder an ihn denken. Und hör auf auszuweichen, sobald ich das Thema anschneide.«

Mrs. Kline seufzte. »Ich habe dir nichts zu sagen, Liebes. Ich weiß nicht, wer dieser Typ war, der dich im Krankenhaus besucht hat. Er war nett, ausgesprochen höflich, wahrscheinlich ein Patient, der sich gelangweilt hat und froh war, bei dir sitzen zu können.«

»Die Kranken spazieren nicht im Tweedjackett durch die Flure. Außerdem habe ich die Liste mit allen Patienten gecheckt, die damals in diesem Gebäudeflügel untergebracht waren, und keiner passte.«

»Du hast das tatsächlich überprüft? Wie hartnäckig du doch sein kannst! Was genau suchst du eigentlich?«

»Genau das, was du vor mir verbirgst, wobei du mich für blöd hältst. Ich will wissen, wer er war, warum er jeden Tag da war.«

»Wozu? All das gehört der Vergangenheit an.«

Lauren rief Kali, die sich etwas zu weit entfernt hatte. Die Hündin drehte sich um und sah ihr Frauchen an, bevor sie zu ihr zurückgelaufen kam.

»Als ich aus dem Koma erwacht bin, war er da; als ich zum ersten Mal meine Hand bewegen konnte, hat er sie in seine genommen, um mir Mut zu machen. Wenn ich nachts einmal zusammenzuckte, war er immer noch da … Eines Morgens hat er mir versprochen, mir eine unglaubliche Geschichte zu erzählen, dann ist er verschwunden.«

»Dieser Mann dient dir als Vorwand, dein Leben als Frau

zu vernachlässigen und nur an deine Arbeit zu denken. Du hast einen Märchenprinzen aus ihm gemacht. Es ist leicht, jemanden zu lieben, den man nicht erreichen kann, weil man dabei nichts riskiert.«

»Genau das ist ja auch dir gelungen während der zwanzig Jahre, die du an Papas Seite verbracht hast.«

»Wenn du nicht meine Tochter wärst, würde ich dir eine Ohrfeige verpassen, und du hättest sie verdient.«

»Du bist komisch, Mama. Du hast niemals daran gezweifelt, dass ich die Kraft finden würde, mich alleine aus dem Koma zu befreien. Wie kannst du mir dann so wenig vertrauen, jetzt, da ich wieder am Leben bin? Und wenn ich dieses eine Mal nicht auf meinen Verstand und meine Logik hören würde, um stattdessen dieser kleinen Stimme zu lauschen, die in meinem Innern spricht? Warum überschlägt sich mein Herz jedes Mal, wenn ich glaube, ihn zu erkennen? Meinst du, es lohnt sich nicht, sich diese Frage zu stellen? Es tut mir leid, dass Papa verschwunden ist, leid, dass er dich betrogen hat, doch das ist keine Erbkrankheit. Alle Männer sind nicht mein Vater!«

Mrs. Kline lachte laut auf. Sie legte Lauren die Hand auf die Schulter und sah sie herausfordernd an. »Willst du mir eine Lektion erteilen, du, die du nur mit braven Jungen zusammen warst, die dich angehimmelt haben, als seist du die Jungfrau Maria, ein Wunder in ihrem Leben? Es ist beruhigend für das Ego zu wissen, dass der andere außerstande ist, dich zu verlassen, egal was du tust. Ich habe wenigstens geliebt!«

»Wenn du nicht meine Mutter wärst, würde ich dich jetzt ohrfeigen.«

Mrs. Kline setzte den Weg fort. Sie öffnete ihre Handtasche, zog eine Tüte Bonbons hervor und bot ihrer Tochter eines an, die nur den Kopf schüttelte.

»Das Einzige, was mich an deiner Geschichte berührt, ist die Feststellung, dass trotz des Lebens, das du führst, noch ein winzig kleiner Funke von Romantik in dir glüht; was mich aber betrübt, ist zu sehen, dass du ihn mit solcher Naivität vergeudest. Warten worauf? Wenn dieser Mr. X wirklich der Mann deines Lebens wäre, hätte er dich längst gesucht, armes Kindchen! Niemand hat ihn vertrieben, er ist von selbst verschwunden. Hör also auf, der ganzen Welt böse zu sein und vor allem deiner Mutter, als wäre ich an allem schuld.«

»Vielleicht hatte er seine Gründe?«

»Eine andere Frau und Kinder zum Beispiel?«, fragte Mrs. Kline mit spöttischer Stimme.

Man hätte meinen können, Kali hätte genug von der Gereiztheit, die zwischen ihrem Frauchen und deren Mutter herrschte. Sie nahm einen Stock auf, legte ihn Lauren zu Füßen und bellte inständig. Lauren hob das improvisierte Spielzeug auf und warf es, so weit sie konnte.

»Du hast nichts von deinem Talent verloren, ordentlich zurückzuschlagen. Ich hab's eilig, ich muss noch einen OP-Plan für morgen studieren«, sagte Lauren.

»In deinem Alter musst du am Sonntag noch Hausaufgaben machen? Ich frage mich, wann du endlich genug von deiner Jagd nach Erfolg hast! Vielleicht langweilst du dich mit deinem Freund. Aber nein, du langweilst dich ja nie, weil du genau am Sonntag entweder schläfst oder deine Hausaufgaben machst!«

Lauren pflanzte sich vor ihrer Mutter auf und hätte sie am liebsten erwürgt. »Der Mann meines Lebens wird stolz darauf sein, dass ich meinen Beruf liebe und nicht meine Stunden zähle!«, sagte sie.

Der Zorn ließ die kleinen Venen an ihren Schläfen hervortreten.

»Morgen früh versuchen wir, einen Tumor aus dem Gehirn eines kleinen Mädchens zu entfernen«, fuhr Lauren schließlich fort. »Wenn man das so sagt, entsteht der Eindruck, das wäre eine Kleinigkeit, aber stell dir vor, dass dieser Tumor das Mädchen blind macht. Am Tag vor dem Eingriff stehe ich also vor der Wahl, mit Robert ins Kino zu gehen, zu knutschen und Popcorn zu essen oder die Operation für morgen noch einmal Schritt für Schritt durchzugehen!«

Lauren pfiff ihre Hündin herbei, verließ die Promenade, die am kleinen Jachthafen entlangführte, und ging zum Parkplatz zurück.

Die Hündin nahm ihren Platz auf dem Beifahrersitz ein, Lauren befestigte den Sicherheitsgurt, und der Triumph verließ den Marina Boulevard, begleitet von einem Bellkonzert. Sie bog in den Cervantes Boulevard ein und fuhr dann die Fillmore Street hinauf. An der Kreuzung Greenwich Street verlangsamte Lauren das Tempo und zögerte, ob sie anhalten und sich einen Videofilm ausleihen sollte. Sie träumte davon, Cary Grant und Deborah Kerr in *Die große Liebe meines Lebens* noch einmal zu sehen, dachte dann jedoch wieder an den nächsten Morgen, schaltete in den zweiten Gang und gab Gas, als sie an dem alten Ford 1961 vorbeikam, der vor dem Videoklub parkte.

Arthur studierte die Titel in dem Regal mit Karate-Filmen.

»Ich möchte einer Freundin heute Abend eine Überraschung bereiten. Was würden Sie mir empfehlen?«, fragte er den Angestellten.

Der Verkäufer verschwand hinter der Theke, um dann triumphierend mit einem kleinen Karton im Arm wieder hervorzutreten. Er öffnete ihn mit einem Messer und zog eine Kassette heraus, die er Arthur reichte.

»Der Mann mit der Todeskralle in der Sammlerkollektion. Ist erst gestern eingetroffen, da wird sie schlichtweg durchdrehen!«

»Glauben Sie?«

»Mit Bruce Lee ist man immer auf der sicheren Seite, sie ist bestimmt ein Groupie!«

Arthurs Züge hellten sich auf. »Nehme ich«, sagte er.

»Hat Ihre Freundin nicht zufällig eine Schwester?«

Begeistert verließ er den Videoklub. Der Abend versprach, ein Erfolg zu werden. Unterwegs hielt er noch vor einem Delikatessengeschäft an, wählte Vor- und Hauptspeisen aus, die eine köstlicher als die andere, und fuhr beschwingt nach Hause zurück. Er parkte den Wagen vor dem kleinen Haus an der Kreuzung Pacific/Fillmore Street.

Sobald seine Wohnungstür ins Schloss gefallen war, stellte er das Paket mit seinen Einkäufen auf der Küchentheke ab, schaltete seine Stereoanlage an, schob eine CD mit Songs von Frank Sinatra ein und rieb sich die Hände.

Der Raum war in das rötliche Licht des Sommerabends getaucht. Während er laut »Strangers in the Night« mitsang, deckte er auf dem Couchtisch im Wohnzimmer für zwei Personen. Er öffnete eine Flasche Merlot, Jahrgang 1999, wärmte das Lasagne-Gratin auf und richtete die italienischen Vorspeisen auf einer weißen Porzellanplatte an. Als er fertig war, trat er auf den Hausflur, ließ die Wohnungstür angelehnt und überquerte den Gang. Er trommelte an die Tür und hörte den leichten Schritt seiner Nachbarin.

»Ich bin zwar schwerhörig, aber nicht taub!«, sagte die alte Dame und empfing ihn mit einem strahlenden Lächeln.

»Sie haben unseren Abend nicht vergessen?«, fragte Arthur.

»Wo denkst du hin!«

»Nehmen Sie Ihren Hund nicht mit?«

»Pablo schläft wie ein Murmeltier; er ist so alt wie ich, weißt du.«

»So alt sind Sie gar nicht, Miss Morrison.«

»Doch, doch, glaube mir!«, sagte sie und hakte sich bei ihm unter.

Arthur ließ Miss Morrison im Wohnzimmer Platz nehmen und schenkte ihr ein Glas Wein ein.

»Ich habe eine Überraschung für Sie!«, sagte er und reichte ihr die Videokassette.

Miss Morrison begann zu strahlen. »Die Kampfszene im Hafen ist ein Stück Kinogeschichte!«

»Haben Sie den Film schon gesehen?«

»Ach, schon x-mal!«

»Und Sie mögen ihn immer noch?«

»Hast du Bruce Lee schon mal mit nacktem Oberkörper gesehen?«

Kali sprang mit einem Satz hoch und schnappte nach ihrer Leine.

Lauren lag in Bademantel und dicken Wollsocken zusammengerollt auf dem Sofa. Sie schlug ihr Lehrbuch über Neurochirurgie zu und beobachtete belustigt, wie Kali schwanzwedelnd ihre Kreise im Wohnzimmer zog. Sie drückte ihrer Hündin einen zärtlichen Kuss auf die Stirn. »Ich ziehe mich schnell an, dann gehen wir.«

Kurz darauf liefen beide die Green Street hinunter. Etwas weiter auf dem Bürgersteig der Fillmore Street schien eine junge Pappel besonders gut zu riechen, und Kali zog ihr Frauchen aufgeregt dorthin. Lauren war nachdenklich, der Abendwind ließ sie frösteln.

Der Eingriff am nächsten Tag bereitete ihr Sorgen. Sie ahnte, dass Fernstein sie ans Neuronavigationssystem setzen würde. Seitdem er beschlossen hatte, Ende des Jahres in den Ruhestand zu gehen, zog der betagte Professor sie immer häufiger hinzu, so als wollte er ihre Ausbildung beschleunigen. Später im Licht ihrer Nachttischlampe würde sie ihre Notizen abermals durchgehen.

Miss Morrison war entzückt von dem netten Abend. In der Küche trocknete sie jetzt die Teller ab, die Arthur gespült hatte.

»Darf ich dir eine Frage stellen?«

»Alle, die Sie wollen.«

»Du hast nicht gerade eine Vorliebe für Karate. Und sag mir bitte nicht, dass ein junger Mann wie du nur eine Frau von achtzig Jahren gefunden hat, um seinen Sonntagabend mit ihr zu verbringen.«

»Ich kann keine Frage finden, in dem, was Sie mir da gesagt haben, Miss Morrison.«

Die alte Dame ergriff Arthurs Hand und zog einen Schmollmund. »O doch, es war eine Frage darin verborgen. Sie war kaschiert, und du hast sie sehr wohl verstanden. Und hör endlich mit deinem Miss Morrison auf, nenn mich Rose!«

»Ich verbringe diesen Sonntagabend gern in Ihrer Gesellschaft – um ihre kaschierte Frage zu beantworten.«

»Mein Junge, du siehst mir ganz nach jemandem aus, der sich in der Einsamkeit verschanzt.«

Arthur musterte Miss Morrison. »Möchten Sie, dass ich Ihren Hund ausführe?«

»Ist das eine Drohung oder eine Frage?«

»Beides!«

Miss Morrison ging Pablo wecken und legte ihm sein Halsband um.

»Warum haben Sie ihm diesen Namen gegeben?«, fragte Arthur schon auf der Türschwelle.

Die alte Dame stellte sich auf Zehenspitzen und flüsterte ihm ins Ohr, das sei der Vorname des wunderbarsten ihrer früheren Liebhaber. »Ich war achtunddreißig, er fünf Jahre jünger oder vielleicht auch zehn? In meinem Alter lässt einen das Gedächtnis bisweilen im Stich, wenn es einem gerade in den Kram passt. Das Original war ein umwerfender Kubaner. Er tanzte wie ein Gott, und er war aufgeweckter als dieser Jack Russell, das kannst du mir glauben!«

»Das glaube ich gerne«, sagte Arthur, während Klein-Pablo aufgeregt an der Leine zog.

»Ach, Havanna!«, rief Miss Morrison, seufzte und schloss die Tür.

Arthur und Pablo liefen die Fillmore Street hinauf. Der Hund hielt am Fuß einer Pappel. Aus einem Grund, der Arthur unbekannt war, weckte der Baum bei dem Tier plötzlich ein lebhaftes Interesse. Arthur vergrub die Hände in den Hosentaschen, lehnte sich an die Mauer und ließ Pablo diesen seltenen Augenblick auskosten. Das Handy vibrierte in seiner Tasche, er zog es heraus und drückte auf die Sprechtaste.

»Na, verbringst du einen angenehmen Abend?«, erkundigte sich Paul.

»Äußerst amüsant.«

»Und was machst du da gerade?«

»Was meinst du, Paul, wie viel Zeit kann ein Hund an einem Baum schnüffeln?«

»Ich beende das Gespräch auf der Stelle«, sagte Paul perplex. »Ich gehe sofort ins Bett, bevor du mir noch so eine Frage stellen kannst.«

Zwei Blocks weiter, in einem kleinen viktorianischen Haus an der Green Street, erlosch das Licht im Schlafzimmer einer jungen Neurochirurgin.

Kapitel 5

Der Wecker auf dem Nachttisch riss Lauren aus dem Tiefschlaf. Sie hatte Mühe, die Augen zu öffnen. Die im Lauf des Jahres angesammelte Müdigkeit versetzte sie an manchem Morgen in eine düstere Stimmung. Es war noch nicht sieben Uhr, als sie ihren Triumph auf dem Parkplatz des Krankenhauses abstellte. Zehn Minuten später begab sie sich in ihrem Kittel vom Erdgeschoss der Notaufnahme ins Zimmer 307. Ein kleiner Affe ruhte am schützenden Hals einer Giraffe. Etwas weiter wachte ein Eisbär über sie. Die Tiere von Marcia schliefen noch auf dem Fensterbrett. Lauren betrachtete die Zeichnungen an der Wand – geschickt für ein Kind, das seit mehreren Monaten nur noch aus dem Gedächtnis etwas sah.

Lauren setzte sich auf die Bettkante und strich über die Stirn von Marcia, die aufwachte.

»Hallo«, sagte Lauren, »es ist schon Tag.«

»Noch nicht ganz«, erwiderte Marcia und schlug die Augen auf. »Bis jetzt ist es noch dunkel.«

»Nicht mehr lange, Liebes. Bald wirst du abgeholt und vorbereitet.«

»Bleibst du bei mir?«, fragte Maria ängstlich.

»Ich muss mich selbst auch vorbereiten. Ich sehe dich am Eingang des Operationssaals.«

»Wirst du mich operieren?«

»Ich helfe Professor Fernstein. Das ist der mit der tiefen Stimme, wie du immer sagst.«

»Hast du Angst?«, fragte die Kleine.

»Jetzt warst du aber schneller als ich; eigentlich wollte ich dir die Frage stellen.«

Marcia sagte, sie würde sich nicht fürchten, weil sie Vertrauen habe.

»Ich gehe jetzt und bin gleich wieder bei dir.«

»Heute Abend habe ich meine Wette gewonnen.«

»Du hast gewettet?«

»Ich habe geraten, welche Farbe deine Augen haben. Ich habe es auf ein Stück Papier geschrieben, es liegt gefaltet in meiner Schublade. Wir öffnen es dann gemeinsam nach meiner Operation.«

»Ja, das verspreche ich dir«, sagte Lauren und ging zur Tür.

Marcia beugte sich tief über den Bettrand hinab und wusste nichts von Laurens Gegenwart. Die hatte sich auf der Schwelle umgedreht, um die Kleine schweigend zu betrachten, die jetzt unter das Bett kroch.

»Ich weiß, dass du dich irgendwo versteckt hast, aber du brauchst keine Angst zu haben«, sagte sie.

Ihre Hand tastete den Boden ab auf der Suche nach einem Plüschtier. Ihre Finger strichen über das Fell einer Eule, die sie vor sich setzte.

»Du musst aus deinem Versteck herauskommen; du brauchst keine Angst vor dem Licht zu haben«, sagte sie. »Wenn du mir vertraust, zeige ich dir die Farben; du vertraust mir doch, oder? Jetzt bist du an der Reihe, denkst du etwa, ich hatte keine Angst vor dem Dunkel? Weißt du, es ist schwer, dir die Helligkeit zu beschreiben, es ist einfach schön. Ich mag am liebsten Grün, aber Rot gefällt mir auch. Die Farben sind wie Gerüche, und so kann man sie erkennen. Warte, ich zeige es dir.«

Die Kleine kam aus ihrem Versteck hervor, tastete nach dem Nachttisch und nahm ein Schälchen und ein Glas an sich, die sie dort versteckt hatte. Wieder unter dem Bett, hielt sie der Eule stolz eine Erdbeere hin und sagte mit entschlossener Stimme: »Hier, das ist rot. Und das ist grün«, fuhr sie fort und zeigte ihr einen Zweig Minze. »Siehst du, wie gut die Farben riechen! Wenn du willst, kannst du davon kosten. Ich darf es nicht wegen der Operation, da muss mein Magen leer sein.«

Lauren trat auf das Bett zu.

»Mit wem sprichst du da?«, fragte sie Marcia.

»Ich wusste, dass du da bist. Ich spreche mit einer Freundin, aber ich kann sie dir nicht zeigen. Sie versteckt sich die ganze Zeit, weil sie Angst vor dem Licht hat und auch vor den Menschen.«

»Wie heißt sie?«

»Emilia! Aber du kannst nicht hören, was sie sagt.«

»Warum nicht?«

»Du kannst es nicht verstehen.«

Lauren kniete sich hin.

»Kann ich zu dir unters Bett kommen?«

»Wenn du keine Angst vor der Dunkelheit hast.«

Das Mädchen rückte zur Seite und ließ Lauren unter das Bett kriechen.

»Kann ich sie mit nach oben nehmen?«

»Nein, das ist eine ganz unsinnige Regel. Tiere sind im

Operationssaal nicht zugelassen. Aber keine Sorge, das wird sich eines Tages ändern.«

Der Tag versprach, strahlend zu werden. Arthur hatte es vorgezogen, sich zu Fuß zum Architekturbüro an der Jackson Street zu begeben. Paul erwartete ihn unten auf der Straße vor dem Büro.

»Nun?«, fragte Paul ihn wenig später mit verschmitzter Miene.

»Nun, was?«, gab Arthur zurück und drückte auf den Knopf der Kaffeemaschine.

»Wie viel Zeit hat der Hund gebraucht?«

»Zwanzig Minuten!«

»Ich beneide dich um deine Abende. Ich hatte unsere beiden Freundinnen aus Carmel an der Strippe. Sie sind wieder in der Stadt und ganz scharf auf ein Dinner for four. Bring deinen Wauwau mit, falls du Angst hast, dich zu langweilen.«

Paul klopfte auf das Zifferblatt seiner Armbanduhr, sie mussten sich auf den Weg machen. Sie hatten einen Termin bei einem wichtigen Kunden.

Lauren betrat den Sterilisationsraum. Die Arme vorgestreckt, schlüpfte sie in den Kittel, den ihr eine Krankenschwester hinhielt. Sobald sie in den Ärmeln steckte, knotete sie die Bänder im Rücken zusammen und ging zu dem Waschbecken aus Edelstahl. Von heftigem Lampenfieber geplagt, nahm die junge Neurochirurgin eine gründliche Reinigung ihrer Hände vor. Als sie abgetrocknet waren, bestreute die Schwester sie mit Talkum und reichte Lauren sterile Handschuhe, die diese sogleich überstreifte. Mit blassblauem Kopf- und Mundschutz ausgestattet, atmete sie tief durch und betrat den Operationssaal.

Adam Peterson, Spezialist für funktionelle Magnetresonanztomografie, kurz fMRT, saß hinter seinem Monitor und kontrollierte den Ablauf der präoperativen Sonografie. Die CT-Negative von Marcias Gehirn waren schon in dem Gerät gespeichert. Indem diese Bilder mit denen überblendet wurden, die per Ultraschall in der Realzeit gemacht wurden, konnte der Computer präzise den zu entfernenden Tumor eingrenzen.

Im Lauf des Vorgangs würde Petersons System neue Bilder vom Gehirn der Kleinen liefern. Wenige Minuten später trat Professor Fernstein ein, begleitet von Dr. Richard Lalonde, der zu dieser Operation extra von Montreal eingeflogen worden war.

Dr. Lalonde begrüßte das OP-Team, ließ sich hinter dem Gerät des Neuronavigationssystems nieder und griff nach den beiden Bedienungshebeln. Geschickt vom Chirurgen betätigt, schnitten die mechanischen, an den Hauptcomputer gekoppelten Arme millimetergenau an der Tumormasse entlang. Während des gesamten Eingriffs würde die chirurgische Präzision das Wichtigste sein. Schon die geringste Abweichung vom Verlauf der Schnittspur könnte Marcias Sprachzentrum oder ihre Motorik beeinträchtigen, ein Übermaß an Vorsicht wiederum würde die Operation überflüssig machen. Still und konzentriert sah Lauren vor ihrem geistigen Auge jedes Detail des Eingriffs, der kurz bevorstand und auf den sie seit Wochen hinarbeitete.

Im Nachbarraum vorbereitet, wurde Marcia schließlich

auf einer Rolltrage in den Saal geschoben. Die Schwestern legten sie behutsam auf den Operationstisch. Der Infusionsbeutel, der an ihren Arm angeschlossen war, wurde am Ständer befestigt.

Norma, die OP-Schwester, erzählte Marcia, dass sie ein Pandababy adoptiert hätte.

»Und wie haben Sie es hergebracht? Durften Sie das denn überhaupt?«, fragte Marcia.

»Nein«, erwiderte Norma und lachte, »es wird zu Hause in China bleiben, aber wir schicken das Geld, damit es behandelt wird, bis es entwöhnt ist.«

Norma fügte hinzu, dass ihr kein Name für das Tier eingefallen sei; welcher Name passe wohl zu einem Panda?

Während die Kleine angestrengt nachdachte, verband Norma die an ihren Thorax geklebten Elektroden mit dem Elektrokardiografen, und der Anästhesist stach eine winzige Nadel in ihren Zeigefinger. Diese Sonde ermöglichte es ihm, in Realzeit die Sättigung der Blutgase seiner Patientin zu kontrollieren. Er nahm eine Injektion vor und versicherte Marcia, dass sie nach der Operation über den Namen des Pandababys nachdenken könne, jetzt aber mit ihm zusammen bis zehn zählen müsse. Das Anästhetikum drang in die Vene. Marcia schlief zwischen den Zahlen zwei und drei ein. Der Narkosearzt prüfte die Vitalfunktionen auf den verschiedenen Monitoren. Norma fixierte den Kopf der Kleinen, um jede Bewegung zu verhindern.

Wie der Dirigent eines Orchesters ließ Professor Fernstein seinen Blick über das OP-Team gleiten. Von seinem jeweiligen Posten aus erwiderte jeder einzelne Beteiligte, dass er bereit war. Fernstein gab Dr. Lalonde das Zeichen, und unter dem aufmerksamen Blick von Lauren betätigte dieser die Hebel des Neuronavigationsgeräts.

Der Initialschnitt wurde um neun Uhr siebenundzwanzig vorgenommen. Eine zwölfstündige Reise durch die tiefsten Regionen des Gehirns eines Kindes begann.

Das von Paul und Arthur vorgestellte Projekt schien ihren Kunden zu gefallen. Die Direktoren des Konsortiums, an dessen Ausschreibung für den Bau eines neuen Firmensitzes sie teilgenommen hatten, waren um den großen Mahagonitisch versammelt. Nachdem Arthur die Pläne für die Eingangshalle, die Gemeinschaftsräume und die einzelnen Büros erörtert hatte, löste Paul ihn gegen Mittag ab. Er kommentierte die Zeichnungen und Skizzen, die hinter ihm auf eine Leinwand projiziert wurden. Gegen sechzehn Uhr schließlich bedankte sich der Vorsitzende bei den beiden Architekten für ihre Arbeit. Die Vorstandsmitglieder würden am Wochenende zusammenkommen, um zu entscheiden, welcher der beiden Endteilnehmer der Ausschreibung den Zuschlag erhalten würde.

Arthur und Paul erhoben und verabschiedeten sich und verließen das Besprechungszimmer. Im Aufzug gähnte Paul ausgiebig.

»Wir haben uns ganz gut geschlagen, was meinst du?«

»Ich denke schon«, erwiderte Arthur leise.

»Stimmt irgendwas nicht?«, fragte sein Freund.

»Meinst du, sie haben Rollleinen bei Macy's?«

Paul rang die Hände. Das Klingelzeichen ertönte, und die Türen des Aufzugs öffneten sich im dritten Untergeschoss der Tiefgarage.

Bevor er sich hinters Steuer setzte, machte Paul ein paar Dehnübungen.

»Ich bin vollkommen erledigt«, sagte er. »Tage wie diese machen einen einfach fertig.«

Arthur stieg ein, ohne einen Kommentar dazu abzugeben.

Der Herzrhythmus von Marcia war stabil. Auf Fernsteins Anordnung hin wurde die Narkose schrittweise verstärkt. Eine zweite Serie von Ultraschallbildern bestätigte, dass die Tumorentfernung ihren normalen Verlauf nahm. Millimeter für Millimeter schälte der von Dr. Lalonde bediente elektronische Arm den Tumor am Hinterhauptlappen von Marcia aus und verlagerte die Schnitte immer weiter an die Oberfläche. Im Lauf der vierten Stunde hob er den Kopf.

»Ablösung!«, verlangte der Chirurg, dessen Augen völlig ermüdet waren.

Fernstein machte Lauren ein Zeichen, sich an das Gerät zu setzen. Sie zögerte kurz und fand dann die ihr fehlende Kraft in dem beruhigenden Blick des Professors. Tausendmal schon hatte sie diesen Ablauf am Simulator geübt, doch heute hing ein Leben von ihrem Können ab.

Sobald sie die Führung übernahm, war das Lampenfieber wie weggeblasen. Lauren strahlte. Mit den Enden der beiden Scheren rührte sie an einen Traum.

Ihre Handhabung des Geräts war perfekt, ihr Geschick beispielhaft. Das ganze OP-Team sah ihr gebannt zu, und Norma konnte in den Augen des Professors lesen, wie stolz er auf seine Schülerin war.

Lauren operierte ohne Unterbrechung bis zur siebten

Stunde. Als sie schließlich um Ablösung bat, zeigte der Computer an, dass sechsundsiebzig Prozent der Operation bewältigt waren. Lalonde nahm erneut seinen Platz ein. Mit einem Augenzwinkern beglückwünschte er seine junge Kollegin.

»Ich setz dich am Büro ab und fahre dann nach Hause«, sagte Paul.

»Lass mich am Union Square aussteigen. Ich habe noch etwas zu erledigen.«

»Dürfte ich wissen, warum du eine Leine kaufen willst, obwohl du doch gar keinen Hund hast?«

»Für eine Freundin.«

»Hat sie denn wenigstens einen Hund?«

»Sie ist neunundsiebzig Jahre alt, falls dich das beruhigt.«

»Nicht wirklich ...« Paul seufzte und hielt den Wagen vor dem großen Kaufhaus Macy's an.

»Wo treffen wir uns zum Abendessen?«, fragte Arthur beim Aussteigen.

»Im Cliff House, zwanzig Uhr. Und gib dir ein bisschen Mühe, man kann nicht gerade behaupten, dass du dich das letzte Mal vor Höflichkeit überschlagen hast. Du bekommst also eine zweite Chance, einen guten ersten Eindruck zu machen. Versuch, nicht alles zu versauen!«

Arthur sah dem davonfahrenden Cabrio nach. Er warf einen Blick in eines der Schaufenster und trat durch die große Drehtür.

Der Anästhesist bemerkte die Veränderung des Kurvenverlaufs auf dem Monitor. Er prüfte sogleich die Sättigung der

Blutgase. Das OP-Team registrierte, wie sich der Gesichtsausdruck des Arztes veränderte. Sein Instinkt hatte ihn in Alarmbereitschaft versetzt.

»Können Sie irgendwo eine Blutung feststellen?«, fragte er.

»Bis jetzt nicht«, erwiderte Fernstein, über den Monitor von Dr. Peterson gebeugt.

»Irgendetwas stimmt nicht!«, versicherte der Anästhesist.

»Ich mache noch einmal einen Ultraschall«, sagte der für die Bilddiagnostik verantwortliche Arzt.

Die ruhige Atmosphäre, die eben noch im Operationssaal geherrscht hatte, war plötzlich wie weggeblasen.

»Die Kleine sackt uns weg!«, bemerkte Dr. Cobbler knapp und erhöhte die Sauerstoffmenge.

Lauren fühlte sich ohnmächtig. Sie sah Fernstein an und las in den Augen des Professors, dass die Situation kritisch zu werden begann.

»Nehmen Sie ihre Hand«, murmelte ihr Chef.

»Was tun?«, fragte Lalonde an Fernstein gewandt.

»Wir machen weiter! Adam, was sagt der Ultraschall?«

»Nicht viel im Moment«, antwortete der Arzt.

»Sie hat eine beginnende Arrhythmie«, erklärte Norma, den Blick auf den blinkenden Elektrokardiografen geheftet.

Richard Lalonde schlug verzweifelt mit der flachen Hand auf seine Konsole.

»Läsion an der hinteren Hirnarterie!«, sagte er mit tonloser Stimme.

Das Team sah sich ratlos an. Lauren hielt den Atem an und schloss die Augen.

Es war siebzehn Uhr zweiundzwanzig. Innerhalb von

einer Minute riss die beschädigte Arterienwand, die den hinteren Teil von Marcias Gehirn durchblutete, auf zwei Zentimeter auf. Unter dem Druck des herausquellenden Blutes verlängerte sich der Riss noch. Die Flüssigkeit, die aus der klaffenden Wunde drang, überspülte die Hirnhöhle. Trotz der Dränage, die Fernstein sogleich legte, nahm die Blutmenge innerhalb des Gehirns ständig zu und überschwemmte es geradezu.

Um siebzehn Uhr siebenundzwanzig hörte Marcia unter den machtlosen Blicken von vier Ärzten und mehreren Krankenschwestern für immer auf zu atmen. Die Hand des kleinen Mädchens, die Lauren in der ihren hielt, öffnete sich, wie um einen letzten Lebenshauch freizulassen, den sie darin verborgen hatte.

Schweigend verließ das Team den Operationstrakt und verlief sich auf dem Gang. Niemand hatte sich etwas vorzuwerfen. Der Tumor, bösartig wie er war, hatte der ausgeklügeltsten Hightech-Medizin die Erweiterung einer kleinen Arterie in Marcias Gehirn verborgen.

Lauren blieb allein zurück und hielt noch eine Weile die reglose Hand des kleinen Mädchens.

Norma trat näher und löste die Finger der jungen Neurochirurgin. »Kommen Sie jetzt!«, sagte sie.

»Ich hatte es versprochen«, murmelte Lauren.

»Das ist der einzige Fehler, den Sie heute gemacht haben.«

»Wo ist Fernstein?«, fragte Lauren.

»Er ist wohl zu den Eltern der Kleinen gegangen.«

»Das hätte ich eigentlich machen wollen.«

»Ich denke, Sie haben Ihre Dosis an Emotion für heute schon bekommen. Und wenn ich mir einen Rat erlauben darf: Schlendern Sie durch ein Kaufhaus, bevor Sie nach Hause fahren.«

»Und wozu?«

»Um Leben zu tanken, quirlendes Leben.«

Lauren strich über Marcias Stirn und bedeckte die Augen des Kindes mit dem grünen Laken. Dann verließ sie den Operationssaal.

Norma sah ihr hinterher, wie sie den Gang entlanglief. Sie nickte, löschte das Licht, sodass der Raum jetzt in Halbdunkel getaucht war.

Arthur hatte sein Glück im dritten Stock des Kaufhauses gefunden: die Rollleine, die Miss Morrison Freude machen würde. Bei schlechtem Wetter könnte sie unter dem Vordach stehen bleiben, während Pablo sich nach Herzenslust im Rinnstein tummelte.

Er verließ die Kasse, an der er soeben seinen Kauf bezahlt hatte; unterwegs schenkte ihm eine Frau, die gerade einen Herrenpyjama aussuchte, ein Lächeln. Arthur erwiderte es und steuerte auf die Rolltreppe zu.

Auf halbem Weg in den zweiten Stock legte sich plötzlich eine zarte Hand auf seine Schulter. Arthur drehte sich um, und die Frau kam eine Stufe tiefer.

Von allen Liebschaften, die er in seinem Leben gehabt hatte, gab es nur eine, die er bereute …

»Nun sag bloß, du hast mich nicht wiedererkannt«, sagte Carol-Ann.

»Entschuldige, ich war mit den Gedanken woanders.«

»Ich weiß, du hast in Frankreich gelebt. Geht's dir wieder besser?«, fragte seine Ex mitfühlend.

»Ja, warum?«

»Ich habe auch erfahren, dass dieses Mädchen, deretwegen du mich verlassen hast … nun gut, ich habe gehört, du seist Witwer, wie traurig …«

»Wovon sprichst du?«, fragte Arthur perplex.

»Ich habe Paul letzten Monat bei einem Cocktail gesehen. Tut mir wirklich leid.«

»War nett, dich gesehen zu haben, aber ich bin in Eile«, gab Arthur zurück.

Er wollte sich schon ein paar Stufen entfernen, als Carol-Ann ihn am Arm packte und ihm triumphierend den Ring zeigte, der an ihrem Finger prangte. »Wir feiern nächste Woche unseren ersten Hochzeitstag. Du erinnerst dich doch noch an Martin?«

»Vage«, sagte Arthur, umrundete das Geländer und setzte den Fuß auf die nächste Rolltreppe, die in den ersten Stock führte.

»Du kannst doch Martin nicht vergessen haben – den Kapitän des Hockeyteams!«, rief Carol-Ann vorwurfsvoll und doch voller Stolz.

»Ach ja, dieser große Blonde!«

»Sehr dunkel, fast schwarzhaarig.«

»Dunkelhaarig, aber groß?«

»Sehr groß.«

»Aha«, sagte Arthur und betrachtete seine Schuhspitzen.

»Du hast also kein neues Leben begonnen?«, fragte Carol-Ann mitleidig.

Arthur, der immer gereizter wurde, zuckte nur mit den Schultern. »Doch, ein neues und immer wieder ein neues.«

»Sag bloß, ein Junge wie du ist immer noch Junggeselle!«

»Nein, ich werde es dir nicht sagen, weil du es sicher in zehn Minuten vergessen haben wirst und es auch nicht von großer Bedeutung ist«, erwiderte Arthur mürrisch.

Neues Geländer, neue Hoffnung, dass Carol-Ann im ersten Stock etwas zu erledigen hätte, doch sie folgte ihm bis ins Erdgeschoss.

»Ich hab eine ganze Menge Freundinnen, die noch ledig sind! Wenn du zu unserer Feier kommst, stelle ich dich der nächsten Frau deines Lebens vor. Ich bin eine großartige Heiratsvermittlerin, musst du wissen. Ich habe ein Gespür dafür, wer zu wem passt. Du liebst doch noch immer die Frauen?«

»Ich liebe eine! Ich danke dir. Es war mir ein Vergnügen, dich wiederzusehen – und Grüße an Martin.« Mit einem Handzeichen verabschiedete er sich von Carol-Ann und entfloh eilig. Er kam an dem Stand einer französischen Kosmetikfirma vorbei, als eine Erinnerung vor seinem geistigen Auge auftauchte, so zart wie das Parfüm aus dem Flakon, das eine Verkäuferin vor einer Kundin öffnete. Er schloss die Augen und entsann sich des Tages, da er durch diesen Gang geschlendert war, von einer unsichtbaren und klaren Liebe erfüllt. Und in diesem Augenblick war er glücklich gewesen wie noch nie in seinem Leben.

Er trat durch die Drehtür auf den Bürgersteig des Union Square. Die Puppe im Schaufenster trug ein Abendkleid, eng tailliert, sehr elegant. Die schmale Hand aus Holz deutete lässig auf die Passanten …

Im rötlichen Widerschein der Sonne steht Arthur unbeweglich da, ist abwesend. Er hört das Motorrad mit Beiwagen nicht, das sich von hinten nähert. Der Fahrer hat in der Kurve der Polk Street, einer der vier Straßen, die den großen Platz einrahmen, die Kontrolle über sein Fahrzeug verloren. Das Motorrad versucht, einen Bogen um die Frau zu machen, die gerade die Straße überquert. Es gerät ins Schleudern, neigt sich, der Motor heult auf. Die Leute auf der Straße geraten in Panik. Ein Mann im Anzug wirft sich auf den Boden, um der Maschine auszuweichen, ein anderer macht einen Satz zurück und gerät ins Straucheln, eine Frau schreit und verschanzt sich hinter einer Telefonzelle. Der Beiwagen setzt seine Wahnsinnsfahrt fort. Er macht einen Satz über den Bordstein, reißt ein Schild nieder, doch die Parkuhr, gegen die er prallt, ist fest im Boden verankert und trennt ihn mit einem sauberen Schnitt von der Maschine. Nichts hält ihn jetzt mehr auf, er hat die Form einer Granate und fast auch deren Geschwindigkeit. Als er Arthurs Beine erreicht, schleudert er ihn hoch in die Luft. Die Zeit scheint es nicht mehr eilig zu haben, dehnt sich plötzlich aus wie ein langes Schweigen. Der stromlinienförmige Rumpf der Maschine durchbricht das Glas. Das riesige Schaufenster zerbirst in tausend Splitter. Arthur rollt über den Boden bis zum Arm der Puppe, die jetzt auf einem Teppich aus Glasscherben liegt. Ein Schleier legt sich über seine Augen, das Licht wird undurchsichtig, sein Mund ist vom Eisengeschmack des Bluts erfüllt. In seiner Benommenheit möchte er den Leuten sagen, dass es sich nur um einen dummen Unfall handelt. Die Worte bleiben ihm in der Kehle stecken.

Er will aufstehen, doch es ist noch zu früh. Seine Knie sind weich, und diese Stimme schreit so laut, er solle liegen bleiben. Die Ambulanz sei schon unterwegs.

Paul wird wütend sein, wenn er zu spät kommt. Der Hund von Miss Morrison muss ausgeführt werden. Ist heute Sonntag? Nein, aber Montag vielleicht. Er muss im Büro vorbeifahren, die Pläne unterzeichnen. Wo ist der Parkschein? Seine Tasche ist sicher zerrissen, er hatte die Hand darin; sie liegt jetzt unter seinem Rücken und tut etwas weh. Sich bloß nicht übers Gesicht streichen, die Glasscherben schneiden. Das Licht blendet, aber die Geräusche kommen langsam zurück. Die Benommenheit lässt nach. Die Augen öffnen. Es ist das Gesicht von Carol-Ann. Sie wird also nicht lockerlassen, er will nicht der Frau seines Lebens vorgestellt werden, er kennt sie schon, verdammt noch mal! Er sollte einen Trauring tragen, damit er endlich seine Ruhe hat. Noch heute würde er einen kaufen. Paul würde das überhaupt nicht gefallen, er selbst aber hätte seinen Spaß daran.

In der Ferne eine Sirene. Er muss sich aufrichten, bevor die Ambulanz eintrifft; es besteht kein Grund zur Sorge, schließlich tut ihm nichts weh, vielleicht etwas der Mund, er hat sich in die Wange gebissen. Das ist nicht schlimm, nur etwas unangenehm wegen der Bläschen, doch das ist wirklich nur eine Lappalie. Wie dumm, seine Jacke ist sicher hin; er liebt dieses Tweedjackett. Sarah fand, Tweed mache alt, doch er pfiff darauf, was Sarah dachte, sie trug die ordinärsten Pumps mit viel zu langer Spitze. Gut dass er Sarah gesagt hatte, dass diese gemeinsame Nacht ein Unfall war, sie waren nicht füreinander geschaffen, es war ein Ausrutscher, für den niemand etwas konnte. Geht es dem Motorradfahrer gut? Das ist sicher der Mann mit dem Helm und der zerknirschten Miene.

Ich werde Carol-Ann die Hand reichen, dann wird sie all ihren Freundinnen erzählen, dass sie mir das Leben gerettet hat, weil sie es war, die mir beim Aufstehen geholfen hat.

»Arthur?«

»Carol-Ann?«

»Ich war sicher, das konntest nur du sein inmitten dieser schrecklichen Katastrophe«, sagte die junge Frau in Panik.

Er klopfte seelenruhig die Schulter seines Jacketts ab, riss dann ein Stück von der Tasche weg, das traurig an der Seite baumelte, und schüttelte den Kopf, um sich von den Splittern zu befreien.

»Dieser Schreck! Du hast großes Glück gehabt«, fuhr Carol-Ann mit ihrer schrillen Stimme fort.

Arthur sah sie ernst an.

»Alles ist relativ, Carol-Ann. Mein Jackett ist im Eimer, ich habe überall Schnitte, und ich löse eine Kette verheerender Begegnungen aus, auch wenn ich nur eine Hundeleine für meine Nachbarin kaufen will.«

»Eine Hundeleine für deine Nachbarin … Du hast Glück gehabt, fast unverletzt aus diesem Unfall hervorzugehen!«, sagte Carol-Ann empört.

Arthur betrachtete sie, setzte eine nachdenkliche Miene auf und bemühte sich, so höflich wie möglich zu bleiben. Es war nicht nur die Stimme von Carol-Ann, die ihn reizte, alles an ihr war ihm unerträglich. Er versuchte, halbwegs sein Gleichgewicht wiederzufinden, und sprach mit fester und ruhiger Stimme. »Es stimmt, ich bin nicht gerade gerecht. Ich hatte das Glück, dich zu verlassen und dann der Frau meines Lebens zu begegnen, aber sie lag im Koma! Ihre eigene Mutter wollte, dass man sie sterben ließ, aber ich hatte unheimliches Glück, weil mein bester Freund bereit war, mir zu helfen, sie aus dem Krankenhaus zu entführen.«

Erschrocken tat Carol-Ann einen Schritt zurück, Arthur einen nach vorn.

»Was willst du damit sagen: ›sie entführen‹?«, fragte sie eingeschüchtert, die Handtasche an die Brust gepresst.

»Wir haben ihren Körper gestohlen! Paul hat den Krankenwagen besorgt beziehungsweise entwendet, und deshalb fühlt er sich verpflichtet, aller Welt zu erzählen, ich sei Witwer; in Wirklichkeit aber bin ich nur Halb-Witwer, Carol-Ann! Ein ganz besonderer Status.«

Arthurs Beine drohten nachzugeben, und er schwankte leicht. Carol-Ann wollte ihn stützen, doch er richtete sich allein auf.

»Nein, das eigentliche Glück war, dass Lauren mir helfen konnte, sie am Leben zu halten. Es ist doch immerhin von Vorteil, Arzt zu sein, wenn sich Körper und Geist voneinander trennen. Du kannst dich sozusagen um dich selbst kümmern!«

Carol-Ann öffnete den Mund und schnappte nach Luft. Arthur musste nicht zu Atem kommen, sondern nur sein Gleichgewicht finden. Er hielt sich an Carol-Anns Ärmel fest, die zusammenzuckte und einen Schrei ausstieß.

»Und dann ist sie wieder zu sich gekommen, und auch das war schließlich und endlich ein ungeheures Glück! Also siehst du, Carol-Ann, das wirkliche Glück war nicht unsere Trennung, es war nicht das Kulturzentrum in Paris, es war nicht der Beiwagen – die wirkliche Chance in meinem Leben war sie!«, sagte er erschöpft und ließ sich auf dem zertrümmerten Beiwagen nieder.

Ein nagelneuer Krankenwagen hielt am Bordstein. Der Sanitäter stürzte auf Arthur zu, den Carol-Ann fassungslos anstarrte.

»Geht es, Sir?«, fragte der Mann.

»Ganz und gar nicht!«, platzte Carol-Ann heraus.

Der Sanitäter nahm ihn beim Arm und wollte ihn zum Rettungswagen führen.

»Alles ist bestens, glauben Sie mir«, sagte Arthur und machte sich frei.

»Wir müssen die Wunde an Ihrer Stirn nähen«, beharrte der Sanitäter, dem Carol-Ann mit heftigen Gesten bedeutete, Arthur so schnell wie möglich in den Wagen zu verfrachten.

»Mir tut nichts weh, ich fühle mich bestens. Also seien Sie so freundlich und lassen Sie mich nach Hause gehen.«

»Bei all dem Glas, das hier herumgeflogen ist, kann es durchaus sein, dass Sie Mikrosplitter im Auge haben. Ich muss Sie mitnehmen.«

Müde gab sich Arthur geschlagen. Der Sanitäter half ihm, sich auf die Trage zu legen. Er bedeckte seine Augen mit zwei sterilen Kompressen. Solange sie nicht gesäubert seien, müsse er jede Augenbewegung vermeiden, die die Hornhaut verletzen könnte. Der Verband, der jetzt Arthurs Gesicht umgab, tauchte ihn in eine unbehagliche Dunkelheit.

Mit heulender Sirene fuhr der Rettungswagen die Sutter Street hinauf, bog in die Van Ness Avenue ein und steuerte das San Francisco Memorial Hospital an.

Kapitel 6

Ein Klingeln ertönte. Die Türen des Aufzugs öffneten sich auf die dritte Etage. Die Inschrift auf dem Schild an der Wand bezeichnete den Eingang zur Neurologischen Station. Lauren trat auf den Gang, ohne ihre Kollegen zu grüßen, die auf dem Weg in eines der unteren Stockwerke der Klinik waren. Die Neonröhren an der Decke des langen Korridors spiegelten sich auf der glatten Oberfläche des Bodens. Ihre Schuhe knirschten bei jedem Schritt auf dem Linoleum. Sie hob die Hand, um ganz sanft an die Tür 307 zu klopfen, doch dann sank ihr Arm schwer herab. Sie trat ein.

Es waren weder Laken noch Kissen auf dem Bett. Der Infusionsständer stand nackt und kerzengerade wie ein Skelett in einer Ecke neben dem unbewegten Vorhang zum Badezimmer. Das Radio auf dem Nachttisch war stumm, die Stofftiere, die heute Morgen noch vom Fensterbrett gelächelt hatten, waren fort, um in anderen Zimmern ihren Dienst zu tun. Von den Kinderzeichnungen an der Wand waren nur ein paar Fetzen Tesafilm geblieben.

Manche würden sagen, die kleine Marcia sei am Nachmittag entschlafen, andere würden einfach sagen, dass sie tot sei, für diejenigen aber, die auf der Etage arbeiteten, würde dieses Zimmer noch für einige Stunden das ihre bleiben. Lauren setzte sich auf die Matratze und strich über die Gummiunterlage. Ihre nervöse Hand bewegte sich bis zum Nachttisch vor und öffnete die Schublade. Sie nahm das gefaltete Blatt heraus und wartete einen Moment, bevor sie das Geheimnis las. Die Kleine, die blind davongegangen war, hatte richtig gesehen. Die Farbe von Laurens Augen verschwamm unter den Tränen. Sie beugte sich vor, um einen Weinkrampf zu unterdrücken.

Die Tür öffnete sich behutsam, aber Lauren hörte den Atem des Mannes mit den weißen Schläfen nicht, der sie weinen sah.

Würdevoll und elegant in seinem schwarzen Anzug, der graue Bart präzise gestutzt, trat Santiago auf leisen Sohlen ans Bett und legte Lauren die Hand auf die Schulter.

»Sie trifft keine Schuld«, murmelte er mit einem leichten argentinischen Akzent. »Sie sind Ärzte, keine Götter.«

»Und Sie, wer sind Sie?«, fragte Lauren zwischen zwei Schluchzern.

»Ihr Vater. Ich wollte ihre letzten Sachen holen. Ihre Mutter hat nicht die Kraft dazu. Sie müssen sich wieder fassen. Andere Kinder hier brauchen Sie.«

»Es müsste andersherum sein«, sagte Lauren und griff nach einem Taschentuch.

»Andersherum?«, fragte der Mann verwundert.

»Ich müsste Sie trösten, nicht umgekehrt.« Sie schluchzte jetzt richtig los.

Gefangen in seinem Schamgefühl, zögerte der Mann einen Augenblick; dann nahm er Lauren in die Arme und zog sie an sich. Jetzt verschleierten sich auch seine azurblauen Augen. Und als wollte er es Lauren aus Höflichkeit gleichtun, ließ er seinem Schmerz freien Lauf.

Der Krankenwagen hielt unter dem Vordach der Notaufnahme. Der Fahrer und der Sanitäter führten Arthur zur Anmeldung.

»Da wären wir«, sagte der Fahrer.

»Könnten Sie mir nicht diesen Verband abnehmen? Ich garantiere Ihnen, ich habe nichts, ich möchte nur nach Hause.«

»Das trifft sich ja gut!«, begann Oberschwester Betty mit autoritärer Stimme und studierte den Unfallbericht, den der Sanitäter ihr ausgehändigt hatte. »Auch ich wäre froh, wenn Sie nach Hause gehen würden«, fuhr sie fort. »Ich wünschte, alle Leute, die in dieser Halle warten, gingen heim, was auch ich gerne tun würde. Doch bis Gott uns erhört, werden wir Sie und die anderen untersuchen müssen. Man wird Sie abholen.«

»Und wann?«, fragte Arthur fast schüchtern.

Betty verdrehte die Augen, streckte die Arme zur Decke und rief: »ER allein weiß es! Bringen Sie ihn in den Warteraum«, sagte sie zu den Sanitätern und entfernte sich.

Marcias Vater erhob sich und öffnete die Tür des Wandschranks. Er nahm den Karton heraus, der die Sachen des kleinen Mädchens enthielt.

»Sie hat Sie sehr gemocht«, sagte er, ohne sich umzudrehen.

Lauren senkte den Kopf.

»Das heißt, das war es gar nicht, was ich sagen wollte«, fuhr der Mann fort.

Und als Lauren nichts erwiderte, stellte er ihr eine weitere Frage.

»Was auch immer ich in diesem Krankenhaus sage, fällt für Sie unter die Schweigepflicht, oder?«

Lauren sagte, sie würde es versprechen.

Da trat Santiago zu ihr, setzte sich neben sie auf das Bett und murmelte: »Ich wollte mich bei Ihnen bedanken, dass Sie mir erlaubt haben zu weinen.«

Die beiden blieben reglos sitzen.

»Sie haben Marcia manchmal Geschichten erzählt?«, fragte Lauren leise.

»Ich lebte weit von meiner Tochter entfernt; zu der Operation bin ich zurückgekommen. Doch jeden Abend habe ich sie von Buenos Aires aus angerufen; sie legte den Hörer auf ihr Kopfkissen, und ich erzählte ihr von einem Volk von Tieren und Pflanzen, die in einer Lichtung im Wald leben, einem Wald, den noch kein Mensch betreten hat. Und diese Geschichte hat drei Jahre gedauert. Zwischen dem Kaninchen mit magischen Kräften, den Hirschen, den Bäumen, die alle ihre Namen hatten, dem Adler, der immer im Kreis flog, weil ein Flügel kürzer war als der andere, verhaspelte ich mich manchmal in meiner Erzählung, doch Marcia korrigierte mich beim kleinsten Irrtum. Es kam gar nicht infrage, die weise Tomate oder die Gurke mit dem verrückten Lachen anderswo wiederzufinden als dort, wo wir sie am Vorabend verlassen hatten.«

»Gibt es auch eine Eule in dieser Lichtung?«

Santiago lächelte. »O ja, das war eine ganz besondere

Nummer! Emilia war die Nachtwächterin. Während alle anderen Tiere schliefen, blieb sie wach, um sie zu beschützen. In Wirklichkeit war diese Aufgabe ein Vorwand, denn diese Eule war schrecklich ängstlich. Bei Tagesanbruch flog sie in eine Grotte, so schnell sie konnte. Dort versteckte sie sich, weil sie Angst vor dem Licht hatte. Doch das Kaninchen war ein mitfühlendes Tier, es hat sein Geheimnis nie verraten. Marcia schlief oft vor dem Ende der Geschichte ein, und ich lauschte ihrem gleichmäßigen Atem, bis ihre Mutter den Hörer auflegte. Diese Atemzüge waren wie schöne Musik, ich nahm die Noten mit in meine Nacht.«

Der Vater des kleinen Mädchens verstummte. Er stand auf und ging auf die Tür zu.

»Wissen Sie, dort in Argentinien baue ich Stauwerke, gewaltige Unternehmen, doch mein Stolz, das war sie!«

»Warten Sie«, sagte Lauren sanft. Sie bückte sich und sah unters Bett. Im Schatten der Matratze wartete eine kleine weiße Eule, die Flügel gekreuzt. Sie nahm das Stofftier und hielt es Santiago hin. Der Mann trat auf sie zu, nahm es an sich und strich über sein Fell.

»Hier«, sagte er zu Lauren und reichte ihr die Eule zurück. »Reparieren Sie ihre Augen. Sie sind Ärztin, Sie müssten das können. Geben Sie ihr die Freiheit zurück, machen Sie, dass sie keine Angst mehr hat.«

Damit verabschiedete er sich und verließ das Zimmer. Als er allein auf dem Flur war, drückte er den kleinen Karton fest an sich.

Laurens Piepser vibrierte, man suchte sie am Empfang der Notaufnahme. Sie lief in das Schwesternzimmer der Etage und hob den Hörer des Wandtelefons ab. Betty dankte dem Himmel, dass sie noch im Haus war. Es sei wieder mal die Hölle los, und sie brauche sofort Verstärkung.

»Bin schon unterwegs«, sagte Lauren und legte auf.

Bevor sie den Raum verließ, steckte sie eine sonderbare Eule in ihre Kitteltasche. Das kleine Tier brauchte dringend menschliche Wärme; an diesem Nachmittag hatte es seine beste Freundin verloren.

Arthur machte das Warten ganz ungeduldig. Er suchte sein Handy in seiner rechten Jackentasche, doch sein Jackett hatte keine rechte Tasche mehr.

Die Augen noch immer verbunden, versuchte er zu raten, wie spät es war. Paul würde wütend sein, und er erinnerte sich, heute schon einmal gedacht zu haben, dass Paul wütend sein würde, doch er hatte vergessen, warum. Er stand auf und bewegte sich blind auf den Empfang zu.

Betty eilte ihm entgegen. »Sie sind unmöglich!«, sagte sie.

»Ich habe panische Angst vor Krankenhäusern.«

»Gut, wo Sie schon mal da sind, können wir ja gleich auch den Aufnahmebogen ausfüllen. Waren Sie schon einmal hier?«

»Warum?«, erwiderte Arthur ängstlich und stützte sich auf die Empfangstheke.

»Weil es schneller geht, wenn Ihre Daten schon im Computer sind.«

Arthur schüttelte den Kopf. Betty hatte ein gutes Personengedächtnis, und obwohl der Mann einen Verband über den Augen trug, sagten ihr seine Züge etwas. Vielleicht war sie ihm anderswo begegnet. Schließlich war es auch egal; sie hatte zu viel zu tun, um jetzt darüber nachzudenken.

Arthur wollte auf der Stelle nach Hause. Er hatte schon zu lange gewartet, und er musste sich von seinem Verband befreien.

»Sie sind überlastet, und ich fühle mich wirklich bestens«, sagte er. »Ich fahre jetzt nach Hause.«

Betty hielt seine Hände fest. »Versuchen Sie's doch!«

»Was riskiere ich denn?«, fragte Arthur, fast belustigt.

»Bei dem geringsten kleinen Schmerz, der sich in den nächsten sechs bis zwölf Monaten einstellt und eine Behandlung erfordert, können Sie Ihre Versicherung vergessen! Wenn Sie diese Notaufnahme verlassen, und sei es nur, um eine Zigarette zu rauchen, dann schicke ich Ihren Aufnahmebogen an Ihre Versicherung mit dem Vermerk, dass Sie sich geweigert haben, sich untersuchen zu lassen. Selbst bei einem kleinen Zahnschmerz schickt Sie Ihre Versicherung in die Wüste.«

»Ich rauche nicht!«, sagte Arthur und stützte die Ellenbogen wieder auf die Theke.

»Ich weiß, dass es beängstigend ist, im Dunkeln zu sein, aber gedulden Sie sich, da ist auch schon die Frau Doktor, sie kommt aus dem Aufzug hinter Ihnen.«

Lauren steuerte auf den Empfang zu. Seitdem sie Marcias Zimmer verlassen hatte, hatte sie kein Wort mehr hervorgebracht. Sie nahm der Schwester schweigend Unfallbericht und Aufnahmebogen ab, überflog den Bericht des Sanitäters und führte Arthur zum Raum 4. Drinnen zog sie den Vorhang der Kabine zu und half ihm, sich auf den

Untersuchungstisch zu legen. Sobald er ausgestreckt war, begann sie, ihm den Verband abzunehmen.

»Lassen Sie Ihre Augen noch eine Weile geschlossen«, sagte sie.

Die wenigen Worte, die sie, wenn auch mit ruhiger Stimme, ausgesprochen hatte, hatten ausgereicht, um Arthurs Herzschlag zu beschleunigen. Sie nahm die beiden Kompressen ab, hob die Lider und träufelte ihm ein Serum in die Augen.

»Haben Sie Schmerzen?«

»Nein.«

»Hatten Sie den Eindruck, Splitter abbekommen zu haben?«

»Ganz und gar nicht. Dieser Verband war eine Idee des Sanitäters, ich habe wirklich nichts.«

»Er hat recht gehandelt. Sie können die Augen jetzt öffnen!«

Es dauerte einige Sekunden, bis sich die Flüssigkeit verteilt hatte. Als Arthurs Sehvermögen klar wurde, begann sein Herz noch heftiger zu schlagen. Sein Wunsch, den er an Lilis Grab ausgesprochen hatte, war Wirklichkeit geworden.

»Alles in Ordnung?«, fragte Lauren, die bemerkt hatte, dass ihr Patient plötzlich blass geworden war.

»Ja«, brachte er mühsam hervor.

»Entspannen Sie sich.«

Lauren beugte sich über ihn, um die Hornhaut der Augen mit der Lupe zu untersuchen. Dabei kamen sich ihre Gesichter so nahe, dass sich ihre Lippen fast berührten.

»Sie haben absolut nichts an den Augen; Sie haben wirklich Glück gehabt.«

Arthur gab keinen Kommentar dazu ab.

»Sie hatten keine Bewusstseinstrübung?«

»Bisher nicht, nein.«

»Sollte das ein Scherz sein?«

»Ein schüchterner Versuch.«

»Kopfschmerzen?«

»Auch nicht.«

Laura ließ die Hand unter Arthurs Rücken gleiten und tastete die Wirbelsäule ab.

»Keine Schmerzen irgendwo?«

»Absolut nichts.«

»Sie haben eine hübsche Schwellung an der Lippe. Machen Sie mal den Mund auf!«

»Muss das sein?«

»Wenn ich Sie darum bitte.«

Arthur gehorchte.

Lauren nahm ihre kleine Lampe zur Hand. »Oje, um das zu nähen, sind mindestens fünf Stiche nötig.«

»So viele?«

»Das war auch ein Scherz. Ein Mundbad in den nächsten vier Tagen reicht völlig aus.«

Sie desinfizierte die Wunde auf der Stirn und klebte die Ränder mit einem Gel zusammen. Dann öffnete sie eine Schublade und zog ein Pflaster heraus.

»Ich muss es halb auf die Augenbraue kleben. Es wird ein bisschen wehtun, wenn Sie es später abziehen. Die anderen Schnitte sind nur geringfügig; sie vernarben von selbst. Ich verschreibe Ihnen ein Breitbandantibiotikum, das Sie ein paar Tage nehmen, nur für alle Fälle.«

Arthur knöpfte sein Hemd zu und wollte sich aufsetzen.

»Nicht so schnell«, sagte Lauren. »Ich muss noch Ihren Blutdruck messen.«

Sie nahm das Messgerät aus seiner Halterung an der Wand und legte die Manschette mit dem Klettverschluss um Arthurs Arm. Der Druck wurde automatisch erhöht und die Luft dann langsam, in regelmäßigen Intervallen abgelassen. Wenige Sekunden genügten, und die Messdaten erschienen auf dem Display.

»Leiden Sie unter Tachykardie, das heißt Herzjagen?«, fragte Lauren.

»Nein«, erwiderte Arthur verwirrt.

»Trotzdem schlägt Ihr Herz zu schnell – über hundertzwanzig Pulsschläge pro Minute, und ihr Blutdruck liegt bei hundertachtzig, das ist viel zu hoch für einen Mann Ihres Alters.«

Arthur sah Lauren an; er suchte verzweifelt nach einer Ausrede für sein Herz. »Ich bin etwas hypochondrisch veranlagt, und Krankenhäuser versetzen mich in Panik«, sagte er schließlich.

»Mein Ex verdrehte die Augen, wenn er nur meinen Arztkittel sah.«

»Ihr Ex?«

»Keine Bedeutung.«

»Und Ihr Jetziger? Was sagt der, wenn er ein Stethoskop sieht?«

»Mir wäre doch lieber, wenn ein Kardiologe Sie sehen würde. Ich kann einen anpiepsen, wenn Sie wollen.«

»Nicht nötig«, sagte Arthur mit zitternder Stimme. »Das passiert mir nicht zum ersten Mal; das heißt, im Krankenhaus ist es das erste Mal; wenn ich mich beim Auswahlverfahren präsentiere, glaube ich, mein Herz würde in meiner Brust zerspringen; ich leide unter starkem Lampenfieber.«

»Welchen Beruf üben Sie aus, wenn Sie noch an Auswahlverfahren teilnehmen?«, fragte Lauren belustigt und schrieb ein Rezept aus.

Arthur zögerte zu antworten. Er nutzte den Augenblick, während sie sich auf das Rezept konzentrierte, um sie still und aufmerksam zu betrachten. Lauren hatte sich nicht verändert, höchstens die Frisur. Die kleine Narbe auf der Stirn, die er so geliebt hatte, war fast verschwunden. Und noch immer dieser Blick, unbeschreiblich und stolz. Er erkannte jeden Gesichtsausdruck, wenn sie sprach, und ihr Lächeln weckte glückliche Erinnerungen. War es möglich, dass man jemanden so sehr vermisste? Die Manschette wurde erneut aufgeblasen, die Luft abgelassen, und neue Daten erschienen auf dem Display. Lauren hob den Kopf, um sie zu prüfen.

»Ich bin Architekt.«

»Und Sie arbeiten auch am Wochenende?«

»Manchmal sogar nachts. Wir sind immer ›unter Strom‹.«

»Das kenne ich.«

Arthur setzte sich auf.

»Haben Sie einen Architekten gekannt?«, fragte er mit fiebernder Stimme.

»Soweit ich mich erinnern kann, nein, aber ich sprach von meinem Beruf, und das haben wir gemeinsam – arbeiten, ohne die Stunden zu zählen.«

»Und was macht Ihr Freund?«

»Sie fragen mich jetzt schon zum zweiten Mal, ob ich ledig bin … Ihr Herz schlägt viel zu schnell. Mir wäre es wirklich lieber, Sie würden sich von einem meiner Kollegen untersuchen lassen.«

Arthur riss die Manschette von seinem Arm und erhob sich.

»Jetzt sind Sie aber ängstlich!«

Er wollte nach Hause und sich ausruhen. Morgen würde schon alles besser aussehen. Er versprach, seinen Blutdruck in den nächsten Tagen prüfen zu lassen, und wenn irgendetwas anormal wäre, einen Spezialisten aufzusuchen.

»Ist das ein Versprechen?«, beharrte Lauren.

Arthur flehte den Himmel an, sie möge aufhören, ihn so anzusehen. Wenn sein Herz nicht von einer Minute zur anderen explodierte, dann würde er sie in die Arme nehmen und ihr sagen, dass er verrückt nach ihr sei, dass es unmöglich für ihn sei, in derselben Stadt zu leben wie sie und nicht mit ihr zu sprechen. Er würde ihr alles erzählen und stellte sich vor, dass er nur wenig Zeit hätte, es zu tun, bevor sie die Sicherheit anrief, um ihn für immer in die Psychiatrie zu stecken. Er nahm sein Jackett oder vielmehr was davon übrig geblieben war, weigerte sich, es vor ihren Augen anzuziehen, und bedankte sich bei ihr.

Er wollte schon aus der Kabine treten, als sie sagte: »Arthur?«

Diesmal schlug ihm das Herz bis zum Hals. Er drehte sich um.

»Das ist doch Ihr Vorname, oder?«

»Ja«, stammelte er, und sein Mund war völlig ausgetrocknet.

»Ihr Rezept!«, sagte Lauren und reichte ihm einen rosafarbenen Zettel.

»Danke«, erwiderte Arthur und nahm das Papier entgegen.

»Sie haben mir schon gedankt. Ziehen Sie Ihr Jackett an. Die Nächte sind kalt, und Ihr Organismus hat heute schon genug mitgemacht.«

Arthur schlüpfte ungeschickt in einen Ärmel, drehte sich noch einmal um und sah Lauren lange an.

»Was ist?«, fragte sie.

»Sie haben eine Eule in Ihrer Tasche«, sagte er mit einem traurigen Lächeln.

Damit verließ er die Kabine.

Als er die Halle durchquerte, rief Betty ihn vom Empfang aus. Er trat verwirrt an den Schalter.

»Unterschreiben Sie, dann sind Sie frei«, sagte sie und schob ihm ein großes schwarzes Heft hin.

Arthur setzte seine Unterschrift in das Register der Notaufnahme.

»Sind Sie sicher, dass alles in Ordnung ist?«, fragte die Oberschwester. »Sie machen mir einen angeschlagenen Eindruck.«

»Durchaus möglich«, erwiderte er und entfernte sich.

Draußen suchte Arthur nach einem Taxi, und vom Empfang aus, wo Betty die Aufnahmeformulare sortierte, beobachtete ihn Lauren, ohne dass er es bemerkte.

»Findest du nicht, dass er ihm irgendwie ähnelt?«

»Ich weiß nicht, wovon du sprichst«, erwiderte die Oberschwester, die Nase in ihren Papieren. »Manchmal frage ich mich, ob wir in einem Krankenhaus arbeiten oder in einer Behörde.«

»Beides, glaube ich. Schau mal schnell und sag mir, wie du ihn findest? Er ist doch gar nicht schlecht, oder?«

Betty nahm ihre Lesebrille ab, warf einen kurzen Blick hinaus und vertiefte sich wieder in ihre Papiere. Ein Wagen der Yellow Cab Company hatte angehalten. Arthur stieg ein, und das Taxi fuhr los.

»Kein Bericht!«, sagte Betty.

»Hast du ihn für zwei Sekunden angesehen?«

»Ja, aber du fragst mich das jetzt zum x-ten Mal, also bin ich in Übung, und außerdem habe ich dir schon gesagt, dass ich ein gutes Personengedächtnis habe. Wenn das dein Typ wäre, hätte ich ihn auf der Stelle wiedererkannt, denn schließlich lag ich nicht im Koma.«

Lauren griff nach einem Stapel Krankenblätter und half der Oberschwester beim Einordnen.

»Vorhin, als ich ihn untersucht habe, sind mir echte Zweifel gekommen.«

»Warum hast du ihm nicht die Frage gestellt?«

»Siehst du mich einen Patienten fragen: ›Haben Sie, als ich aus dem Koma erwacht bin, vielleicht zufällig zwei Wochen an meinem Bett gesessen?‹«

Betty musste herzlich lachen.

»Ich glaube, ich habe letzte Nacht wieder von ihm geträumt. Doch beim Aufwachen kann ich mich nie an seine Gesichtszüge erinnern.«

»Wenn er es gewesen wäre, hätte er dich doch erkannt. Du hast zwanzig ›Kunden‹, die auf dich warten, du solltest dir diese Faxen aus dem Kopf schlagen und arbeiten gehen. Und schließ das Kapitel ab. Es gibt doch jemanden in deinem Leben, oder?«

»Aber bist du wirklich sicher, dass er's nicht war?«, beharrte Lauren leise.

»Ganz sicher!«

»Erzähl mir noch einmal von ihm.«

Betty wandte sich von ihren Patientenkarten ab und schwenkte auf dem Drehstuhl zu ihr herum. »Was soll ich denn sagen!«

»Das ist doch schon unglaublich«, empörte sich Lauren. »Eine ganze Klinikstation hat diesen Mann zwei Wochen lang täglich gesehen, und ich finde nicht eine einzige Person, die irgendetwas über ihn weiß.«

»Allem Anschein nach ist er besonders diskret«, brummelte Betty und heftete einige rosafarbene Zettel zusammen.

»Und niemand hat sich gefragt, was er hier zu suchen hatte?«

»Nachdem deine Mutter seine Gegenwart akzeptiert hat, hatten wir uns da nicht einzumischen. Alle glaubten hier, es sei einer deiner Freunde, um nicht zu sagen ›dein Freund‹. Du hast alle auf der Etage eifersüchtig gemacht. Mehr als eine hätte sich ihn gern unter den Nagel gerissen.«

»Mom glaubt, es sei ein Patient gewesen, Fernstein, dass es ein Familienangehöriger war, und du, dass es mein Freund war. Jeder hat hier seine eigene Theorie.«

Betty hüstelte, stand auf und griff nach einem weiteren Blätterstapel. Sie schob ihre Brille auf die Nase zurück und sah Lauren ernst an. »Du warst schließlich auch da!«

»Was versucht ihr alle, vor mir zu verbergen?«

Um sich ihre Verlegenheit nicht anmerken zu lassen, beugte sich die Schwester wieder über ihre Akten. »Nichts, gar nichts! Ich weiß, dass es dir seltsam erscheinen muss, aber das einzig wirklich Erstaunliche ist, dass du ohne Spätfolgen aus der Sache hervorgegangen bist. Und dafür solltest du dem Himmel danken, statt wie besessen irgendwelche Mysterien zu erfinden.«

Betty drückte auf eine kleine Klingel und rief die Nummer 125 auf. Sie überreichte Lauren den Aufnahmebogen und machte ihr ein Zeichen, an ihren Posten zurückzukehren.

»Verdammt, ich bin hier die Ärztin«, schimpfte Lauren und begab sich zur Kabine Nummer 4.

Kapitel 7

Das Taxi setzte Arthur vor seinem Haus ab. Vergeblich suchte er nach seinem Schlüssel und zögerte, bei Miss Morrison zu klingeln, wahrscheinlich würde sie ihn nicht hören. Als von einem Balkon Wasser heruntertropfte, hob er den Kopf und entdeckte seine Nachbarin, die ihre Blumen goss. Er winkte ihr zu. Miss Morrison war beunruhigt, ihn in einem so erbärmlichen Zustand zu sehen. Der Türöffner summte.

Sie erwartete ihn auf dem Flur. Die Hände in die Hüften gestemmt, musterte sie ihn skeptisch. »Haben Sie mit einer Boxerin geflirtet?«, fragte sie.

»Nein, ein Motorradbeiwagen hat sich in mich verliebt«, antwortete Arthur.

»Hatten Sie einen Motorradunfall?«

»Ja, aber zu Fuß. Zu allem Überfluss bin ich nicht einmal über die Straße gegangen, ich bin vor Macy's angefahren worden.«

»Was hatten Sie denn da zu suchen?«

Da die Leine unter den Scherben des Schaufensters lag, erwähnte Arthur sie lieber nicht.

Miss Morrison nahm das Jackett in Augenschein, das von einer Schulter zur anderen aufgerissen war.

»Ich befürchte, die Reparatur wird zu sehen sein. Haben Sie die Tasche nicht mitgebracht?«

»Nein«, gab Arthur lächelnd zurück, doch sogleich fuhr ein stechender Schmerz durch seine geschwollene Lippe.

»Wenn Sie sich das nächste Mal von einer Freundin streicheln lassen, ziehen Sie ihr vorher Handschuhe an oder schneiden Sie ihr die Nägel, das wäre vorsichtiger.«

»Rose, bringen Sie mich nicht zum Lachen, das tut tierisch weh!«

»Wenn ich geahnt hätte, dass es ausreicht, dass Sie von einem Motorrad angefahren werden, damit Sie mich beim Vornamen nennen, hätte ich längst einen meiner alten Freunde von den Hell's Angels angerufen. Apropos tierisch, Pablo hat heute Nachmittag gebellt, ich dachte, das wäre sein Ende, aber nein, er hat nur gebellt.«

»Gut, Rose, ich lege mich lieber ins Bett.«

»Ich bringe Ihnen eine Tasse Kräutertee, und irgendwo habe ich sicher auch Arnika.«

Arthur bedankte und verabschiedete sich. Doch auf halbem Weg zu seiner Tür hörte er seine Nachbarin mit einem Schlüsselbund klimpern und rufen: »Sie dürften den Ihren wohl kaum im Aufzug wiedergefunden haben? Das ist der Zweitschlüssel, den Sie mir anvertraut haben. Ich könnte mir vorstellen, dass Sie ihn brauchen, wenn Sie in Ihre Wohnung wollen.«

Er öffnete seine Tür und gab ihr den Bund zurück. Er habe noch einen in seinem Schreibtisch, und es sei ihm lieber, dass sie ihn behalte. Er betrat seine Wohnung, knipste die Halogenlampe im Wohnzimmer an, doch das Licht löste sofort heftige Kopfschmerzen aus. Er ging ins Bad und nahm zwei Tütchen Aspirin aus dem Schrank. Eine doppelte Dosis war notwendig, um den Sturm zu beruhigen, der in seinem Schädel tobte. Er streute das Pulver unter seine Zunge, damit es sofort in die Blutbahn ging und schneller wirkte. In seiner viermonatigen Beziehung zu einer Medizinstudentin hatte er einige kleine Geheimnisse erfahren. Der bittere Geschmack ließ ihn erschaudern. Er beugte sich vor, um am Wasserhahn zu trinken. Doch plötzlich drehte sich alles, und er musste sich am Waschbecken abstützen. Arthur fühlte sich schwach. Das war nicht weiter verwunderlich, schließlich hatte er seit dem Morgen nichts mehr gegessen. Trotz der latenten Übelkeit musste er sich zwingen, etwas zu sich zu nehmen. Ein leerer Magen und Schwindelgefühle passten wunderbar zusammen. Er warf sein Jackett auf das Sofa und ging in die Küche. Als er die Kühlschranktür öffnete, überkam ihn ein Frösteln. Arthur nahm einen Teller mit einem Stück Käse und eine Packung Toastbrot heraus. Er machte sich ein Sandwich, doch schon beim ersten Bissen schob er den Teller beiseite.

Es war sinnlos, es zu leugnen: Er war k. o. Im Schlafzimmer tastete er sich zum Nachtkästchen, und seine Hand glitt am Kabel der Lampe entlang, bis er den Schalter fand. Er wandte den Kopf zur Tür, wahrscheinlich war die Sicherung herausgesprungen, denn das Wohnzimmer war dunkel.

Arthur begriff nicht, was geschah, die Nachttischlampe schien kaum zu funktionieren, sie verbreitete ein diffuses, blasses Licht, das einen Orangeton hatte, doch wenn er sie von vorn ansah, brannte sie normal. Die Übelkeit nahm zu. Er wollte ins Bad laufen, doch seine Beine gaben nach, und er fiel zu Boden.

Unfähig, sich zu erheben, lag er vor dem Bett und versuchte, zum Telefon zu robben. Sein Herz klopfte zum Zerspringen, und jeder Schlag hallte unendlich schmerzvoll in seinem Kopf wider. Er rang nach Luft, hörte noch das Läuten der Türklingel und verlor das Bewusstsein.

Paul sah wütend auf seine Uhr. Er winkte den Oberkellner heran und verlangte die Rechnung. Als er kurz darauf über den Parkplatz zu seinem Wagen ging, entschuldigte er sich erneut bei seinen Gästen. Es war nicht seine Schuld, aber sein Freund war eben ein Muffel.

Onega übernahm sofort Arthurs Verteidigung: In der heutigen Epoche, da die Liebe für viele nur noch ein Relikt aus alten Zeiten darstellte, konnte jemand, der seine Freundin nach vier Monaten hatte heiraten wollen, doch kein durchweg schlechter Mensch sein.

»Sie waren aber nicht wirklich verheiratet«, wandte Paul mürrisch ein und hielt Onega die Tür auf.

Arthur hatte sich bestimmt hingelegt, aber Miss Morrison war beunruhigt, denn er hatte vorhin irgendwie seltsam gewirkt. Sie schloss ihre Wohnungstür, legte das Röhrchen mit Arnika auf den Küchentisch und kehrte in ihr Wohnzimmer zurück. Pablo schlief friedlich in seinem Körbchen. Sie nahm ihn auf den Arm und setzte sich in ihren großen Fernsehsessel. Sie hörte zwar nicht mehr sehr gut, sah dafür aber umso besser und hatte durchaus bemerkt, wie bleich Arthur gewesen war.

»Hast du die ganze Nacht Dienst?«, fragte Betty.

»Nein, um zwei bin ich fertig«, antwortete Lauren.

»Ein Montagabend, kein Tropfen Regen und noch lange kein Vollmond, du wirst sehen, das wird ein ruhiger Abend.«

»Hoffen wir's«, meinte Lauren und band ihr Haar zusammen.

Betty nutzte die Ruhe, um ihre Medikamentenschränke aufzuräumen. Lauren wollte ihr Hilfe anbieten, doch der Piepser in ihrer Tasche ertönte. Sie erkannte die Nummer auf dem Display; sie wurde in einem Zimmer im zweiten Stock gebraucht.

Paul und Onega hatten Mathilde nach Hause gebracht, ehe sie einen nächtlichen Spaziergang am Pier 39 unternahmen. Onega hatte diesen Ort ausgesucht, was Paul gewundert hatte. An dieser berühmten Touristenattraktion von San Francisco reihten sich laute Restaurants und schrille Läden. Am Ende der gischtübersprühten Stege des Piers standen Ferngläser, durch die man für fünfundzwanzig Cent die Gefängnisinsel Alcatraz sehen konnte. Kupferschilder erinnerten den Besucher daran, dass wegen der Strömung und der Haie noch keinem Gefangenen die Flucht von dort gelungen sei, »ausgenommen Clint Eastwood«, wie in Klammern erwähnt wurde.

Paul fasste Onega bei der Taille.

Sie wandte sich um und sah ihm in die Augen.

»Warum wolltest du hierher?«, fragte er.

»Ich mag diesen Ort. Die Einwanderer aus meinem Land erzählen oft von ihrer Ankunft mit dem Schiff in New York und von dem Glücksgefühl, als sie, an Deck gedrängt, die Freiheitsstatue aus dem Nebel auftauchen sahen. Ich bin mit dem Flugzeug über Asien gekommen. Das Erste, was ich durchs Fenster gesehen habe, nachdem wir die Wolkendecke durchdrungen hatten, war das Gefängnis Alcatraz. Ich habe das als gutes Omen gedeutet. Diejenigen, die in New York die Freiheit gesucht haben, haben sie oft verspielt, ich hingegen habe alles gewonnen.«

»Kommst du aus Russland?«, fragte Paul.

»Um Himmels willen, nein, aus der Ukraine!«, rief Onega und rollte sinnlich das R. »Sag nie einem meiner Landsleute, er sei Russe! Bei so viel Unwissenheit hättest du es verdient, dass ich dich nicht mehr küsse – zumindest für einige Stunden«, fügte sie verschmitzt hinzu.

»Wie alt warst du, als du hierherkamst?«

Onega trat ans Ende des Stegs, dann lachte sie laut auf.

»Ich bin in Sausalito geboren, du Dummkopf! Ich habe in Berkeley studiert und bin Juristin am Rathaus. Wenn du mir ein paar Fragen gestellt hättest, statt dauernd nur selbst zu reden, wüsstest du das alles schon längst.«

Paul kam sich lächerlich vor. Er stützte sich auf das Geländer und sah aufs Meer hinaus. Onega schmiegte sich an ihn.

»Entschuldige, aber du warst so süß, dass ich dich weiter auf den Arm nehmen musste. Außerdem war es keine große Lüge; bis auf eine Generation stimmt die Geschichte, es ist die meiner Mutter. Bringst du mich nach Hause? Ich muss morgen früh arbeiten«, sagte sie und küsste ihn.

Der Fernseher war ausgeschaltet. Eigentlich hatte sich Miss Morrison ihren Film ansehen wollen, aber irgendwie war sie nicht bei der Sache. Sie setzte Pablo auf den Boden und nahm die Schlüssel zur Wohnung ihres Nachbarn.

Sie fand Arthur ohnmächtig vor dem Sofa. Sie beugte sich über ihn und schlug ihm leicht auf die Wangen. Er öffnete die Augen. Miss Morrison versuchte, eine beruhigende Miene aufzusetzen, was ihr jedoch nicht gelang. Er hörte ihre Stimme wie aus der Ferne, sah sie aber nicht. Vergeblich versuchte er, etwas zu sagen, doch die Worte wollten nicht herauskommen. Sein Mund war ausgetrocknet. Miss Morrison füllte ein Glas mit Wasser und benetzte seine Lippen.

»Bleiben Sie ganz ruhig, ich hole sofort Hilfe«, sagte sie und tätschelte seine Stirn.

Auf der Suche nach dem Telefon ging sie zum Schreibtisch. Arthur gelang es, das Glas mit der rechten Hand zu halten, die linke wollte ihm nicht gehorchen. Die kalte Flüssigkeit rann in seine Kehle, und er schluckte. Er wollte sich aufrappeln, aber seine Beine waren wie gelähmt. Die alte Dame wandte sich nach ihm um. Er hatte wieder etwas Farbe bekommen. Sie wollte gerade den Hörer abnehmen, als plötzlich das Telefon klingelte.

»Sag mal, willst du mich zum Narren halten«, schrie Paul.

»Von wem habe ich die Ehre, angebrüllt zu werden?«, fragte Miss Morrison.

»Bin ich nicht bei Arthur?«

Die Ruhe war nur von kurzer Dauer gewesen. Betty platzte in die Kabine, in der Lauren schlief.

»Beeil dich, die Zentrale hat uns gerade benachrichtigt,

dass zehn Krankenwagen auf dem Weg sind. Eine Schlägerei in einer Bar.«

»Sind die Untersuchungsräume frei?«, fragte Lauren und sprang auf.

»Nur ein Patient, nichts Schlimmes.«

»Dann schaff ihn raus und ruf Verstärkung, zehn Krankenwagen können uns bis zu zwanzig Verletzte bescheren.«

In der Ferne hörte Paul Sirenengeheul. Er warf einen Blick in den Rückspiegel und sah das Blaulicht des Ambulanzwagens aufblitzen. Er gab Gas und trommelte ungeduldig auf das Lenkrad. Schließlich hielt er vor dem kleinen Haus, in dem Arthur wohnte. Die Eingangstür stand offen, er rannte die Treppe hinauf und betrat außer Atem die Wohnung.

Arthur lag vor dem Sofa, Miss Morrison hielt seine Hand.

»Er hat uns vielleicht einen Schrecken eingejagt«, sagte sie zu Paul, »aber ich glaube, es geht ihm schon besser. Ich habe einen Krankenwagen gerufen.«

»Er ist schon fast da«, erklärte Paul und trat zu seinem Freund. »Wie fühlst du dich?«, fragte er besorgt.

Arthur wandte den Kopf zu Paul und bemerkte sofort, dass etwas nicht in Ordnung war.

»Ich kann dich nicht sehen«, murmelte er.

Kapitel 8

Der Sanitäter vergewisserte sich, dass die Trage gut befestigt war, und schloss den Sicherheitsgurt. Er klopfte an die Trennscheibe zur Fahrerkabine, und der Krankenwagen fuhr los.

Von Arthurs Balkon aus beobachtete Miss Morrison, wie der Rettungswagen mit heulender Sirene an der Kreuzung abbog. Sie schloss die Tür, schaltete das Licht aus und ging zurück in ihre Wohnung. Paul hatte versprochen, sie anzurufen, sobald er mehr wüsste. Sie setzte sich in ihren Sessel und wartete, dass das Telefon klingelte.

Paul hatte neben dem Sanitäter Platz genommen, der Arthurs Blutdruck kontrollierte. Sein Freund machte ihm ein Zeichen, näher zu kommen.

»Er darf uns nicht ins Memorial bringen«, flüsterte er ihm ins Ohr. »Dort war ich vorhin schon.«

»Ein Grund mehr, wieder hinzufahren und denen die Hölle heißzumachen. Dich in diesem Zustand zu entlassen, ist ein Skandal.« Paul unterbrach sich und sah Arthur argwöhnisch an. »Hast du sie gesehen?«

»Sie war es, die mich untersucht hat.«

»Das darf nicht wahr sein!«

Arthur antwortete nicht und wandte den Kopf ab.

»Daher dieser Anfall, mein Lieber; das ist das Syndrom

des gebrochenen Herzens, du leidest schon zu lange.« Paul öffnete das kleine Fenster in der Trennscheibe und fragte den Fahrer, welches Krankenhaus sie ansteuerten.

»Mission San Pedro«, antwortete dieser.

»Perfekt«, murmelte Paul und schloss das kleine Fenster wieder.

»Weißt du, dass ich heute Nachmittag Carol-Ann getroffen habe«, flüsterte Arthur.

Diesmal sah ihn Paul mitleidig an. »Das ist nicht weiter schlimm, entspann dich, du fantasierst ein bisschen und glaubst, all deine Exfreundinnen Revue passieren zu sehen.«

Zehn Minuten später hatte der Krankenwagen sein Ziel erreicht. Als die Pfleger die Rolltrage in die ausgestorbene Eingangshalle des Mission San Pedro Hospital schoben, wurde Paul klar, was für ein Unsinn es gewesen war, hierherzukommen. Krankenschwester Cybile ließ ihr Buch sinken und führte sie zu einem Untersuchungsraum. Die Sanitäter hoben Arthur auf eine Liege und verabschiedeten sich.

Währenddessen füllte Paul den Unfallbericht am Empfang aus. Es war nach Mitternacht, als Cybile zu ihm kam; sie hatte den diensthabenden Assistenzarzt bereits angepiepst und schwor, er würde gleich kommen. Dr. Brisson würde nur seine Visite beenden. Arthur, der im Untersuchungsraum lag, litt nicht mehr, er versank langsam in einen tiefen Schlaf. Die Migräne hatte plötzlich wie durch ein Wunder aufgehört. Und seit der Schmerz verebbt war, war Arthur glücklich und sah wieder …

Der Rosengarten war prächtig mit seinen tausend in allen Farben leuchtenden Blüten. Eine weiße Cardinal von einer Größe, die er bisher nie gesehen hatte, öffnete sich vor seinen Augen. Miss Morrison kam singend näher. Sie achtete darauf, die Blume oberhalb des Auges abzuschneiden, und brachte sie auf die Veranda. Sie machte es sich in der Hollywoodschaukel bequem, Pablo schlief zu ihren Füßen. Sie zupfte bedächtig die Blütenblätter ab und nähte sie vorsichtig auf das Tweedjackett. Eine schöne Idee, sie zu verwenden, um die fehlende Tasche zu ersetzen. Die Haustür öffnete sich, und seine Mutter kam die Außentreppe herunter. Auf einem Weidentablett trug sie eine Tasse Kaffee und Kekse für den Hund. Sie beugte sich über das Tier, um sie ihm zu geben.

»Das ist für dich, Kali«, sagte sie.

Warum sagte Miss Morrison Lili nicht die Wahrheit? Dieser kleine Hund hieß Pablo, was für eine eigenartige Idee, ihn Kali zu nennen.

Aber Lili wiederholte immer lauter: »Kali, Kali, Kali.« Und Miss Morrison schaukelte immer höher und wiederholte ihrerseits lachend: »Kali, Kali, Kali.« Die beiden Frauen drehten sich zu Arthur um, legten den Zeigefinger auf die Lippen und bedeuteten ihm zu schweigen. Diese plötzliche Vertraulichkeit ärgerte ihn ausnehmend. Er erhob sich, und der Wind folgte seinem Beispiel.

Das Gewitter zog schnell vom Meer herüber. Schwere Tropfen trommelten auf das Dach. Die Wolken über Carmel entluden sich rücksichtslos und verschonten auch den Rosengarten nicht. Unter der Wucht der Regentropfen bildeten sich rings um ihn Dutzende von kleinen Kratern in der Erde. Miss Morrison ließ die Jacke auf der Hollywoodschaukel liegen und suchte Schutz im Haus. Pablo folgte ihr mit eingezogenem Schwanz, auf der Schwelle aber drehte er sich um und bellte, als wollte er vor einer Gefahr warnen. Arthur rief seine Mutter, er schrie so laut er konnte gegen den Wind an, der ihm die Worte abschnitt. Lili wandte sich um, sie sah ihren Sohn an, und ihr Gesicht schien betrübt; dann verschwand sie, verschluckt vom Schatten des Flurs. In seinen Angeln quietschend, schlug der Fensterladen des Arbeitszimmers gegen die Fassade. Pablo wagte sich bis zur ersten Stufe der Außentreppe vor und jaulte aus Leibeskräften.

Weiter unten tobte das Meer. Arthur dachte, dass es unmöglich wäre, die Grotte am Fuß des Felsens zu erreichen. Dabei war sie das ideale Versteck. Er blickte auf die Bucht hinab, und die hohen Wellen verursachten ihm heftige Übelkeit.

Er musste sich übergeben und beugte sich vor.

»Ich weiß nicht, ob ich das lange aushalte«, sagte Paul mit der Schale in der Hand.

Schwester Cybile hielt Arthurs Schultern, damit er bei den Krämpfen, die ihn schüttelten, nicht vom Untersuchungstisch fiel.

»Kommt dieser blöde Arzt nun bald, oder muss ich ihn erst mit einem Baseballschläger herprügeln?«, schimpfte Paul.

In der letzten Etage des Mission San Pedro Hospital saß der Assistenzarzt Brisson in einem dunklen Krankenzimmer und telefonierte mit seiner Freundin. Sie hatte beschlossen, ihn zu verlassen, und rief ihn jetzt von seiner Wohnung aus an, um ihm die lange Liste von Unvereinbarkeiten aufzuzählen, die ihnen keine andere Wahl als eine Trennung ließen. Der junge Arzt wollte nicht hören, dass er ein Egoist und Karrierist sei, und Vera Zlicker wollte ihm nicht sagen, dass ihr Exfreund unten im Wagen auf sie wartete, während sie ihre Sachen packte. Außerdem könne dieses Gespräch nicht von einem Krankenhauszimmer aus geführt werden, selbst bei ihrer Trennung mangelte es an Intimität, schloss sie. Brisson näherte sein Handy dem Herzmonitor, damit Vera das schwache und gleichmäßige Piepsen hörte, das das Herz seines Patienten auslöste. Verärgert fügte er hinzu, dass dieser sie in seinem Zustand überhaupt nicht stören könnte.

Vera, die sich fragte, ob das T-Shirt, das sie zusammenfaltete, wirklich ihr gehörte, machte eine kleine Pause. Es fiel ihr schwer, sich auf zwei Dinge gleichzeitig zu konzentrieren. Brisson glaubte, sie zögerte, doch dann erkundigte sich Vera, ob es nicht unvorsichtig sei, das Gespräch fortzusetzen, sie habe gehört, dass der Betrieb von Handys die medizinischen Apparate störe. Der Assistenzarzt brüllte, dass ihm das in ebendiesem Augenblick egal sei, und befahl seiner jetzt bereits Exfreundin, wenigstens so viel Anstand zu wahren und zu warten, bis er seinen Dienst am nächsten Morgen beendet hätte. Entnervt schaltete Brisson den Piepser aus, der zum dritten Mal in seiner Tasche summte, und Vera legte am anderen Ende auf.

Das Äderchen, das am hinteren Gehirnlappen lag, war durch den Aufprall verletzt worden. In den ersten drei Stunden nach dem Unfall war eine geringfügige Menge

Blut ausgetreten, doch am frühen Abend war die Hämorrhagie stark genug, um erste Gleichgewichts- und Sehstörungen auszulösen. Dieser Zustand war durch die tausend Milligramm Aspirin, die der Verletzte eingenommen hatte, entscheidend beeinflusst worden. Innerhalb von zehn Minuten hatte die Acetylsäure das Blut erheblich verdünnt. Nun strömte es aus der Wunde und sickerte in das Gehirn. Auf dem Weg ins Krankenhaus hatte sich die Blutung in der Schädelhöhle noch weiter ausbreiten können und begonnen, auf die Hirnhäute zu drücken.

Die drei ersten Membranen des Gehirns reagierten sofort. Wie bei einer Infektion übernahmen sie ihre Schutzfunktion. Um zweiundzwanzig Uhr zehn entzündeten sie sich, um den Angreifer abzuwehren. In wenigen Stunden würde das sich bildende Hämatom so stark auf das Gehirn drücken, dass die lebenswichtigen Funktionen unterbrochen wären. Arthur war bewusstlos. Paul holte wieder die Krankenschwester; sie bat ihn, draußen in einem Sessel zu warten, der Assistenzarzt nehme es mit den Bestimmungen sehr genau. Paul habe kein Recht, die Zone hinter der Glasscheibe zu betreten.

Brisson drückte im Fahrstuhl wütend den Knopf zum Erdgeschoss.

Nicht weit entfernt öffneten sich die Aufzugtüren auf die Halle der Notaufnahme eines anderen Krankenhauses. Lauren ging zum Empfang und ließ sich von Betty einen neuen Unfallbericht geben: ein fünfundvierzigjähriger Mann, der mit einer tiefen, durch einen Messerstich verursachten Bauchwunde eingeliefert worden war. Gleich nach seiner Aufnahme war die Sauerstoffsättigung des Bluts unter eine kritische Grenze abgesackt, was auf eine schwere Hämorrhagie schließen ließ. Es gab Anzeichen für ein bevorstehendes Herzflimmern, und Lauren hatte sich für einen chirurgischen Eingriff entschieden. Sie hatte einen tiefen Schnitt vorgenommen, um eine Gefäßklammer auf die heftig blutende Vene zu setzen; doch beim Herausziehen des Messers waren weitere Schäden entstanden. Sobald der Blutdruck des Verletzten sich normalisierte, zeigten sich mehrere andere Läsionen im Umfeld der Primärverletzung.

Lauren hatte mit der Hand in den Bauch des Mannes greifen und mit Daumen und Zeigefinger einen Teil der verletzten Vene zusammendrücken müssen, um die schlimmste Blutung zu stoppen. Ein geschickter Griff, denn sogleich erhöhte sich der Blutdruck. Betty hatte den Defibrillator beiseitelegen und die Infusionsmenge erhöhen können. Laurens Körperhaltung war äußerst unbequem, doch nur so konnte sie verhindern, dass der Patient verblutete.

Als das Chirurgenteam fünf Minuten später eintraf, musste Lauren sie, die Hand noch immer im Bauch ihres Patienten, bis zum OP-Saal begleiten.

Fünfundzwanzig Minuten später bedeutete ihr der operierende Chirurg, sie könne ihre Hand zurückziehen und sie weitermachen lassen, die Blutung sei unter Kontrolle. Mit schmerzendem Handgelenk kehrte Lauren in die Notaufnahme zurück, wo der Patientenandrang jedoch längst nicht unter Kontrolle war.

Brisson betrat die Kabine. Er sah sich den Aufnahmebogen an und kontrollierte Arthurs Werte, die stabil waren. Das einzig Beunruhigende war der Dämmerzustand des Patienten. Paul hielt sich nicht an die Anweisungen der Schwester, sondern wandte sich an den Assistenzarzt, sobald dieser aus dem Untersuchungsraum trat.

Der fuhr ihn barsch an, gefälligst in der Besucherzone zu warten. Paul erwiderte, in diesem ausgestorbenen Krankenhaus würden sich die Wände nicht entrüsten, wenn er die – zu allem Überfluss verblasste – gelbe Linie um einige Meter überträte. Brisson plusterte sich auf und gab ihm mit einer autoritären Handbewegung zu verstehen, wenn es überhaupt zu einem Gespräch kommen würde, dann nur hinter dieser Linie. Hin- und hergerissen zwischen dem Wunsch, den Assistenzarzt auf der Stelle zu erwürgen oder sich zunächst seine Diagnose anzuhören, gab Paul nach. Befriedigt verkündete der junge Arzt, er könne im Moment keine Prognosen stellen. So bald wie möglich würde er Arthur zum Röntgen schicken. Paul bestand auf einer Computertomografie, doch über eine solche Einrichtung verfügte das Krankenhaus nicht. Brisson beruhigte ihn, so gut er konnte, wenn die Röntgenaufnahmen das geringste Problem andeuteten, würde er Arthur gleich am nächsten Tag zur CT in ein Spezialzentrum überweisen.

Paul wollte wissen, warum das nicht sofort geschehe, doch der junge Arzt widersetzte sich. Seit Arthurs Einlieferung ins Mission San Pedro Hospital habe er, Brisson, die alleinige Verantwortung für ihn. Diesmal überlegte Paul, wo er die Leiche des Arztes nach dem Erwürgen verscharren könnte.

Brisson wandte sich ab und ging die Treppe hinauf, um

ein mobiles Röntgengerät zu holen. Sobald er außer Sichtweite war, betrat Paul die Kabine und rüttelte Arthur.

»Nicht einschlafen, du darfst dich nicht gehen lassen, hörst du?«

Arthur öffnete die Lider, sein Blick war glasig, und er tastete nach der Hand seines Freundes.

»Paul, erinnerst du dich genau an den Tag, an dem unsere Jugend zu Ende war?«

»Das ist nicht weiter schwierig, das war erst gestern! … Es scheint dir besser zu gehen, du solltest dich jetzt ausruhen.«

»Als wir aus dem Internat kamen, waren die Dinge nicht mehr an ihrem Platz, du hast mir gesagt: ›Eines Tages ist man da, wo man aufgewachsen ist, nicht mehr zu Hause.‹ Ich wollte zurückkehren, du nicht.«

»Spar deine Kräfte, darüber können wir auch später reden.«

Paul sah Arthur an, nahm dann ein Handtuch, öffnete den Wasserhahn und befeuchtete es. Er wrang es aus und legte es auf die Stirn seines Freundes. Das schien Arthur gutzutun.

»Heute habe ich mit ihr gesprochen. Und die ganze Zeit über habe ich mir in meinem Innersten gesagt, dass ich vielleicht eine Illusion nähre. Dass sie eine Zuflucht ist, eine Art Sicherheit, denn wenn man das Unerreichbare erreichen will, geht man kein Risiko ein.«

»Das habe ich dir dieses Wochenende gesagt, du Idiot, vergiss jetzt mein philosophisches Geschwätz, ich war einfach wütend.«

»Warum warst du wütend?«

»Weil es uns nicht mehr gelungen ist, beide im selben Moment glücklich zu sein. Für mich ist das gleichbedeutend mit alt werden.«

»Es ist gut, alt zu werden, das ist ein unglaubliches Glück. Ich muss dir ein Geheimnis anvertrauen. Wenn ich alte Leute sehe, beneide ich sie oft.«

»Um ihr Alter?«

»Es geschafft zu haben, so lange zu leben!«

Paul warf einen Blick auf das Blutdruckgerät. Die Werte waren weiter gefallen. Dieser Arzt würde denjenigen umbringen, der ihm das Teuerste auf der Welt war, den Freund, der seine einzige Familie war. Er ballte wütend die Hände zu Fäusten – er musste handeln.

»Auch wenn ich nicht durchkomme, sag Lauren nichts.«

»Spar lieber deine Worte, wenn du nur solchen Blödsinn redest.«

Und wieder verfiel Arthur in einen Halbschlaf, sein Kopf kippte zur Seite. Die Wanduhr des Untersuchungsraums zeigte ein Uhr zweiundfünfzig, und der Zeiger bewegte sich mit einem vorwitzigen Ticken weiter.

Paul erhob sich und zwang Arthur, die Augen zu öffnen. »Du wirst steinalt, mein Lieber, dafür sorge ich, und wenn du dereinst nicht mal mehr die Kraft hast, deinen Krückstock zu heben, um nach mir zu schlagen, werde ich dich daran erinnern, dass du meinetwegen so sehr leidest, dass ich dir an einem der schlimmsten Abende meines Lebens all das hätte ersparen können. Aber du hättest ja nicht damit anzufangen brauchen.«

»Was anfangen?«, murmelte Arthur.

»Dich nicht über dieselben Dinge zu freuen wie ich, auf

eine Art glücklich zu sein, die ich nicht verstehe und die mich zwingt, auch zu altern.«

Brisson betrat den Untersuchungsraum in Begleitung der Krankenschwester, die einen Röntgenapparat schob.

»Raus, auf der Stelle!«, schrie er Paul erzürnt an.

Paul musterte ihn von oben bis unten und warf dann einen Blick auf die Maschine, die Schwester Cybile am Kopfende der Liege einrichtete. Dann wandte er sich ruhig an sie.

»Wie schwer ist denn dieses Ding?«

»Zu schwer für meinen Rücken, wenn ich den Teufelsapparat schieben muss.«

Paul drehte sich unvermittelt um, packte Brisson beim Kragen seines Kittels und zählte ihm seine Änderungsvorschläge der geltenden Vorschriften des Mission San Pedro Hospital auf, die in Kraft träten, sobald er ihn wieder losgelassen hätte. »Ich hoffe, Sie haben verstanden, was ich gesagt habe?«, fügte er unter dem belustigten Blick von Schwester Cybile hinzu.

Brisson täuschte einen Hustenanfall vor, hörte allerdings auf, sobald Paul die Augenbrauen hochzog.

»Nichts, was mich beunruhigen würde«, sagte der Assistenzarzt zehn Minuten später, während er die am Leuchtkasten aufgehängten Röntgenbilder betrachtete.

»Aber würde das einen guten Arzt beunruhigen?«, fragte Paul.

»Das kann alles bis morgen warten«, entgegnete Brisson verärgert. »Ihr Freund ist nur etwas benommen.«

Brisson wies die Schwester an, den Apparat in den Röntgenraum zurückzubringen, doch Paul griff ein.

»Ein Krankenhaus ist vielleicht nicht der letzte Zufluchtsort der Galanterie, aber wir wollen es trotzdem versuchen.«

Brisson unterdrückte seine Wut mehr schlecht als recht, gehorchte aber und nahm Cybile den Wagen ab.

Sobald er im Aufzug verschwunden war, klopfte sie an die Scheibe des Aufnahmeschalters und winkte Paul heran.

»Er ist in Gefahr, nicht wahr?«, fragte er immer besorgter.

»Ich bin nur eine Krankenschwester, zählt meine Meinung wirklich?«

»Mehr als die mancher Kurpfuscher«, versicherte ihr Paul.

»Dann hören Sie gut zu«, murmelte Cybile. »Ich brauche diesen Job, und wenn Sie diesen Idioten eines Tages anzeigen, kann ich nicht für Sie aussagen. Ärzte haben denselben Korpsgeist wie Polizisten. Wer den Kunstfehler eines Kollegen aufdeckt, sucht hinterher sein Leben lang vergeblich einen Job. Kein Krankenhaus wird ihn mehr anstellen. Nur die, die bei Schwierigkeiten zusammenhalten, sind erwünscht. Die Herren in den weißen Kitteln vergessen, dass bei uns die Probleme Menschen sind. Das heißt: Verschwinden Sie beide von hier, bevor Brisson ihn sterben lässt!«

»Ich weiß nicht, wie … Wo soll ich ihn hinbringen?«

»Ich bin versucht, Ihnen zu sagen, dass nur das Ergebnis zählt, aber vertrauen Sie meinem Instinkt: In seinem Fall zählt auch die Zeit.«

Wütend auf sich selbst ging Paul auf und ab. Sobald sie dieses Krankenhaus betreten hatten, hatte er begriffen, dass es ein großer Fehler war. Er versuchte, sich zu beruhigen. Die Angst hinderte ihn daran, konzentriert nachzudenken.

»Lauren?«

Paul lief zu Arthur, der jetzt stöhnte. Seine Augen waren weit geöffnet, und sein Blick schien in eine andere Welt gerichtet.

»Tut mir leid, ich bin es nur«, sagte Paul und ergriff seine Hand.

Arthurs Stimme war stockend. »Schwör mir … bei meinem Leben … dass du ihr nie die Wahrheit sagen wirst.«

»Vielleicht lieber bei meinem.«

»Solange du nur dein Versprechen hältst!«

Das waren Arthurs letzte Worte. Die Blutung überschwemmte jetzt den ganzen hinteren Teil des Gehirns. Um die noch intakten Vitalzentren zu schützen, beschloss die großartige Maschine, alle peripheren Bereiche außer Kraft zu setzen. Seh-, Hör-, Sprachzentrum und Motorik waren nicht mehr einsatzfähig. Die Wanduhr im Untersuchungsraum zeigte zwei Uhr zwanzig.

Arthur lag im Koma.

Kapitel 9

Paul ging in der Eingangshalle hin und her. Er zog sein Handy aus der Tasche. Sogleich gab ihm Cybile zu verstehen, dass der Gebrauch im gesamten Krankenhaus verboten sei.

»Und welche hochsensiblen Hightechgeräte – den Getränkeautomaten ausgenommen – könnte das beeinträchtigen?«, blaffte er.

Cybile wiederholte das Verbot und deutete mit einer Kopfbewegung auf den Parkplatz der Notaufnahme.

»Artikel 2 der neuen internen Hausordnung«, beharrte Paul. »Mein Telefon ist in der Halle erlaubt!«

»Ihre Vorschriften gelten nur für Brisson! Telefonieren Sie draußen. Wenn die Sicherheitsvorschriften nicht respektiert werden, fliege ich raus.«

Aufgebracht trat Paul durch die automatische Schiebetür ins Freie. Er lief auf dem Parkplatz hin und her und durchsuchte verzweifelt das Adressbuch seines Handys. »Verdammt!«, murmelte er, »das ist höhere Gewalt!« Er drückte auf eine Taste, und das Telefon wählte eine eingespeicherte Nummer.

»Memorial Hospital, was kann ich für Sie tun?«, fragte die Vermittlung.

Paul verlangte die Notaufnahme. Er wartete eine Weile,

dann meldete sich Betty. Er erklärte ihr, am frühen Abend habe ein Krankenwagen einen jungen Mann zu ihnen gebracht, der am Union Square von einem Motorradbeiwagen angefahren worden war.

Betty erkundigte sich sogleich, ob er ein Verwandter des Patienten sei. Paul antwortete, er sei sein Bruder, was kaum gelogen war. Die Oberschwester erinnerte sich gut an den Fall.

Der Patient hatte gegen zwanzig Uhr das Krankenhaus ohne fremde Hilfe und bei guter Gesundheit verlassen.

»Nicht ganz«, korrigierte Paul. »Können Sie mich mit dem Arzt verbinden, der ihn behandelt hat? Ich glaube, es war eine Frau. Es ist wichtig«, fügte er hinzu.

Betty begriff, dass es ein Problem gab, besser gesagt, dass das Krankenhaus Schwierigkeiten bekommen könnte. Zehn Prozent der Patienten der Notaufnahme kamen wegen einer Fehldiagnose oder einer Unterschätzung innerhalb der nächsten vierundzwanzig Stunden zurück. Wenn eines Tages die Prozesse teurer wären als die Stelleneinsparungen, würden die Behörden vielleicht endlich die Maßnahmen ergreifen, die die Ärzteschaft seit Langem forderte. Sie durchblätterte ihre Patientenkarten auf der Suche nach der von Arthur.

Betty konnte keine Nachlässigkeit bei der Untersuchung feststellen; beruhigt klopfte sie an die Scheibe, als Lauren auf dem Gang vorbeikam. Sie winkte sie heran, ein Anruf für sie.

»Wenn es meine Mutter ist, sag ihr, dass ich keine Zeit habe. Ich müsste schon seit einer halben Stunde weg sein und habe noch zwei Patienten.«

»Wenn deine Mutter um zwei Uhr dreißig anriefe, würde ich dich sogar im OP mit ihr verbinden. Nimm das Telefon, es scheint wichtig zu sein.«

Verblüfft hielt Lauren den Hörer ans Ohr.

»Sie haben heute Abend einen Mann untersucht, der von einem Motorradbeiwagen angefahren wurde. Erinnern Sie sich?«

»Ja, sehr gut, sind Sie von der Polizei?«

»Nein, ich bin sein bester Freund. Ihr Patient hatte einen Schwächeanfall, als er wieder zu Hause war. Er ist bewusstlos.«

»Rufen Sie sofort die Notrufnummer an und bringen Sie ihn her, ich warte!«

»Er ist schon im Krankenhaus. Wir sind im Mission San Pedro Hospital, und es geht ihm gar nicht gut.«

»Wenn Ihr Freund schon in einem anderen Krankenhaus ist, kann ich nichts für ihn tun«, antwortete Lauren. »Ich bin sicher, dass sich meine Kollegen gut um ihn kümmern werden. Wenn Sie möchten, kann ich mit ihnen sprechen, aber außer einer leichten Tachykardie habe ich nichts feststellen können. Als er hier weggegangen ist, war alles normal.«

Paul beschrieb, in welchem Zustand sich Arthur befand, der behandelnde Arzt behauptete, es bestünde keine Gefahr, und man könne bis morgen warten, er aber sei nicht dieser Meinung. Man müsse schon ein Esel sein, um nicht zu bemerken, dass es seinem Freund gar nicht gut gehe.

»Ich kann schlecht einem Kollegen widersprechen, ohne selbst die Röntgenaufnahmen gesehen zu haben. Was ist bei der Computertomografie herausgekommen?«

»Sie haben kein CT-Gerät!«

»Wie heißt der diensthabende Assistenzarzt?«, erkundigte sich Lauren.

»Es ist ein gewisser Dr. Brisson.«

»Patrick Brisson?«

»Auf seinem Namensschild steht Pat, das muss er wohl sein. Kennen Sie ihn?«

»Er war im achten Semester mein Kommilitone, und er ist in der Tat ein Esel!«

»Was soll ich tun?«, flehte Paul.

»Ich habe kein Recht einzugreifen, aber ich kann versuchen, am Telefon mit ihm zu reden. Wenn Brisson einverstanden ist, können wir Ihren Freund hierherverlegen und noch heute Nacht ein CT machen. Die Abteilung ist rund um die Uhr geöffnet. Warum sind Sie bloß nicht gleich hergekommen?«

»Das ist eine lange Geschichte, und wir haben wenig Zeit.«

Paul sah, wie der Assistenzarzt an den Schalter der Anmeldung trat. Er bat Lauren, nicht aufzulegen, und lief durch die Halle. Atemlos stand er vor Brisson und hielt ihm den Hörer ans Ohr.

»Ein Anruf für Sie!«

Brisson sah ihn verwundert an und nahm den Apparat.

Der Meinungsaustausch zwischen den beiden Ärzten war kurz. Brisson hörte Lauren zu und dankte ihr für eine Hilfe, um die er nicht gebeten hatte. Der Zustand des Patienten sei unter Kontrolle, was man von seinem Begleiter nicht eben behaupten könne; dieser Mann sei ziemlich hysterisch und habe sie unnötig gestört. Um ihn loszuwerden, habe er fast schon die Polizei rufen wollen.

Jetzt, da Lauren beruhigt sei, würde er das Gespräch beenden, es habe ihn sehr gefreut, nach all den Jahren von ihr zu hören, vielleicht würden sie sich ja mal zu einem Kaffee, oder – warum nicht – zum Abendessen wiedersehen. Er legte auf und steckte das Handy in seine Tasche.

»Und?«, fragte Paul, die Füße leicht über der gelben Linie.

»Ich gebe Ihnen Ihr Telefon zurück, wenn Sie gehen«, sagte Brisson überheblich. »Der Gebrauch ist im gesamten Krankenhaus verboten. Cybile hat Sie sicher darauf hingewiesen.«

Paul baute sich vor ihm auf und versperrte ihm den Weg.

»Gut, Sie bekommen es, aber nur wenn Sie schwören, zum Telefonieren nach draußen zu gehen«, sagte Brisson, nicht mehr ganz so wichtigtuerisch.

»Was hat Ihre Kollegin gesagt?«, fragte Paul und entriss dem Assistenzarzt das Handy.

»Dass Sie mir vertraut, was offensichtlich nicht auf alle zutrifft.«

Brisson deutete mit dem Finger auf das Schild, das auf die Bedeutung der gelben Linie hinwies.

»Wenn Sie noch einmal den Fuß über diese Linie setzen, und sei es auch nur um zehn Zentimeter, wird Cybile die Polizei rufen, und ich lasse Sie entfernen. Ich hoffe, das war klar.«

Brisson drehte sich auf dem Absatz um und verschwand über den Gang. Schwester Cybile zuckte mit den Schultern.

Lauren hatte den letzten Verletzten der Messerstecherei in der Bar auf die Station verlegen lassen.

Eine Hilfsschwester bat sie, einen Patienten für sie zu untersuchen. Sie möge doch einen Blick auf die Tafel werfen, sagte Lauren aufgebracht, dann würde sie sehen, dass ihr Dienst seit zwei Uhr beendet sei. Also könne um drei Uhr die Person, an die sie sich wandte, wohl kaum mehr Lauren sein.

Emily Smith sah sie verblüfft an.

»Gut, in welcher Kabine liegt Ihr Kranker?«, fragte Lauren und folgte ihr resigniert.

Ein kleiner Junge hatte hohes Fieber und Ohrenschmerzen.

Lauren untersuchte ihn und diagnostizierte eine starke Mittelohrentzündung. Sie verschrieb ein Medikament und bat Betty, der Hilfsschwester bei der Versorgung zu helfen. Erschöpft verließ sie endlich die Notaufnahme, ohne sich auch nur die Zeit zu nehmen, ihren Kittel auszuziehen.

Als sie den verlassenen Parkplatz überquerte, träumte sie von einem entspannenden Bad und ihrem Bett. Sie sah auf die Uhr, ihre nächste Schicht begann in weniger als sechzehn Stunden, dabei hätte sie die doppelte Zeit an Ruhe gebraucht, um bis zum Ende der Woche durchzuhalten.

Sie setzte sich ans Steuer und schloss den Sicherheitsgurt. Der Wagen bog in die Potrero Avenue ein, dann in die 23rd Street.

Lauren fuhr gerne nachts durch San Francisco, wenn die Stadt ruhig war. Sie schaltete das Radio an und legte den dritten Gang ein. Der Triumph glitt unter dem Sternenhimmel eines wundervollen Sommerabends dahin.

An der Kreuzung Allister Street wurden Kanalarbeiten vorgenommen, und die Durchfahrt war gesperrt. Der Vorarbeiter beugte sich zu Laurens Fenster, seine Männer würden nur noch ein paar Minuten brauchen. Es war eine Einbahnstraße, und Lauren dachte daran, zurückzusetzen, doch wegen des Polizeiwagens, der die Baustelle sicherte, verwarf sie die Idee.

Im Rückspiegel sah sie den Bau des Mission San Pedro Hospital, es lag nur zwei Häuserblocks hinter ihr.

Der Fahrer zurrte die Plane des städtischen Lastwagens fest und stieg in seine Kabine. Auf der Tür warnte eine Werbung der Straßensicherheit die Bürger: »Eine Sekunde der Unaufmerksamkeit genügt …«

Der Polizist machte Lauren ein Zeichen, dass sie endlich fahren konnte. Sie schlängelte sich durch die Baufahrzeuge hindurch, die die Straßenmitte frei machten und am Rand parkten. Doch an der Ampel wechselte sie die Richtung. Nie hatte sie jemanden kennengelernt, der so eingebildet war wie Brisson.

Paul lehnte an der Scheibe zu dem verlassenen Parkplatz und dachte nach. Ein Krankenwagen mit ausgeschaltetem Blaulicht und mit dem Emblem des Krankenhauses hielt auf einem der für die Rettungsfahrzeuge vorgesehenen Parkplätze. Der Fahrer stieg aus, schloss die Tür ab und betrat die Halle. Nachdem er die diensthabende Krankenschwester begrüßt hatte, hängte er seinen Schlüsselbund an einen kleinen Haken am Empfangsschalter. Cybile gab ihm den Schlüssel zu einer unbelegten Untersuchungskabine, er bedankte sich und ging schlafen.

Durch die Scheibe betrachtete Paul den Krankenwagen. Ein grüner Triumph kam daneben zum Stehen.

Sofort erkannte er die junge Frau, die sich mit entschlossenem Schritt der automatischen Schiebetür der Notaufnahme näherte. Doch mitten auf dem Parkplatz machte sie kehrt, zog ihren Kittel aus und warf ihn in den Kofferraum des Autos. Kurz darauf betrat sie die Halle. Paul ging ihr entgegen.

»Frau Dr. Kline, nehme ich an?«

»Haben Sie mich angerufen?«

»Woher wissen Sie das?«

»Außer Ihnen ist niemand hier. Und woher wussten Sie, dass ich es bin?«

Verlegen blickte Paul auf seine Schuhspitzen. »Seit zwei Stunden flehe ich alle Götter dieser Welt an, mir Hilfe zu schicken, Sie sind der erste Abgesandte, der sich einfindet … Außerdem habe ich gesehen, wie Sie auf dem Parkplatz Ihren Kittel ausgezogen haben«, sagte er.

»Ist Brisson in der Nähe?«

»Nicht weit, irgendwo oben.«

»Und Ihr Freund?«

Paul deutete auf eine Kabine hinter dem Empfangsschalter.

»Also gehen wir«, sagte Lauren und zog ihn mit.

Paul zögerte, er habe eine kleine Meinungsverschiedenheit mit Brisson gehabt, und dieser habe ihm unter Androhung, ihn von der Polizei hinauswerfen zu lassen, verboten, die gelbe Linie zu überschreiten. Er frage sich, ob Cybile im Fall einer Zuwiderhandlung tatsächlich die Polizei rufen würde. Lauren seufzte, das würde sie nicht wundern,

Brisson sei schon als Student ein aufgeblasener Wichtigtuer gewesen. Sie riet Paul, die Sache nicht noch komplizierter zu machen. Sie würde allein gehen und sich als Freundin des Patienten vorstellen.

»Mich lassen sie durch«, beruhigte sie ihn.

»Dann nennen Sie ihn lieber beim Vornamen – ›Patient‹ könnte verdächtig klingen.«

Paul befürchtete, Brisson würde auf das Täuschungsmanöver nicht hereinfallen.

»Wir haben uns seit Jahren nicht gesehen, und so selbstverliebt wie er ist, würde er wahrscheinlich nicht einmal seine eigene Mutter wiedererkennen.«

Lauren stellte sich bei Cybile vor. Die Krankenschwester legte ihr Buch beiseite und trat hinter ihrem Schalter hervor. Die Zone dahinter war dem medizinischen Personal vorbehalten. Doch in ihrer zwanzigjährigen Dienstzeit hatte sie eine untrügliche Nase entwickelt: Ob die junge Frau, die sie zu der Untersuchungskabine begleitete, nun die Freundin war oder nicht, vor allem war sie Ärztin. Brisson könnte ihr keinen Vorwurf machen.

Lauren betrat den Raum, in dem Arthur lag. Sie beobachtete seinen Brustkorb. Die Atmung war langsam und regelmäßig, die Farbe der Haut normal. Unter dem Vorwand, die Hand ihres Freundes zu ergreifen, fühlte sie den Puls. Das Herz schien weniger schnell zu schlagen als bei der letzten Untersuchung, selbst wenn sich die Frequenz bei ihrer Berührung beschleunigte. Wenn es ihr gelingen würde, seinen Kopf aus der Schlinge zu ziehen, würde sie ihn zu einem Kontroll-EKG schicken – ob er nun wollte oder nicht.

Sie trat an den Leuchtkasten, an dem die Röntgenaufnahmen eines Schädels befestigt waren, und fragte Cybile, ob das »die Fotos« vom Gehirn ihres Verlobten seien.

Cybile sah sie zweifelnd an und verdrehte die Augen. »Ich werde Sie jetzt mit Ihrem ›Verlobten‹ allein lassen«, sagte sie.

Lauren dankte ihr aus tiefstem Herzen.

An der Tür drehte sich die Krankenschwester um und musterte Lauren erneut. »Sie können die Bilder ruhig aus der Nähe studieren, Frau Doktor. Das Einzige, was ich Ihnen rate, ist, sich Ihre Meinung gebildet zu haben, bevor Brisson wieder herunterkommt. Ich will keinen Ärger. Aber ich hoffe, dass Sie eine bessere Ärztin als Schauspielerin sind.«

Lauren hörte, wie sich ihre Schritte auf dem Gang entfernten. Dann trat sie an den Leuchtkasten, um die Aufnahmen genau zu begutachten. Brisson war noch unfähiger, als sie vermutet hatte. Ein guter Arzt hätte sofort auf eine Blutung im hinteren Schädelbereich getippt. Dieser Mann musste so schnell wie möglich operiert werden. Sie befürchtete, dass das Gehirn durch den Zeitverlust bereits Schäden davongetragen hatte. Um ihre Diagnose zu bestätigen, musste dringend eine Computertomografie vorgenommen werden.

Die Hände in den Kitteltaschen, trat Brisson an Cybiles Schalter. »Ist der Kerl immer noch da?«, fragte er verwundert und deutete auf Paul, der auf einem Stuhl am anderen Ende der Halle saß.

»Ja, und sein Freund ist noch immer in der Kabine, Doktor.«

»Ist er zu sich gekommen?«

»Nein, aber er atmet ruhig, und seine Werte sind stabil, ich habe sie soeben kontrolliert.«

»Meinen Sie, es besteht das Risiko eines interkranialen Hämatoms?«, fragte Brisson leise.

Um dem Blick des Arztes auszuweichen, blätterte Cybile in ihren Papieren. Ihr Glaube an die Menschheit näherte sich der Toleranzgrenze.

»Ich bin nur Krankenschwester, das haben Sie mir, seit Sie hier sind, oft genug zu verstehen gegeben, Doktor.«

Brisson nahm erneut eine selbstsichere Haltung ein. »Seien Sie nicht unverschämt! Ich kann Sie versetzen lassen, wenn ich will! Dieser Typ ist nur benommen, er wird sich erholen. Morgen lassen wir ein CT machen – für alle Fälle. Füllen Sie das Überweisungsformular aus und suchen Sie nach einem freien CT-Platz in einer benachbarten Klinik. Sagen Sie dazu, dass Dr. Brisson wünscht, dass die Untersuchung am Vormittag durchgeführt wird.«

»Wird erledigt«, erwiderte Cybile etwas mürrisch.

Als er auf den Gang trat, hörte er, wie die Schwester ihm nachrief, sie habe der Lebensgefährtin des Patienten erlaubt, ihn im Untersuchungsraum zu besuchen.

»Seine Frau ist da?«, fragte Brisson und wandte sich um.

»Seine Freundin!«

»Schreien Sie nicht so Cybile, wir sind in einem Krankenhaus!«

»Sie sind der Einzige, der hier ist, Doktor«, sagte Cybile und setzte, als er sich entfernte, leise hinzu: »Gott sei Dank!«

Paul warf ihr einen durchdringenden Blick zu, doch sie

zuckte nur mit den Schultern. Er hörte, wie sich die Tür zum Untersuchungsraum hinter dem Assistenzarzt schloss, zögerte kurz und erhob sich dann, um mutwillig einen Schritt über besagte gelbe Linie setzen.

Brisson sah die junge Frau an, die neben ihrem Verlobten auf einem Hocker saß.

»Guten Tag, Lauren. Lange her.«

»Du hast dich nicht verändert«, entgegnete sie.

»Du auch nicht.«

»Was treibst du für ein Spiel mit diesem Patienten?«

»Was geht dich das an? Hast du im Memorial Hospital nicht genug zu tun?«

»Ich bin hier, weil dieser Mann am frühen Abend mein Patient war. Ich weiß, das mag dir abwegig erscheinen, aber einige von uns üben ihren Beruf aus Liebe zur Medizin aus.«

»Du meinst, sie haben Angst, Schwierigkeiten zu bekommen, weil sie den klinischen Zustand eines Verletzten falsch eingeschätzt und ihn entlassen haben?«

Laurens Stimme wurde lauter, sodass sie jetzt auf dem ganzen Flur zu hören war.

»Du irrst dich, aber das wird nicht der schwerwiegendste Irrtum sein, den du heute Abend begangen haben wirst. Ich bin hier, weil mich der Freund dieses Mannes zu Hilfe gerufen hat, und selbst am Telefon konnte ich feststellen, dass du mal wieder eine Fehldiagnose gestellt hast.«

»Willst du mich vielleicht um etwas bitten, wenn du so liebenswürdig bist?«

»Dich bitten sicher nicht, dir etwas raten schon. Ich rufe jetzt das Memorial Hospital an und lasse einen Krankenwagen schicken, der diesen Mann zurückbringt. Wahrscheinlich muss dringend eine interkraniale Punktion vorgenommen werden. Du lässt mich operieren, und ich lasse dich deinen Untersuchungsbericht korrigieren. Du ordnest den Transfer persönlich an, und dein Chef wird dir auf die Schulter klopfen. Denk daran, ein geretteter Patient kann deiner Karriere nicht schaden.«

Brisson schluckte, ging auf Lauren zu und nahm ihr das Röntgenbild aus der Hand.

»Das hätte ich getan, wenn ich der Meinung gewesen wäre, dass sein Gesundheitszustand solche Ausgaben rechtfertigt. Aber das ist nicht der Fall. Er wird morgen mit einer dicken Migräne aufwachen. Einstweilen erlaube ich dir, mein Krankenhaus zu verlassen und in das deine zurückzukehren.«

»Dieser Ort ist höchstens eine Ambulanz!«, erwiderte Lauren.

Sie entriss Brisson das Röntgenbild und klemmte es wieder an den Leuchtkasten. Es war von vorn aufgenommen. Lauren deutete auf die Epiphyse. Die kleine Drüse hätte sich genau auf der Medianlinie befinden müssen, welche die beiden Hirnhälften teilte, auf der Aufnahme aber war sie leicht verschoben. Das ließ auf eine anormale Kompression hinter dem Gehirn schließen.

»Bist du nicht in der Lage, diese Anomalie zu deuten?«, schrie sie.

»Das ist lediglich eine Ungenauigkeit auf der Aufnahme, der mobile Röntgenapparat liefert keine gute Qualität!«, antwortete Brisson mit der Stimme eines kleinen, auf frischer Tat ertappten Jungen.

»Die Epiphyse ist verschoben, sie liegt nicht auf der Medianlinie, und die einzig mögliche Erklärung dafür ist ein parieto-okzipitales Hämatom. Deine Halsstarrigkeit wird diesen Mann umbringen, doch ich schwöre dir, ich werde dafür sorgen, dass du es bereust.«

Brisson hatte sich wieder gefasst und zwang Lauren, zur Tür des Untersuchungsraums zurückzuweichen.

»Zunächst wirst du dein Eindringen in diese Räumlichkeiten rechtfertigen müssen. Deine Anwesenheit in dieser Untersuchungskabine, in der du weder Verfügungsgewalt noch eine Legitimation hast, ist glatter Hausfriedensbruch. In fünf Minuten hole ich die Polizei, um dich rauswerfen zu lassen, außer es wäre dir lieber, wir gehen irgendwo einen Kaffee trinken. Heute Abend ist es sehr ruhig, ich kann mich durchaus einen Augenblick absentieren.«

Lauren sah ihn herausfordernd an, ihre Lippen bebten vor Zorn. Brisson trat einen weiteren Schritt auf sie zu, legte die Hände auf ihre Schultern und näherte sein Gesicht dem ihren. Sie stieß ihn angewidert zurück.

»Schon an der Uni warst du eine Niete, Patrick, noch dazu missgünstig und falsch. Die Person, die du in deinem Leben am meisten enttäuscht hast, bist du selbst, und du hast beschlossen, die anderen dafür bezahlen zu lassen. Wenn du so weitermachst, sitzt dieser Mann im Rollstuhl – bestenfalls!«

Brutal schob Brisson sie weiter zur Tür.

»Verschwinde von hier, ehe ich dich festnehmen lasse. Hau ab und bestell Fernstein schöne Grüße; sag ihm, dass ich trotz seiner strengen Beurteilung bestens klarkomme.

Und was den da betrifft«, sagte er und deutete auf Arthur, »er ist mein Patient, und er bleibt hier!«

Vor Wut waren die Venen an Brissons Schläfen angeschwollen. Lauren hatte sich wieder beruhigt. Ein mitleidiges Lächeln um die Lippen, legte sie die Hand auf die Schulter des Assistenzarztes.

»Wie ich deine Umgebung bedauere. Aber wenn du noch einen menschlichen Zug hast, Patrick, dann bleib Junggeselle!«

In diesem Augenblick platzte Paul ins Zimmer.

Brisson fuhr herum.

»Habe ich gerade gehört, dass Arthur gelähmt bleiben wird?«

Mit der unbändigen Lust, ihn ein für alle Mal zu erwürgen, starrte er Brisson an. Nun kam auch Cybile dazu. Sie entschuldigte sich bei dem Assistenzarzt, sie habe alles Menschenmögliche versucht, um Paul zurückzuhalten, aber sie habe nicht die körperliche Kraft, ihm den Zugang zu versperren.

»Diesmal seid ihr beide zu weit gegangen. Cybile, rufen Sie die Polizei! Ich erstatte Anzeige.«

Brisson triumphierte. Die Hand in der Tasche, ging die Krankenschwester zur Tür und steckte Lauren im Vorbeigehen etwas zu. Die Ärztin begriff sogleich, worum es sich handelte und verstand Cybiles Absicht. Mit einem verschwörerischen Blick bedankte sie sich, stieß die Spritze in Brissons Hals und drückte augenblicklich auf den Kolben.

Verblüfft sah dieser sie an, wich zurück und versuchte, die Nadel herauszuziehen, aber es war zu spät, seine Knie gaben nach.

Lauren machte einen Schritt, um ihn aufzufangen.

»Valium und Hypnovel! Er geht auf eine längere Reise!«, verkündete Cybile bescheiden.

Paul half Lauren, Brisson auf den Boden zu legen.

An der Decke hing keine Neonleuchte mehr, sondern ein Karussell-Flugzeug. Warum wollte sein Vater nicht, dass er einstieg? Die Schaustellerin in der Kabine hatte schon ihre Glocke geläutet, die Fahrt würde beginnen. Alle Kinder fuhren mit, und er musste draußen bleiben und im Sand spielen. Weil ein Sandhaufen nichts kostet. Eine Fahrt zu dreißig Cent, das ist viel Geld, wie teuer ist eine Fahrt zu den Sternen?

Lauren schob eine zusammengefaltete Decke unter Brissons Kopf.

Wie schön diese Frau mit ihrem Pferdeschwanz, ihren hohen Wangenknochen und ihren funkelnden Augen vor mir ist. Sie sieht mich kaum an. Begehren ist doch kein Verbrechen. Ich überlasse meinen Eltern diese Mittelmäßigkeit, die ihnen so viel Sicherheit verleiht. Ich hasse diese Leute um mich herum, die über ein Nichts lachen und sich über alles lustig machen. Es ist dunkel.

»Schläft er?«, flüsterte Paul.

»Scheint so«, erwiderte Lauren, die Brissons Puls fühlte.

»Was machen wir jetzt?«

»Für ein halbes Stündchen ist er außer Gefecht gesetzt. Ich möchte alles geregelt haben, bevor er aufwacht. Er wird nicht eben guter Laune sein. Wir müssen alle drei auf der Stelle von hier verschwinden. Ich hole meinen Wagen, wir setzen Ihren Freund auf den Rücksitz und bringen ihn zum Memorial, wir haben keine Minute zu verlieren.«

Sie verließ den Raum. Die Krankenschwester löste die Bremsen an Arthurs Rolltrage, und Paul half ihr, sie aus der Untersuchungskabine zu schieben, wobei er achtgab, nicht über die Finger des am Boden schlafenden Brisson zu fahren. Die Räder quietschten auf dem Linoleumboden der Halle. Plötzlich verschwand Paul.

Lauren schloss den Kofferraum des Triumph und war überrascht, Paul plötzlich über den Parkplatz laufen zu sehen. Als er an ihr vorbeikam, rief er: »Bin gleich da« und rannte weiter. Sie zog ihren Kittel an und sah ihm kopfschüttelnd nach.

»Paul, das ist wirklich nicht der geeignete Augenblick …«

Kurz darauf hielt ein Krankenwagen vor ihr. Die Beifahrertür öffnete sich, und Paul, der auf dem Fahrersitz saß, lächelte sie an.

»Soll ich Sie mitnehmen?«

»Können Sie das Ding überhaupt fahren?«, fragte sie, während sie einstieg.

»Ich bin Experte!«

Sie hielten unter dem Vordach. Cybile und Paul schoben Arthurs Trage in den Fond.

»Ich hätte Sie gerne begleitet«, sagte Cybile und seufzte, als sie sich zu Pauls Fenster beugte.

»Vielen Dank für alles«, sagte er.

»Keine Ursache, ich werde meinen Job verlieren, aber ich habe mich selten so amüsiert. Wenn Ihre Abende immer so lustig sind, rufen Sie mich an, ich habe demnächst viel Zeit.«

Paul zog einen Schlüsselbund aus der Tasche und reichte ihn ihr.

»Ich habe den Untersuchungsraum abgeschlossen – für den Fall, dass er etwas zu früh aufwacht.«

Lächelnd nahm Cybile die Schlüssel an sich. Sie schlug leicht an die Tür, wie man es bei einem Pferd tut, um es in Bewegung zu setzen.

Allein mit der Rolltrage auf dem Parkplatz, sah Cybile, wie der Krankenwagen an der Kreuzung abbog. Vor der automatischen Schiebetür hielt sie inne. Sie stand auf dem Metallgitter und ließ die Schlüssel, die Paul ihr gegeben hatte, aus der Hand gleiten.

»Mit meinem Auto wären wir etwas unauffälliger gewesen«, sagte Lauren.

»Sie haben gesagt, wir hätten keine Minute zu verlieren«, gab Paul zu bedenken und schaltete das Blaulicht ein.

Sie fuhren in vollem Tempo, und wenn alles gut ginge, wären sie in einer Viertelstunde im Memorial Hospital.

»Was für eine Nacht!«, rief Lauren aus.

»Glauben Sie, Arthur wird sich an etwas erinnern?«

»Einige Bewusstseinsfetzen werden sich zusammensetzen lassen. Ich kann Ihnen aber nicht garantieren, dass sich daraus ein kohärenter Ablauf ergeben wird.«

»Ist es gefährlich, die Erinnerung einer Person zu wecken, die lange im Koma gelegen hat?«

»Warum sollte das gefährlich sein?«, fragte Lauren. »Der Komazustand ist die Folge eines Schädel-Hirn-Traumas. Entweder ist das Gehirn beschädigt oder nicht. Manche Patienten bleiben ohne nachvollziehbaren Grund im Koma. Die Medizin weiß noch nicht alles über das Gehirn.«

»Sie reden darüber wie über den Vergaser eines Autos.«

Belustigt dachte Lauren an ihren Triumph, den sie auf dem Parkplatz zurückgelassen hatte, und betete, dass sie beim Abholen nicht auf Brisson treffen würde. Dieser Typ war in der Lage, in ihrem Cabriolet zu schlafen, bis sie zurückkäme.

»Wenn man also versucht, das Gehirn eines ehemaligen Komapatienten zu stimulieren, bedeutet das für ihn kein Risiko?«

»Sie dürfen nicht Amnesie und Koma verwechseln, das hat nichts miteinander zu tun. Aber es kommt häufig vor, dass sich der Patient nicht an die Augenblicke vor dem Unfall erinnert, der die Bewusstlosigkeit ausgelöst hat. Dauert aber die Gedächtnislücke länger an, so ist sie auf einen Schaden zurückzuführen, den man als Amnesie bezeichnet und der andere Gründe hat.«

Während Paul nachdachte, drehte sich Lauren um und beobachtete Arthur.

»Ihr Freund ist noch nicht im Koma, er ist nur bewusstlos.«

»Glauben Sie, jemand kann sich an das erinnern, was geschehen ist, während er im Koma lag?«

»Vielleicht an bestimmte Geräusche ringsumher. Es ist, als würde man schlafen, nur dass der Schlaf tiefer ist.«

Paul zögerte, ehe er sich entschloss, die Frage zu stellen, die ihm auf den Lippen brannte: »Und wenn jemand Schlafwandler ist?«

Verblüfft sah Lauren ihn an. Paul war abergläubisch, und eine kleine Stimme erinnerte ihn daran, dass er geschworen hatte, das Geheimnis zu wahren; sein bester Freund lag bewusstlos auf einer Trage, also hörte er auf zu fragen.

Lauren drehte sich erneut um. Arthurs Atmung war tief und regelmäßig. Hätten die Röntgenaufnahmen seines Schädels nicht Schlimmes verheißen, hätte man glauben können, er schliefe friedlich.

»Er scheint ganz in Ordnung zu sein«, sagte sie und setzte sich wieder gerade hin.

»Ah, er ist ein prima Kerl – selbst wenn er mir manchmal von morgens bis abends auf die Nerven geht!«

»Ich spreche von seinem Gesundheitszustand. Wenn man Sie so zusammen sieht, könnte man meinen: ein altes Ehepaar.«

»Wir sind wie Brüder«, murmelte Paul.

»Und Sie haben seine Freundin nicht informiert? Ich meine die richtige.«

»Er ist Junggeselle, und fragen Sie mich nicht, warum!«

»Warum?«

»Er hat die Gabe, sich in schwierige Situationen zu bringen.«

»Wie das?«

Paul sah Lauren lange an. Arthur hatte recht gehabt: Das Lächeln in ihren Augen war einzigartig. »Vergessen Sie's«, sagte er dann und schüttelte den Kopf.

»Biegen Sie rechts ab, hier sind Bauarbeiten«, sagte Lauren. »Warum haben Sie mir so viele Fragen über das Koma gestellt?«

»Nur so!«

»Was machen Sie beruflich?«

»Ich bin Architekt.«

»Wie er?«

»Woher wissen Sie das?«

»Er hat es mir heute Nachmittag gesagt.«

»Wir haben unser Büro zusammen gegründet. Sie haben ein gutes Gedächtnis, wenn Sie sich an die Berufe all Ihrer Patienten erinnern.«

»Architekt ist ein schöner Beruf«, murmelte Lauren.

»Das hängt von den Kunden ab.«

»Das ist bei uns nicht viel anders«, sagte sie und lachte leise.

Der Krankenwagen näherte sich dem Memorial Hospital. Paul schaltete die Sirene ein und hielt an der Zufahrt für die Rettungsfahrzeuge. Der Sicherheitsbeamte öffnete die Schranke.

»Ich liebe solche bevorzugte Behandlung!«, freute sich Paul.

»Halten Sie unter dem Torbogen, spielen Sie noch einmal mit Ihrer Hupe, dann kommen die Krankenpfleger, um Ihren Freund zu holen.«

»Was für ein Service!«

»Ist nur ein Krankenhaus.«

Er brachte den Rettungswagen an der von Lauren angegebenen Stelle zum Stehen.

Zwei Träger kamen angelaufen.

»Ich begleite sie. Parken Sie das Ding, ich sehe Sie später im Wartesaal.«

»Danke für alles, was Sie getan haben«, sagte Paul.

Sie öffnete die Tür, stieg aus und fragte: »Lag ein Nahestehender von Ihnen im Koma?«

Paul sah sie eindringlich an.

»Wirklich nahe!«, sagte er dann.

Lauren begleitete die Trage und betrat die Notaufnahme.

»Ihr beide habt schon eine komische Art, miteinander umzugehen. Ihr seid geschaffen, um euch zu verstehen«, murmelte Paul und sah ihr hinterher.

Kapitel 10

Die Räder der Rolltrage drehten sich so schnell, dass ihre Achsen zu hüpfen schienen; Lauren und Betty bahnten sich einen Weg durch die überfüllten Gänge der Notaufnahme. Nur um Haaresbreite konnten sie einem Arzneischrank ausweichen und wären fast mit zwei Krankenträgern zusammengestoßen, die im Eilschritt um eine Ecke kamen. An der Decke dehnten sich die Neonlichter zu einer durchgehenden milchig weißen Linie. Lauren schrie, sie würden im OP erwartet. In der Ferne ertönte das Klingeln eines sich öffnenden Fahrstuhls. Sie beschleunigten das Tempo noch, und Betty half ihr, so gut sie konnte, die Trage geradeaus zu lenken. Ein Assistenzarzt blockierte die Türen des Aufzugs und half ihnen, die Rolltrage zwischen zwei weitere Betten zu schieben, die zum Operationstrakt hinauffuhren.

»CT!«, stieß Lauren keuchend aus, als sich der Aufzug in Bewegung setzte.

Eine Schwester drückte auf den Knopf der fünften Etage. Oben angekommen, setzten sie ihren Wettlauf durch die Korridore fort. Endlich näherten sie sich der Radiologie. Atemlos sammelten Lauren und Betty ihre letzten Kräfte.

»Ich bin Dr. Kline, ich bin angemeldet. Ich brauche sofort ein Hirn-CT.«

»Wir haben Sie schon erwartet«, antwortete Schwester Lucie. »Haben Sie die Patientenkarte dabei?«

Der Papierkram konnte warten, und so schob Lauren die Rolltrage in den Untersuchungsraum. In seiner vom Computertomografen abgetrennten Kontrollkabine beugte sich Dr. Bern über sein Mikrofon.

»Wonach suchen wir?«

»Nach einer anzunehmenden Hämorrhagie im hinteren Hirnlappen. Dafür benötige ich eine Reihe von präoperativen Bildern für eine interkraniale Punktion.«

»Beabsichtigen Sie, den Eingriff noch heute Nacht vorzunehmen?«, fragte Bern überrascht.

»In knapp einer Stunde, sofern ich das OP-Team zusammentrommeln kann.«

»Ist Fernstein informiert?«

»Noch nicht«, murmelte Lauren.

»Aber Sie haben seine Genehmigung für diese CTs?«

»Natürlich«, log Lauren.

Mit Bettys Hilfe legte sie Arthur auf den Untersuchungstisch und fixierte den Kopf. Betty injizierte die jodhaltige Lösung, während Dr. Bern von seinem Terminal aus die Einlieferungsdaten eingab. Mit einem kaum wahrnehmbaren Rauschen bewegte sich der Tisch in die Röhre. Die ersten Rotationen erfolgten, während die Detektorenzellen um Arthurs Kopf kreisten. Die Röntgenstrahlen wurden auf ein Computersystem übertragen, das die Schnittbilder seines Gehirns zeigte.

Die ersten Schichten erschienen bereits auf den beiden Monitoren. Sie bestätigten Laurens Diagnose und widerlegten die von Brisson. Die Läsion in der beschädigten Vene musste so schnell wie möglich behoben und das Hämatom in der Schädelhöhle beseitigt werden.

»Wie groß sind die Genesungschancen Ihrer Meinung nach?«, fragte Lauren ihren Kollegen über das Mikrofon.

»Sie sind die Assistentin der Neurochirurgie! Aber da Sie meine Prognose hören wollen, sage ich Ihnen: Wenn Sie innerhalb der nächsten Stunde eingreifen, ist noch alles drin. Ich sehe keine größere Verletzung, seine Atemfrequenz ist normal, die neurofunktionellen Zentren scheinen intakt, er könnte es also unbeschadet überstehen.«

Der Radiologe machte Lauren ein Zeichen, in seine Kabine zu kommen. Er deutete auf einen Ausschnitt auf dem Bildschirm.

»Dieses Schnittbild sollten Sie sich genauer ansehen«, sagte er. »Ich glaube, wir haben hier eine sonderbare kleine Missbildung. Ich werde die Untersuchung durch eine Kernspintomografie ergänzen. Sie können sie dann direkt am Neuronavigationssystem abrufen.«

»Danke für alles.«

»Es war ruhig diese Nacht. Da ist ein Besuch immer willkommen.«

Eine Viertelstunde später verließ Lauren die Radiologie und brachte Arthur ins oberste Stockwerk des Krankenhauses. Betty verließ sie vor den Aufzügen; sie musste zurück in die Notaufnahme. Von dort aus würde sie alles Menschenmögliche tun, um das OP-Team in kürzester Zeit zusammenzustellen.

Der Operationssaal lag im Dunkeln. Die Leuchtziffern der Digitaluhr zeigten drei Uhr vierzig an.

Lauren machte einen Versuch, Arthur auf den Operationstisch zu legen, ohne Hilfe aber war daran nicht zu denken. Sie hatte genug von diesem Leben, von diesen Arbeitszeiten und davon, immer für alle da zu sein, selbst aber nie Hilfe zu haben, wenn sie sie brauchte. Ihr Piepser rief sie zur Ordnung zurück; sie eilte zum Wandtelefon. Betty hob sofort ab.

»Ich konnte Norma erreichen, sie wollte mir zunächst nicht glauben. Sie setzt sich mit Fernstein in Verbindung.«

»Glaubst du, das kann dauern?«

»So lange wie sie braucht, um von der Küche ins Schlafzimmer zu gehen. Wenn Fernsteins Wohnung so groß ist, wie es heißt, könnte es knappe fünf Minuten in Anspruch nehmen.«

»Willst du damit sagen, dass Norma und Fernstein ...?«

»Du hast mich gebeten, ihn mitten in der Nacht aufzutreiben, und das ist geschehen. Und ich habe ihn gebeten, sich direkt mit dir in Verbindung zu setzen; ich habe nämlich ein sehr empfindliches Trommelfell. Ich lasse dich jetzt wieder allein, ich muss noch einen Anästhesisten auftreiben.«

»Glaubst du, er kommt?«

»Ich denke, er ist schon unterwegs. Du bist sein Schützling, und man könnte meinen, du bist die Einzige, die es nicht zur Kenntnis nehmen will.«

Betty legte auf und suchte in ihrem persönlichen Adressbüchlein nach der Nummer des Narkosearztes, der in der Nähe des Krankenhauses wohnte und bereit wäre, seine Nacht zu opfern. Lauren hängte nachdenklich ein. Sie sah zu Arthur hinüber, der in einen trügerischen Schlaf gesunken war.

Sie vernahm Schritte hinter sich. Paul trat an das Bett und ergriff Arthurs Hand.

»Glauben Sie, er kommt durch?«, fragte er verängstigt.

»Ich werde mein Bestes tun, doch allein kann ich nichts ausrichten. Ich warte auf das OP-Team, und ich bin sehr müde.«

»Ich weiß gar nicht, wie ich Ihnen danken soll«, murmelte Paul. »Er ist mir das Teuerste auf der Welt.«

Nachdem Lauren nicht antwortete, fügte Paul hinzu, dass er sich nicht erlauben könne, ihn zu verlieren.

Lauren musterte ihn und sagte: »Helfen Sie mir, jede Minute zählt!« Sie führte Paul in den Vorbereitungsraum, öffnete den Schrank und nahm zwei grüne Kittel heraus.

»Strecken Sie die Arme vor«, befahl sie.

Sie knotete die Bänder in seinem Rücken zusammen und setzte ihm den Kopfschutz auf. Anschließend zog sie ihn zum Waschbecken, zeigte ihm, wie er seine Hände zu reinigen habe, und half ihm, die sterilisierten Handschuhe überzustreifen. Während sich Lauren selbst fertig machte, betrachtete Paul sich im Spiegel. Er fand sich sehr elegant in seiner Chirurgenkluft. Hätte er nicht diesen furchtbaren Ekel vor Blut gehabt, so wäre er gerne Arzt geworden.

»Wenn Sie fertig sind, sich im Spiegel zu bewundern, könnten Sie mir dann behilflich sein?«, fragte Lauren, die Arme vorgestreckt.

Paul half ihr, ihren Kittel überzustreifen, und folgte ihr dann in den OP. Er, der so stolz war auf die Hightechausrüstung in seinem Büro, war tief beeindruckt von der Vielzahl elektronischer Geräte. Er trat an das Neuronavigationssystem und strich über die Tastatur.

»Fassen Sie das bloß nicht an!«, rief Lauren.

»Ich schaue doch nur.«

»Schauen Sie mit Ihren Augen und nicht mit den Fingern! Sie dürften gar nicht hier sein. Wenn Fernstein mich zusammen mit Ihnen im OP-Saal sieht, kann ich mich auf was gefasst machen …«

»Auf eine Moralpredigt von mindestens zwei Stunden«, verkündete die Stimme des alten Professors über Lautsprecher. »Haben Sie beschlossen, Ihre Karriere in den Sand zu setzen, um meine Pensionierung zu verhindern, oder sind Sie einfach nur leichtsinnig?«

Lauren blickte sich um. Fernstein stand hinter der Scheibe in der Vorbereitungsschleuse und musterte sie.

»Sie waren es, der mich den Eid des Hippokrates hat schwören lassen. Ich halte mich an meine Pflichten, das ist alles«, antwortete Lauren über die Sprechanlage.

Fernstein beugte sich über das Schaltpult, er drückte auf den Knopf des Mikros, um sich an diesen »Arzt« zu wenden, den er nicht kannte.

»Ich habe sie schwören lassen, ihren Körper der Medizin zu überlassen. Wenn zukünftige Generationen dann eines Tages ihr Gehirn untersuchen, wird die Wissenschaft große Fortschritte darin machen, das Phänomen Dickköpfigkeit zu verstehen.«

»Seien Sie unbesorgt, seitdem er mir das Leben auf dem Operationstisch gerettet hat, hält er mich für seine Kreatur!«, fuhr Lauren an Paul gewandt fort, als würde sie Fernstein völlig ignorieren.

Sie zog einen sterilen Rasierer und eine Schere aus einer Schublade, zerschnitt Arthurs Hemd und warf die Fetzen in einen Korb.

Paul konnte ein Lächeln nicht unterdrücken, als er sah, wie Arthurs Oberkörper von jeder Behaarung befreit wurde. »Dieser Look wird ihm gefallen, wenn er aufwacht!«, sagte er.

Lauren legte die Elektroden an Hand- und Fußgelenke und an sieben weitere Punkte rund um Arthurs Herz an. Sie verband die elektrischen Kabel mit dem Elektrokardiografen und überprüfte die Funktionsfähigkeit des Geräts. Eine langsame, regelmäßige Linie erschien auf dem grünlich schimmernden Bildschirm.

»Ich bin sein großes Spielzeug geworden! Ich kriege eins auf den Deckel, wenn ich zu viele Stunden arbeite, wenn ich nicht im richtigen Augenblick auf der richtigen Etage bin, wenn wir in der Notaufnahme nicht genügend Patienten behandeln, wenn ich zu schnell auf den Parkplatz fahre; und ich kriege sogar eins auf den Deckel, wenn ich müde und abgespannt aussehe. Am Tag, da ich sein Gehirn untersuchen werde, wird die Medizin große Fortschritte darin machen, den Denkapparat von Ärzten zu verstehen!«

Paul hüstelte verlegen.

Fernstein forderte Lauren auf, zu ihm zu kommen.

»Ich befinde mich im sterilisierten Areal«, protestierte sie. »Ich weiß schon, was Sie mir sagen wollen!«

»Glauben Sie etwa, ich bin mitten in der Nacht aufgestanden, nur um Ihnen den Kopf zu waschen? Ich möchte mit Ihnen den OP-Plan durchgehen. Beeilen Sie sich, das ist ein Befehl!«

Lauren ließ ihre Handschuhe schnalzen und verließ den Operationssaal. Paul blieb mit Arthur allein zurück.

»Wer ist der Anästhesist?«, fragte sie, als sich die automatische Schiebetür der Schleuse hinter ihr geschlossen hatte.

»Ich dachte, das sei der Arzt im OP-Saal!«

»Nein, das ist er nicht«, murmelte Lauren, den Blick auf die Schuhspitzen gerichtet.

»Norma kümmert sich darum, sie ist in wenigen Minuten hier. Gut, es ist Ihnen gelungen, mitten in der Nacht ein Elite-Team zusammenzustellen. Jetzt sagen Sie mir bitte nicht, dass es sich um einen Blinddarm handelt.«

Laurens Züge entspannten sich. Sie legte die Hand auf die Schulter des Professors. »Interkraniale Punktion und Reduktion eines subduralen Hämatoms.«

»Wann fanden die ersten Blutungen statt?«

»Gegen neunzehn Uhr mit steigender Tendenz zwischen zwanzig und einundzwanzig Uhr aufgrund der Einnahme einer starken Dosis Aspirin.«

Fernstein sah auf seine Uhr, es war vier Uhr morgens.

»Wie sehen Sie die Erfolgschancen?«

»Der CT-Radiologe ist optimistisch.«

»Ich habe Sie nicht nach seiner Einschätzung gefragt, sondern nach Ihrer.«

»Ich weiß es nicht, um ehrlich zu sein, doch mein Instinkt sagt mir, dass es sinnvoll war, Sie zu wecken.«

»Also gut, wenn die Sache schiefgeht, mache ich Ihren Instinkt dafür verantwortlich. Wo sind die Bilder?«

»Schon im System, das OP-Areal ist festgelegt, wir haben es über den Server verschickt. Ich habe den Sonografen angestellt und den OP-Plan eingegeben.«

»Gut, wir müssten in einer Viertelstunde beginnen können. Werden Sie durchhalten?«, fragte der Professor und schlüpfte in seinen Kittel.

»Können Sie Ihre Frage bitte präzisieren?«, spottete Lauren und knotete die Bänder in seinem Rücken zusammen.

»Ich spreche von Ihrer Müdigkeit.«

»Das ist eine fixe Idee bei Ihnen!«, knurrte sie und holte ein Paar neue sterile Handschuhe aus dem Schrank.

»Wenn ich Leiter einer Fluggesellschaft wäre, würde ich mir auch Gedanken zur Wachsamkeit meiner Piloten machen.«

»Keine Sorge, ich stehe mit beiden Füßen auf der Erde.«

»Wer also ist dieser Chirurg im OP?«, fragte Fernstein, während er sich die Hände wusch. »Mit seinem Kopfschutz kann ich ihn nicht erkennen.«

»Das ist eine lange Geschichte«, sagte sie verlegen. »Er wird wieder gehen; er ist nur gekommen, um mir zu helfen.«

»Was ist sein Spezialgebiet? Wir sind heute Nacht in Minimalbesetzung; jede Hilfe ist willkommen.«

»Psychiater!«

Fernstein war sprachlos.

Norma trat in den Vorbereitungsraum. Sie half dem Professor, die Handschuhe überzustreifen, und zog seinen Kittel zurecht. Die OP-Schwester betrachtete den Professor stolz, sie war sichtlich davon angetan, wie elegant er aussah.

Fernstein beugte sich vor und flüsterte Lauren ins Ohr: »Sie findet, ich sehe Sean Connery mit den Jahren immer ähnlicher.«

Lauren ahnte das Lächeln unter dem Mundschutz des Chirurgen.

Jetzt hatte Dr. Lorenzo Granelli, ein namhafter Anästhesist, seinen großen Auftritt. Obwohl er seit zwanzig Jahren in Kalifornien lebte und einen Lehrstuhl an der Universitätsklinik innehatte, hatte er sich diesen charmanten und sonnigen Akzent bewahrt, der von seiner venezianischen Herkunft rührte.

»Nun«, rief er und breitete die Arme aus. »Was haben wir denn für einen Notfall, der nicht warten kann?«

Das Team betrat den Operationssaal. Zu Pauls großem Erstaunen wurde er von allen gegrüßt und mit dem Titel »Doktor« angesprochen. Lauren bedeutete ihm mit den Augen zu gehen, doch als er auf die Tür der Sterilisationsschleuse zusteuern wollte, bat ihn der Anästhesist, ihm beim Aufhängen des Infusionsbeutels behilflich zu sein. Granelli nahm verwundert die Schweißperlen auf Pauls Stirn wahr.

»Mein kleiner Finger sagt mir, dass Ihnen bereits jetzt heiß ist, werter Herr Kollege.«

Paul antwortete mit einem Nicken und befestigte den Plasmabeutel mit zitternden Händen am Haken des Ständers. Lauren erklärte dem Rest des Teams mit kurzen Worten die Situation. Sie ließ die verschiedenen Schnittbilder des CTs über den Monitor laufen.

»Ich werde um eine weitere Sonografie bitten, sobald wir den interkranialen Druck reduziert haben.«

Fernstein wandte sich vom Bildschirm ab und trat auf den Patienten zu. Als er Arthurs Gesicht sah, wich er einen Schritt zurück und dankte dem Himmel, dass der Mundschutz seine Züge verbarg.

»Alles in Ordnung?«, fragte Norma, der die Verwirrung des Professors nicht entgangen war.

Fernstein entfernte sich vom Operationstisch. »Wie ist dieser junge Mann zu uns gekommen?«, fragte er.

»Das ist eine unglaubliche Geschichte«, erwiderte Lauren mit kaum hörbarer Stimme.

»Wir haben genügend Zeit, sie uns anzuhören«, beharrte er und nahm hinter dem Neuronavigationssystem Platz.

Und so erzählte Lauren die chaotische Reise, die Arthur zum zweiten Mal in die Notaufnahme des Memorial Hospital geführt hatte und wie sie ihn den unglückseligen Händen von Brisson entrissen hatte.

»Und warum haben Sie keinen neurologischen Test an dem Patienten vorgenommen, als Sie ihn zum ersten Mal untersucht haben?«, fragte Fernstein, während er das Gerät prüfte.

»Es lag weder ein Schädel-Hirn-Trauma vor noch eine Bewusstseinstrübung, und auch die Motorik war nicht beeinträchtigt. Wir sind angewiesen worden, keine unnötig kostspieligen Untersuchungen vorzunehmen …«

»Sie haben die Vorschriften nie respektiert. Also sagen Sie nicht, Sie hätten beschlossen, sich ihnen heute zum ersten Mal zu beugen, das wäre ja wirklich ein unglücklicher Zufall!«

»Ich hatte keinen Grund, beunruhigt zu sein.«

»Und Brisson …«

»Wie immer.«

»Er hat Sie seinen Patienten mitnehmen lassen?«

»Nicht wirklich …«

Paul simulierte einen Hustenanfall. Das ganze OP-Team sah ihn an. Granelli verließ seinen Posten und klopfte ihm auf den Rücken.

»Sind Sie sicher, dass alles okay ist, werter Kollege?«

Paul beruhigte den Anästhesisten mit einem Nicken und entfernte sich ein paar Schritte von ihm.

»Das hören wir ja gerne«, rief Granelli. »Wenn Sie jetzt versuchen könnten, nicht den ganzen Raum mit Ihren Bazillen zu verseuchen, wäre Ihnen die Ärzteschaft, zu der ich mich zähle, unendlich dankbar. Ich spreche im Namen dieses Patienten, der schon bei dem Gedanken leidet, dass Sie sich ihm nähern.«

Paul, der den Eindruck hatte, eine ganze Kolonie von Ameisen hätte seine Beine zum Domizil erkoren, trat zu Lauren und raunte ihr flehentlich zu: »Bringen Sie mich hier raus, bevor es losgeht. Ich kann kein Blut sehen!«

»Ich tue mein Bestes«, gab die junge Ärztin im Flüsterton zurück.

»Mein Leben verwandelt sich in ein Martyrium, wenn Sie beide zusammen sind. Falls Sie eines Tages versuchen könnten, sich halbwegs wie normale Menschen zu verhalten, käme mir das sehr gelegen.«

»Wovon sprechen Sie?«, fragte Lauren verwundert.

»Hauptsache, ich verstehe es. Lassen Sie sich etwas einfallen, wie ich hier verschwinden kann, bevor ich in Ohnmacht falle.«

Lauren wandte sich von Paul ab. »Sind Sie bereit?«, fragte sie Granelli.

»Bereiter wäre kaum möglich, meine Werteste, ich warte nur noch auf das Signal«, erwiderte der Anästhesist.

»Noch wenige Minuten«, kündigte Fernstein an.

Norma legte ein grünes OP-Tuch auf den Kopf des Patienten.

Fernstein wollte die CT-Aufnahmen ein letztes Mal prüfen, drehte sich zu dem Leuchtkasten um, doch der war einfach nur leer. Er warf Lauren einen vernichtenden Blick zu.

»Wir haben sie im Vorbereitungsraum vergessen, tut mir leid.«

Lauren ging die Bilder holen. Die Tür des Operationssaals schloss sich, während Norma versuchte, Fernstein mit einem verschmitzten Lächeln zu beruhigen.

»All das ist inakzeptabel«, sagte er verärgert und griff nach den Hebeln des Neuronavigationssystems. »Sie weckt uns mitten in der Nacht, niemand weiß von diesem Eingriff, wir haben kaum Zeit, uns vorzubereiten. Es müsste doch ein Minimum an Ordnung und Disziplin in diesem Krankenhaus herrschen!«

»Aber werter Herr Kollege«, rief Granelli. »Talent drückt sich oft in Spontaneität aus.«

Alle Augen waren jetzt auf den Anästhesisten gerichtet.

Granelli hüstelte. »Na ja, so ähnlich! Oder?«

Plötzlich öffneten sich die Türen zum Vorbereitungsraum, wo Lauren die letzten Analysen zusammenstellte. Ein Polizeibeamter in Uniform sowie ein Inspektor und ein Mann in einem weißen Kittel stürmten herein. Lauren erkannte den Arzt sofort.

Brisson zeigte mit dem Finger auf sie und rief: »Das ist sie! Sie müssen sie auf der Stelle festnehmen!«

»Wie sind Sie hier reingekommen?«, fragte Lauren den Polizisten verdutzt.

»Es schien sich um einen Notfall zu handeln. Wir haben

ihn mitgenommen, damit er uns den Weg zeigt«, antwortete der Inspektor und deutete auf Brisson.

»Ich bin hier, um Ihrer Festnahme wegen Mordversuchs, Freiheitsberaubung eines Arztes bei Ausübung seines Berufs, Entführung eines seiner Patienten und Diebstahls eines Krankenwagens beizuwohnen.«

»Wenn Sie gestatten, Doktor, werde ich mich jetzt der Ausübung meines Berufes widmen«, fuhr Inspektor Erik Brame an Brisson gewandt fort.

Er fragte Lauren, ob sie die Tatsachen zugeben würde. Sie holte tief Luft und schwor, im Interesse des Verletzten agiert zu haben. Es handle sich um den Tatbestand der Notwehr …

»Tut mir leid«, sagte Inspektor Brame, »ich kann darüber nicht entscheiden. Ich habe keine andere Wahl, als Ihnen Handschellen anzulegen.«

»Ist das wirklich notwendig?«, fragte Lauren und sah ihn flehentlich an.

»So will es das Gesetz!«, frohlockte Brisson.

»Ich habe noch ein zweites Paar Handschellen dabei, wenn Sie weiter an meiner Stelle reden«, sagte der Inspektor, »dann nehme ich Sie wegen Amtsanmaßung fest!«

»Gibt es so ein Delikt überhaupt?«, fragte der Arzt.

»Möchten Sie sich wirklich davon überzeugen?«, entgegnete Brame mit fester Stimme.

Brisson wich einen Schritt zurück und ließ den Inspektor sein Verhör fortführen.

»Was haben Sie mit dem Rettungswagen gemacht?«

»Er steht auf dem Parkplatz. Ich hätte ihn nach der OP zurückgebracht.«

Der Lautsprecher knisterte. Lauren und der Inspektor drehten sich um und sahen Fernstein hinter der Scheibe des OP.

»Würden Sie mir bitte sagen, was los ist?«

Das Blut schoss der jungen Neurologin in die Wangen; sie beugte sich über das Schaltpult und drückte auf den Knopf der Sprechanlage.

»Entschuldigen Sie«, murmelte sie. »Es tut mir so leid.«

»Hat dieses Eindringen der Polizei mit dem Patienten auf dem OP-Tisch zu tun?«

»In gewisser Weise«, gab Lauren zu.

Granelli trat an die Scheibe.

»Handelt es sich um einen Banditen?«, fragte er begeistert.

»Nein«, erwiderte Lauren. »Alles ist meine Schuld, ich bin so verwirrt.«

»Sie brauchen nicht verwirrt zu sein«, fuhr der Anästhesist fort. »Als ich in Ihrem Alter war, habe ich mir zwei, drei Dinge erlaubt, die mich mehrere Nächte an der Seite von Carabinieri gekostet haben, deren Uniformen, nebenbei bemerkt, weit eleganter sind als die Ihrer Polizei.«

Der Anästhesist wurde in seinem Elan von Inspektor Brame unterbrochen, der sich jetzt ans Mikrofon stellte.

»Sie hat einen Rettungswagen gestohlen und diesen Patienten aus einem anderen Krankenhaus entführt.«

»Ganz allein?«, rief der Anästhesist aufgeregt, »dieses Mädchen ist ja fantastisch!«

»Sie hatte einen Komplizen«, ereiferte sich Brisson. »Ich bin sicher, er befindet sich irgendwo in der Eingangshalle. Auch ihn müssen Sie festnehmen.«

Fernstein und Norma drehten sich zu dem einzigen Arzt um, der ihnen noch immer nicht vorgestellt worden war, doch zu ihrer großen Verwunderung war er verschwunden. Unter den Operationstisch gekauert, verstand Paul nicht, wie sich sein Abend in einen solchen Albtraum hatte verwandeln können. Noch vor wenigen Stunden war er ein glücklicher Mann gewesen, der in Begleitung einer reizenden Frau im Restaurant speiste.

Fernstein näherte sich der Trennscheibe und fragte Lauren, wie sie eine solche Dummheit hatte begehen können. Seine Schülerin hob den Kopf und sah ihn mit traurigen Augen an.

»Brisson hätte ihn umgebracht.«

»Guten Abend, Professor«, rief der junge Arzt entzückt. »Ich will meinen Patienten auf der Stelle zurückhaben! Ich verbiete Ihnen, diese Operation durchzuführen; ich nehme ihn mit in meine Klinik.«

»Das wage ich zu bezweifeln«, gab der Professor erbost zurück.

»Herr Professor«, sagte der Polizeiinspektor verlegen, »ich bitte Sie, Dr. Brisson gewähren zu lassen.«

Granelli trat auf leisen Sohlen an den OP-Tisch. Er überprüfte Arthurs Zustand und entfernte unbemerkt eine Elektrode von seinem Handgelenk. Sofort ertönte das Alarmsignal des EKG-Geräts. Granelli hob die Hände zur Decke. »Hier wird geredet und geredet, und währenddessen geht es diesem jungen Mann immer schlechter. Ich glaube, es ist an der Zeit, mit der Operation zu beginnen, es sei denn, der Herr, der uns allmählich auf die Nerven geht, übernimmt die Verantwortung für die unausweichliche Verschlechterung des Zustands unseres Patienten. Ohnehin ist die Anästhesie bereits eingeleitet, und er ist nicht mehr transportfähig!«, schloss er triumphierend.

Normas Mundschutz konnte ihr Lächeln nicht ganz verbergen.

Rasend vor Zorn zeigte Brisson auf Professor Fernstein. »Das wird Sie teuer zu stehen kommen!«

»Wir haben sowieso noch eine Rechnung offen, junger Mann. Jetzt gehen Sie und lassen Sie uns arbeiten!«, befahl der Professor und wandte sich ab, ohne Lauren eines Blickes zu würdigen.

Inspektor Brame steckte seine Handschellen wieder ein und nahm die junge Neurologin beim Arm. Brisson folgte ihnen an der Seite des uniformierten Polizisten.

»Das Mindeste, was man sagen kann«, meinte Granelli und fixierte die Elektrode wieder an Arthurs Handgelenk, »ist, dass diese Nacht äußerst originell verläuft.«

Das Summen der Hightechgeräte überdeckte die Stille, die sich im Operationssaal breitgemacht hatte. Die Narkoseflüssigkeit drang langsam in Arthurs Venen. Granelli überprüfte die Sauerstoffsättigung des Bluts und machte Fernstein ein Zeichen, dass die Operation endlich beginnen konnte.

Lauren hatte im Wagen von Inspektor Erik Brame Platz genommen, Brisson war in den des uniformierten Polizisten gestiegen. An der Kreuzung California Street trennten sich die beiden Fahrzeuge. Brisson würde seine Nachtwache im San Pedro abschließen. Am Vormittag würde er die Anzeige unterzeichnen.

»War er wirklich in Gefahr?«, fragte der Inspektor.

»Er ist es immer noch«, antwortete Lauren auf dem Rücksitz.

»Und dieser Brisson, hat er damit zu tun?«

»Nicht er hat ihn ins Schaufenster des Kaufhauses katapultiert. Seine Inkompetenz aber hat die Situation sozusagen verschlimmert.«

»Also haben Sie ihm das Leben gerettet?«

»Ich war im Begriff, ihn zu operieren, als Sie eingetroffen sind.«

»Und würden Sie eine ähnliche Aktion für all Ihre Patienten durchführen?«

»Ja und nein. Das heißt, versuchen, sie zu retten, ja, sie aus einem anderen Krankenhaus entführen, nein.«

»Und Sie sind all diese Risiken für einen Unbekannten eingegangen?«, fragte der Inspektor weiter. »Da überraschen Sie mich wirklich.«

»Tun Sie das nicht jeden Tag in Ihrem Beruf – Risiken für Unbekannte eingehen?«

»Ja, aber ich bin Polizist.«

»Und ich bin Arzt …«

Der Wagen fuhr jetzt durch Chinatown. Lauren bat den Inspektor, das Fenster zu öffnen. Das war gegen die Vorschrift, doch von denen hatte Brame für heute genug.

»Dieser Kerl war mir äußerst unsympathisch, doch ich hatte keine andere Wahl. Können Sie das verstehen?«

Lauren antwortete nicht; sie genoss den Fahrtwind und atmete die Meeresluft tief ein. »Ich liebe diesen Ort über alles«, sagte sie nur.

»Unter anderen Umständen hätte ich Sie zur besten Pekingente der Welt eingeladen.«

»Bei den Brüdern Tang?«

»Kennen Sie das Restaurant?«

»Es ist – das heißt, es war – meine Kantine. Seit zwei Jahren habe ich keine Zeit mehr, zum Essen zu gehen.«

»Sind Sie beunruhigt?«

»Ich wäre jetzt lieber im Operationssaal, aber Professor Fernstein ist der beste Neurochirurg der ganzen Stadt; deshalb sollte ich mir keine Sorgen machen.«

»Ist es Ihnen schon einmal gelungen, eine Frage mit einem simplen Ja oder Nein zu beantworten?«

Sie lächelte.

»Haben Sie diesen Coup wirklich ganz allein ausgeführt?«, fuhr der Inspektor fort.

»Ja!«

Der Wagen bog in den Parkplatz des Kommissariats des siebten Bezirks ein. Inspektor Brame öffnete Lauren die Tür. Sobald sie das Gebäude betreten hatten, überließ er die junge Ärztin der diensthabenden Beamtin.

Nathalia verbrachte die Nacht nicht gern ohne ihren Partner, doch die Stunden zwischen Mitternacht und sechs Uhr morgens zählten doppelt. Drei Monate noch, dann würde auch sie in Rente gehen. Ihr raubeiniger Exbulle hatte ihr versprochen, sie mit auf diese große Reise zu nehmen, von der sie schon so viele Jahre träumte. Gegen Herbstende würden sie nach Europa fliegen. Sie würden sich unter dem Eiffelturm küssen, Paris besichtigen und dann nach Venedig weiterreisen, um sich dort vor Gott das Jawort zu geben. In der Liebe ist Geduld eine Tugend. Es würde keine Zeremonie geben, sie würden einfach nur in eine kleine Kapelle gehen, von denen es in der Stadt Dutzende gab.

Nathalia betrat das Verhörzimmer, um Lauren Klines Personalien aufzunehmen – eine Neurochirurgin, die einen Rettungswagen gestohlen und einen Patienten aus einem Krankenhaus entführt hatte.

Kapitel 11

Nathalia legte ihren Notizblock auf den Tisch.

»Ich habe in meiner Laufbahn wirklich originelle Fälle erlebt, aber Sie schlagen alle Rekorde«, sagte sie und nahm die Kaffeekanne von der Wärmeplatte.

Sie sah Lauren nachdenklich an. In ihrer dreißigjährigen Karriere hatte sie an vielen Verhören teilgenommen und konnte die Glaubwürdigkeit eines Beschuldigten in weniger Zeit einschätzen als dieser gebraucht hatte, um seine Straftat zu begehen. Die junge Assistenzärztin war kooperativ, außer Pauls Mittäterschaft hatte sie nichts zu verbergen. Sie stand zu dem, was sie getan hatte. Sollte sie noch einmal in eine solche Situation geraten, würde sie nicht anders handeln.

Eine halbe Stunde verging, Lauren erzählte, Nathalia hörte zu und schenkte von Zeit zu Zeit Kaffee nach.

»Sie haben nichts von meiner Aussage notiert«, stellte Lauren fest.

»Das ist auch nicht meine Aufgabe, morgen früh wird Sie ein Inspektor vernehmen. Ich rate Ihnen, einen Anwalt hinzuzuziehen, ehe Sie irgendjemand anderem wiederholen, was sie mir gerade gesagt haben. Hat Ihr Patient Chancen durchzukommen?«

»Das wissen wir am Ende der Operation, warum?«

Nathalia glaubte, wenn Lauren ihm wirklich das Leben gerettet hatte, würde die Verwaltung des Mission San Pedro Hospital davon absehen, als Nebenkläger aufzutreten.

»Gibt es keine Möglichkeit, dass ich für die Dauer der Operation herauskann? Ich schwöre, morgen früh zurückkommen.«

»Dazu müsste zunächst ein Richter die Höhe der Kaution festlegen. Im Bestfall lädt er sie morgen Nachmittag vor, es sei denn, Ihr Kollege zieht seine Anzeige zurück.«

»Damit können wir nicht rechnen. Seit der Uni ist er vergeblich hinter mir her. Deshalb wird er sich seine Rache nicht entgehen lassen.«

»Sie kannten sich schon?«

»Im achten Semester musste ich ertragen, dass er neben mir saß.«

»Und er hat sich etwas zu breit gemacht?«

»An dem Tag, als er seine Hand auf meinen Oberschenkel gelegt hat, habe ich ihn ziemlich heftig abblitzen lassen.«

»Und sonst?«

»Kann ich Ihnen das auch ohne die Anwesenheit meines Anwalts sagen?«, fragte Lauren belustigt. »Ich habe ihn mitten in der Vorlesung für Molekularbiologie derart geohrfeigt, dass es jeder im Auditorium gehört hat.«

»Ich erinnere mich, dass ich als frisch gebackene Polizistin einem jungen Inspektor Handschellen angelegt habe, weil er wenig galant versucht hat, mich zu küssen. An die Türklinke seines Autos gekettet, hat er eine schlechte Nacht verbracht.«

»Haben Sie ihn nie wieder getroffen?«

»Wir heiraten bald!«

Nathalia entschuldigte sich bei Lauren, aber die Vorschriften verlangten, dass sie sie in eine Zelle sperrte. Lauren warf einen Blick auf die vergitterte Kammer am Ende des Raums.

»Heute Abend ist es ruhig!«, fuhr Nathalia fort. »Ich lasse die Tür offen. Wenn Sie Schritte hören, machen Sie sie zu, sonst bekomme ich Ärger. In der Schublade unter der Wärmeplatte ist Kaffee, Tassen finden Sie in dem kleinen Schrank. Machen Sie keine Dummheiten.«

Lauren bedankte sich.

Nathalia ging in ihr Büro zurück. Sie nahm das Nachtregister und trug die Personalien der jungen Frau ein, die verhaftet und um vier Uhr fünfunddreißig auf die Wache des siebten Bezirks gebracht worden war.

»Wie spät ist es?«, fragte Fernstein.

»Sind Sie müde?«, erkundigte sich Norma besorgt.

»Warum sollte ich? Ich bin ja nur mitten in der Nacht geweckt worden und operiere erst seit einer Stunde«, brummte der alte Chirurg.

»Der Apfel fällt nicht weit vom Stamm, nicht wahr?«, meinte der Anästhesist.

»Wie ist diese Bemerkung zu verstehen, werter Herr Kollege?«, erkundigte sich Fernstein.

»Jetzt wird mir klar, woher Ihre Schülerin diese sehr spezielle Ausdrucksweise hat.«

»Soll ich daraus schließen, dass all Ihre Studenten mit leicht italienischem Akzent sprechen?«

Fernstein schob eine Dränage in den Schnitt in Arthurs Schädel, und schon rann das Blut durch das Röhrchen hinaus. Das subdurale Hämatom begann zu schrumpfen, und der Hirndruck ließ langsam nach. Sobald die Zellsektion verätzt wäre, würde er sich der vaskulären Missbildung zuwenden. Die Sonde des Neuronavigationssystems schob sich Millimeter um Millimeter voran. Wie unterirdische Flüsse wurden die Blutgefäße auf dem Kontrollmonitor sichtbar. Die außerordentliche Reise ins Zentrum der menschlichen Intelligenz vollzog sich bislang ohne Zwischenfälle. Dabei türmte sich zu beiden Seiten der Navigatorsonde die Masse der grauen Gehirnzellen wie Wolkenberge auf, durch die Millionen von Blitzen zuckten. Minute um Minute näherte sie sich weiter ihrem Ziel, doch es würde noch lange dauern, bis sie zu den inneren Gehirngefäßen vorgedrungen wäre.

Nathalia erkannte die Schritte auf der Treppe. Inspektor Pilguez' Kopf tauchte im Türrahmen auf. Das Haar wirr, die Wangen grau vom sprießenden Bart, legte er ein kleines weißes Päckchen mit einer braunen Schleife auf den Schreibtisch.

»Was ist das?«, erkundigte sich Nathalia neugierig.

»Ein Mann, der nicht schlafen kann, wenn du nicht in seinem Bett liegst.«

»Fehle ich dir so sehr?«

»Nicht du, aber dein Atem, der mich sanft wiegt.«

»Irgendwann schaffst du es, da bin ich mir ganz sicher.«

»Was?«

»Mir einfach nur zu sagen, dass du ohne mich nicht leben kannst.«

Der alte Inspektor setzte sich auf die Kante von Nathalias

Schreibtisch. Er zog eine Schachtel Zigaretten aus der Tasche und schob sich eine Kippe zwischen die Lippen. »Da du noch einige Monate aktiven Dienst vor dir hast, werde ich dich an den Früchten meiner hart erarbeiteten Erfahrungen teilhaben lassen«, sagte er. »Um zu einer Schlussfolgerung zu gelangen, musst du die Indizien zusammenstellen. Im vorliegenden Fall hast du einen Typen von gut sechzig Jahren vor dir, der New York verlassen hat, um dein Leben zu teilen; ebenjener Typ steigt um vier Uhr früh aus seinem Bett, das auch das deine ist, fährt, obwohl er nachtblind ist, mit dem Auto durch die Stadt, hält an, obgleich ihm seine Cholesterinwerte verbieten, auch nur an einer Bäckerei vorbeizugehen, um dir Krapfen zu kaufen – denn in dem Paket befinden sich gepuderte Krapfen – und bringt sie in dein Büro. Brauchst du noch weitere Indizien?«

»Ich würde doch gerne ein Geständnis hören!« Nathalia nahm Pilguez die Zigarette aus dem Mund und tauschte sie gegen einen Kuss.

»Nicht schlecht, deine Ermittlungen machen Fortschritte«, fuhr der Polizist im Ruhestand fort. »Gibst du mir meine Zigarette wieder?«

»Du befindest dich in einem öffentlichen Gebäude, hier ist das Rauchen verboten!«

»Außer dir und mir sehe ich niemanden.«

»Du irrst dich, in Zelle zwei sitzt eine junge Frau.«

»Hat sie eine Tabakallergie?«

»Sie ist Ärztin.«

»Ihr habt eine Ärztin eingebuchtet? Was hat sie denn ausgefressen?«

»Eine unglaubliche Geschichte – in diesem Job erlebt

man wirklich so einiges. Sie hat einen Krankenwagen geklaut und einen Komapatienten entführt …«

Noch ehe Nathalia ihren Satz beenden konnte, sprang Pilguez auf und lief entschlossen über den Gang.

»George«, rief sie ihm nach, »du bist im Ruhestand!«

Doch Pilguez hörte nicht und betrat den Verhörraum. »Eine Vorahnung«, murmelte er und schloss die Tür hinter sich.

»Ich glaube, wir sind dicht dran«, sagte Fernstein, der die Hebel des Neuronavigators bediente. Der Anästhesist beugte sich über seinen Monitor und erhöhte die Sauerstoffzufuhr.

»Gibt es Schwierigkeiten?«, fragte der Chirurg.

»Der CO_2-Sättigungsgrad nimmt ab, warten Sie ein paar Minuten, ehe Sie weitermachen.«

Norma ging zu dem Infusionsständer, stellte die Infusion neu ein und kontrollierte die Luftschläuche in Arthurs Nase.

»Alles in Ordnung«, erklärte sie.

»Er scheint sich zu stabilisieren«, fuhr Granelli gelassener fort.

»Kann ich weitermachen?«, fragte Fernstein.

»Ja, aber ich bin etwas beunruhigt, ich weiß nicht mal, ob dieser Mann Herzprobleme hat.«

»Ich lege eine zweite Dränage, das Blut ist schon etwas dickflüssig.«

Arthurs Blutdruck war weiter gefallen. Die Werte auf dem Monitor waren zwar nicht beunruhigend, erforderten aber dennoch die gesteigerte Wachsamkeit des Anästhesisten. Die Zusammensetzung der Blutgase war alles andere als zufriedenstellend.

»Je eher wir ihn aufwecken können, umso besser. Er scheint das Diprivan nicht besonders gut zu vertragen«, meinte Granelli.

Die Kurve des Elektrokardiogramms sackte erneut ab, der Q-Ausschlag war nicht normal. Norma hielt den Atem an und starrte auf den kleinen Bildschirm, doch die grünen Kurven waren jetzt wieder regelmäßig.

»Das war knapp«, sagte sie und ließ die Elektroden des Defibrillators los.

»Ich hätte gerne einen Vergleichsultraschall gehabt«, sagte Fernstein, »aber leider fehlt uns heute Abend ein Arzt. Was macht sie denn bloß, verdammt noch mal. Sie werden sie doch nicht die ganze Nacht dabehalten.«

Fernstein schwor, sich höchstpersönlich diesen Idioten von Brisson vorzuknöpfen.

Lauren wollte gerade auf der Bank in der vergitterten Zelle Platz nehmen, da öffnete Pilguez die Tür, lächelte, als er bemerkte, dass nicht abgeschlossen war, und ging zu der Anrichte. Er nahm die Kanne und schenkte sich eine Tasse Kaffee ein.

»Ich sage nichts wegen der Zelle, und Sie sagen nichts wegen der Milch. Ich habe zu hohe Cholesterinwerte, und sie wäre stinksauer.«

»Da hat sie nicht unrecht. Wie hoch?«

»Ist Ihnen vielleicht entgangen, dass Sie sich an einem recht speziellen Ort befinden? Ich bin nicht zur Behandlung gekommen.«

»Nehmen Sie wenigstens Ihr Medikament?«

»Die hemmen den Appetit, und ich esse gerne.«

»Verlangen Sie die Umstellung auf ein anderes Präparat.«

Pilguez überflog den Polizeibericht, Nathalias Protokollvordruck war unberührt.

»Sie scheint Sie zu mögen. Aber so ist sie nun mal, sie hat ihre Launen!«

»Von wem sprechen Sie?«

»Von meiner Frau. Nicht nur, dass sie vergessen hat, Ihre Aussage aufzunehmen, sie hat auch vergessen, die Tür Ihrer Zelle zu schließen – verrückt, wie zerstreut man im Alter wird. Und wer war dieser Patient, den Sie entführt haben?«

»Ein gewisser Arthur Ashby, wenn mein Gedächtnis mich nicht täuscht.«

Pilguez schüttelte den Kopf, er schien betroffen.

»Da wäre ich mir nicht so sicher, wenn Sie meine Meinung hören wollen.«

»Könnten Sie sich etwas klarer ausdrücken?«, fragte Lauren.

»Er hätte mir beinahe meine letzten Dienstmonate ruiniert, sagen Sie mir jetzt nicht, dass Sie mir meinen Ruhestand verderben wollen?«

»Ich habe nicht die geringste Ahnung, wovon Sie sprechen.«

»Das habe ich befürchtet«, seufzte der Pilguez. »Und wo ist er jetzt?«

»Im Memorial Hospital, im OP der Neurochirurgie, dort wo auch ich sein sollte, statt meine Zeit auf der Polizeiwache zu vergeuden. Ich habe Ihrer Frau vorgeschlagen, mich zurückgehen zu lassen, und versprochen, nach der Operation wiederzukommen, aber sie wollte nicht.«

Der Inspektor stand auf, um sich Kaffee nachzuschenken. Er wandte Lauren den Rücken zu und gab einen Löffel Zucker hinein.

»Das hätte gerade noch gefehlt«, sagte er laut genug, um das Geräusch des Löffels zu übertönen. »In drei Monaten ist ihre Dienstzeit zu Ende, und wir haben schon unsere Flugtickets nach Paris; ich weiß, das ist eine Art Sport für Sie beide, aber Sie werden uns das nicht auch noch versauen.«

»Ich kann mich nicht erinnern, dass wir uns schon mal begegnet wären, und Ihre kleinen Anspielungen verstehe ich gleich gar nicht. Können Sie mich aufklären?«

Pilguez hielt Lauren die Tasse hin. »Vorsicht, er ist heiß. Trinken Sie das, dann bringe ich Sie hin.«

»Ich habe den Menschen in meiner Umgebung heute Abend schon einige Probleme bereitet, sind Sie sicher, dass …«

»Ich bin seit vier Jahren in Rente, was können die jetzt, nachdem sie mir schon meinen Job geklaut haben, noch tun?«

»Ich darf also wirklich zurück?«

»Starrköpfig und schwerhörig!«

»Warum tun Sie das?«

»Sie sind Ärztin, Ihr Beruf ist es, Menschen zu behandeln; ich bin Inspektor, lassen Sie uns dabei bleiben, dass Fragen meine Domäne sind. Fahren wir, ich muss Sie zurückbringen, bevor in vier Stunden eine neue Schicht beginnt.«

Lauren folgte dem Inspektor über den Gang.

Nathalia hob den Kopf, sah ihren Lebensgefährten an und fragte: »Was machst du da?«

»Du hast die Käfigtür offen gelassen, und nun ist das Vögelchen ausgeflogen, mein Liebling.«

»Soll das ein Witz sein?«

»Du beklagst dich doch immer, dass ich nie welche mache. Wenn dein Dienst um ist, hole ich dich ab und bringe die Kleine zurück.«

Pilguez öffnete Lauren die Tür und setzte sich dann ans Steuer des Mercury Grand Marquis. Im Wageninnern duftete es nach Leder.

»Er riecht noch etwas neu, aber mein alter Tornado hat diesen Winter den Geist aufgegeben. Sie hätten den Motor hören müssen – knapp vierhundert Pferde, die unter der Kühlerhaube galoppieren! Er und ich, wir haben so manch schöne Verfolgungsjagd hingelegt.«

»Mögen Sie alte Autos?«

»Nein, das habe ich nur gesagt, um etwas zu sagen.«

Feiner Regen ging über der Stadt nieder, und die Vielzahl winziger Tropfen bildete einen glänzenden Film auf der Windschutzscheibe.

»Ich weiß, dass ich Ihnen keine Fragen stellen darf … Aber warum haben Sie mich aus meiner Zelle geholt?«

»Sie haben es ja selbst gesagt, in Ihrem Krankenhaus sind Sie nützlicher, als wenn Sie auf der Polizeiwache Kaffee trinken.«

»Und Sie haben einen ausgeprägten Sinn für den öffentlichen Nutzen?«

»Soll ich Sie wieder zurückbringen?«

Die feuchten Bürgersteige glänzten in der Dunkelheit.

»Und Sie«, fuhr er fort, »warum haben Sie all das heute Nacht getan: Ausgeprägter Sinn für Pflichtgefühl?«

Lauren sah aus dem Fenster. »Ich weiß es wirklich nicht«, antwortete sie.

Der alte Inspektor zog eine Schachtel Zigaretten aus der Tasche. »Keine Sorge, ich rauche seit zwei Jahren nicht mehr. Ich kaue nur noch auf dem Filter«, meinte er.

»Sehr gut, das verlängert Ihre Lebenserwartung.«

»Ich weiß nicht, ob ich wirklich alt werde, aber bei meiner Cholesterinbehandlung und dem Mangel an Tabak kommt mir das Leben schon langweilig vor.«

Er warf die Zigarette aus dem Fenster und schaltete den Scheibenwischer ein.

»Haben Sie sich schon einmal in der Gesellschaft eines Unbekannten einfach nur wohlgefühlt?«

»Eine Frau kam eines Tages in die Polizeistation in Manhattan, wo ich als junger Inspektor tätig war. Sie stellte sich vor, mein Büro lag in der Nähe des Eingangs. Sie war in unsere Zentrale versetzt worden. Während all der Jahre, in der ich in Midtown Streife fuhr, kam ihre Stimme aus meinem Funkgerät. Ich richtete es so ein, dass wir dieselben Dienstzeiten hatten, ich war verrückt nach ihr. Nachdem ich sie nur selten sah, nahm ich manchmal irgendwen wegen irgendwas fest, nur um auf die Wache zurückkehren und meinen Verdächtigen vor ihr übergeben zu können. Sie hat mein Theater schnell durchschaut und mir vorgeschlagen, etwas trinken zu gehen, bevor ich den Tabakhändler an der Ecke einsperren würde, weil er feuchte Streichhölzer verkauft hätte. Wir sind in ein kleines Café hinter dem

Polizeirevier gegangen und haben uns an einen Tisch gesetzt, das war's.«

»Wie, das war's?«, fragte Lauren belustigt.

»Verpetzen Sie mich nicht, wenn ich sie anzünde?«

»Zwei Züge – und Sie werfen sie weg.«

»Abgemacht.«

Der Inspektor schob sich eine neue Zigarette zwischen die Lippen, drückte auf den Anzünder und fuhr fort: »Es gab einige Kollegen an der Theke, die so taten, als würden sie uns nicht sehen, aber wir wussten genau, dass am nächsten Tag der Klatsch losgehen würde. Ich habe lange gebraucht, um mir einzugestehen, dass mir etwas fehlte, wenn sie nicht im Polizeirevier war. Ist Ihre Frage damit beantwortet?«

»Und was haben Sie gemacht, als sie es begriffen hatten?«

»Ich habe noch einmal viel Zeit verloren«, erwiderte der Inspektor.

Es herrschte Schweigen. Pilguez konzentrierte sich auf die Straße.

»Ich habe diesen Mann, den ich entführt habe, kaum gesehen. Ich habe ihn kurz untersucht, dann ist er mit seinem komischen, etwas verlorenen Blick verschwunden. Später hat mich sein Freund angerufen, die Neuigkeiten waren nicht gut.«

Der Inspektor wandte den Kopf zu ihr.

»Ich kann nicht erklären, warum«, sagte sie, »aber als ich aufgelegt habe, war ich glücklich zu wissen, wo er war.«

Lächelnd musterte Pilguez seine Beifahrerin, dann beugte er sich zum Handschuhfach, nahm das Blaulicht heraus und klemmte es auf das Autodach.

»Wir wollen Ihre Ungeduld nicht übermäßig strapazieren.«

Er zündete seine Zigarette an. Der Wagen raste durch die Nacht, keine Ampel würde ihn aufhalten.

Norma wischte dem Professor den Schweiß von der Stirn. Noch wenige Minuten, und die Sonde würde ihr Ziel erreichen, sie befand sich in unmittelbarer Nähe der kleinen vaskulären Missbildung. Das EKG-Gerät gab ein kurzes Piepsen von sich. Das ganze Team hielt den Atem an. Granelli beugte sich über den Apparat und sah, wie die Linie vor ihm absackte. Mit der flachen Hand schlug er auf den Monitor, und der Kurvenverlauf war wieder normal.

»Das Ding ist ebenso müde wie Sie, Professor«, sagte er und kehrte an seinen Platz zurück.

Doch diese Bemerkung änderte nichts an der Nervosität, die sich im OP breitgemacht hatte. Norma überzeugte sich, dass der Defibrillator geladen war. Sie wechselte den Beutel, in den das Blut aus der Dränage ablief und desinfizierte erneut die Umgebung des Schnitts.

»Der Zugang ist wesentlich komplizierter, als ich dachte«, erläuterte Fernstein, »so etwas habe ich noch nie gesehen.«

»Vermuten Sie ein Aneurysma?«, fragte der Anästhesist und studierte den Bildschirm des Neuronavigationssystems.

»Bestimmt nicht. Ich tippe eher auf eine kleine Drüse, ich werde sie umfahren, um den Verankerungspunkt festzustellen, ich bin mir nicht mehr absolut sicher, dass man sie entfernen sollte.«

Während die Sonde die von Fernstein bestimmte Zone erreichte, erregte das EEG, das die elektrischen Ströme in Arthurs Gehirn maß, Normas Aufmerksamkeit. Eine der

Kurven begann, eigenartig zu flackern, und zeigte einen ungewöhnlichen Ausschlag. Die Schwester machte es wie der Anästhesist und klopfte leicht auf den Monitor. Die Linie stürzte steil ab und normalisierte sich dann wieder.

»Gibt es Probleme?«, fragte der Professor.

Der Drucker, der die erste Anomalie auf dem Teststreifen hätte anzeigen müssen, hatte nicht reagiert. Schon verschwand die eigenartige Kurve auf dem rechten Bildschirmrand. Norma zuckte mit den Schultern und dachte, in diesem OP wäre alles ebenso erschöpft wie sie selbst.

»Ich glaube, ich kann jetzt eine Inzision vornehmen, ich bin zwar nicht absolut sicher, dass ich dieses Ding entfernen werde«, sagte der Professor, »aber zumindest können wir eine Biopsie machen.«

»Wollen Sie nicht eine Pause einlegen?«, schlug der Anästhesist vor.

»Ich möchte so schnell wie möglich fertig werden, wir hätten einen solchen Eingriff nicht mit einem so kleinen Team vornehmen sollen.«

Granelli, der gerne in kleinen Gruppen arbeitete, war nicht der Meinung seines Kollegen. Die besten Fachärzte der Stadt waren in diesem OP versammelt. Doch er entschied sich, seine Ansicht für sich zu behalten. Er dachte daran, dass er am Wochenende in der Bucht von San Francisco zum Segeln gehen würde. Er hatte sich gerade ein neues Boot gekauft.

Der Mercury Grand Marquis hielt auf dem Krankenhausparkplatz. Pilguez beugte sich zur Beifahrertür herüber und öffnete Lauren. Sie stieg aus und sah ihn eindringlich an.

»Verschwinden Sie«, befahl der Inspektor. »Sie haben Besseres zu tun, als dieses Auto anzustarren. Ich trinke gegenüber einen Kaffee und verlasse mich darauf, dass Sie dorthin kommen, ehe mein Kürbis sich in eine Karosse verwandelt hat.«

»Ich habe Sie angeschaut und nach Worten gesucht, um Ihnen zu danken!«

Lauren lief durch die Halle der Notaufnahme und betrat einen der Aufzüge. Je höher die Kabine stieg, umso heftiger klopfte ihr das Herz in der Brust. Eilig machte sie sich fertig, schlüpfte in einen Kittel, den sie selbst im Rücken zuband, und streifte Handschuhe über.

Atemlos drückte sie mit dem Ellenbogen auf den Knopf, der die Tür zum OP öffnete. Niemand schien sie zu beachten. Lauren wartete einen Augenblick, dann hüstelte sie unter ihrem Mundschutz.

»Störe ich?«

»Nein, Sie sind unnütz, und das ist fast schlimmer«, antwortete Fernstein. »Darf ich wissen, was Sie so lange aufgehalten hat?«

»Die Gitter einer Gefängniszelle im Kommissariat!«

»Und jetzt hat man Sie endlich freigelassen?«

»Nein, hier steht mein Phantom«, antwortete sie kurz angebunden.

Diesmal hob Fernstein den Kopf. »Ersparen Sie mir Ihre Unverschämtheiten!«

Lauren trat an den Operationstisch, ließ den Blick über die verschiedenen Monitore gleiten und erkundigte sich bei Granelli nach dem Allgemeinbefinden des Patienten. Der Anästhesist beruhigte sie. Vorhin hatte ein kleiner Alarm sie erschreckt, aber jetzt schien alles wieder normal.

»Es dauert nicht mehr lange«, sagte Fernstein. »Ich verzichte auf die Biopsie, das Risiko ist zu groß. Dieser junge Mann wird mit einer leichten Anomalie weiterleben und die Wissenschaft mit einem unerklärlichen Phänomen.«

Ein schrilles Piepsen ertönte. Norma stürzte zum Defibrillator. Der Anästhesist überprüfte seinen Bildschirm, der Herzrhythmus war unregelmäßig. Lauren nahm Norma die Elektroden ab und rieb sie aneinander.

»Dreihundert!«, schrie sie und löste den Stromschlag aus.

Der Körper bäumte sich unter dem Impuls auf und sackte dann schwer auf den Tisch zurück. Das EKG aber blieb flach.

»Wir verlieren ihn!«, sagte Norma.

»Laden Sie dreihundertfünfzig«, ordnete Lauren an und betätigte erneut die Elektrodengriffe.

Arthurs Brustkorb schnellte in die Höhe. Diesmal sackte die grüne Linie ab, ehe sie wieder ihren traurigen gleichmäßigen Verlauf erreichte.

»Vierhundert laden«, brüllte Lauren. »Fünf Milligramm Adrenalin und fünfundzwanzig Solu-Medrol!«

Der Anästhesist befolgte die Anweisung sofort. Innerhalb weniger Sekunden hatte die junge Ärztin unter dem aufmerksamen Blick ihres Professors, dem nichts entging, das Kommando im OP übernommen.

Sobald der Defibrillator neu geladen war, betätigte Lauren die Elektrodengriffe. Arthurs Körper hob sich in einer letzten Anstrengung, als wolle er das Leben festhalten, das ihm zu entweichen drohte.

»Norma, noch einmal fünf Milligramm Adrenalin und eine Einheit Lidokain, schnell!«

Fernstein blickte auf die Linie, die unverändert blieb. Er trat zu Lauren und legte ihr die Hand auf die Schulter. »Ich fürchte, wir haben mehr als nötig getan.«

Aber die junge Ärztin entriss Norma die Spritze und stach sie ins Herz ihres Patienten.

Die Geste war von unglaublicher Präzision, die Nadel glitt zwischen den Rippen hindurch, durchstach das Perikard und drang einige Millimeter in die Koronargefäße. Sofort verteilte sich die Lösung im Herzmuskel.

»Ich verbiete dir aufzugeben«, murmelte Lauren wütend, »komm zurück!«

Sie griff wieder zu dem Defibrillator, doch Fernstein nahm ihn ihr aus der Hand.

»Das reicht, Lauren, lassen Sie ihn gehen.«

Sie stieß den Professor heftig zurück und schrie: »Das heißt nicht gehen, das heißt sterben! Wann wird man endlich akzeptieren, die richtigen Begriffe zu verwenden? Sterben, sterben, sterben«, wiederholte sie und schlug auf Arthurs reglosen Brustkorb.

Plötzlich wurde der regelmäßige Ton des EKGs von einer Folge kurzer Piepser abgelöst. Das OP-Team war wie versteinert, alle starrten auf die gerade grüne Linie, die sich am äußeren Ende leicht zu wölben begann, bis sich schließlich wieder ein fast normaler Kurvenverlauf einstellte.

»Und das heißt nicht zurückkommen, sondern leben!«, murrte Lauren und nahm dem Professor den Defibrillator aus der Hand.

Fernstein verließ auf der Stelle den OP und knurrte, zum

Nähen würde sie ihn ja wohl nicht mehr brauchen. Er überließe ihr ihren Patienten und würde in sein Bett zurückkehren, das er nie hätte verlassen sollen. Lastende Stille machte sich breit, nur unterbrochen vom Piepsen des EKGs, der Arthurs Herzfrequenz wiedergab.

Dr. Granelli kehrte an seinen Monitor zurück und überprüfte den Sättigungsgrad der Blutgase.

»Das Mindeste, was man sagen kann, ist, dass der junge Mann von einer weiten Reise zurückkehrt. Ich persönlich habe immer gefunden, dass eine gewisse Dosis an Halsstarrigkeit äußerst charmant sein kann. Ich lasse Ihnen zehn Minuten, um die Wunden zu nähen, liebe Frau Kollegin, dann hole ich ihn wieder ins Hier und Jetzt zurück.«

Norma bereitete die Klammern vor, als Lauren plötzlich zu ihren Füßen ein Stöhnen vernahm.

Sie beugte sich hinab und sah einen Arm, der vor ihr wedelte.

Als sie sich hinkniete, entdeckte sie Paul unter dem Operationstisch.

»Was machen Sie denn hier?«, fragte sie verblüfft.

»Sind Sie wieder da?«, brachte Paul mit kaum hörbarer Stimme hervor und wurde ohnmächtig.

Lauren drückte kräftig auf die Nervenpunkte des Unterkiefers und löste damit einen Schmerz aus, der wesentlich wirkungsvoller war als jedes Riechsalz.

Paul öffnete die Augen. »Ich will hier raus«, flehte er, »aber meine Beine sind zu schwach, ich fühle mich nicht sehr gut.«

Lauren unterdrückte ein Lachen und bat den Anästhesisten, eine Sauerstoffmaske vorzubereiten.

»Das muss der Äthergeruch sein«, erklärte Paul mit zitternder Stimme. »Hier riecht es doch etwas nach Äther, oder?«

Granelli zog die Augenbrauen hoch, machte die Sauerstoffmaske fertig und stellte die Zufuhr auf das Maximum ein. Lauren drückte sie auf Pauls Gesicht, das sogleich wieder Farbe bekam.

»Wie angenehm! Das tut gut, fast wie in den Bergen!«, sagte er.

»Seien Sie still und atmen Sie tief durch.«

»Furchtbar, die Geräusche, die ich gehört habe, und dann dieser Plastiksack da unten, er hat sich mit Blut gefüllt …« Und wieder verlor Paul das Bewusstsein.

»Ich möchte ja Ihr Tête-à-Tête nicht stören, werte Kollegin, aber es wird Zeit, den Patienten oben zu nähen!«

Norma löste Lauren ab. Paul fühlte sich besser, sie verband ihm die Augen, half ihm auf und führte ihn aus dem OP.

Im Nachbarraum legte die OP-Schwester ihn auf ein Bett, sie hielt es für ratsam, ihm die Sauerstoffmaske noch zu lassen. Als sie sie auf sein Gesicht legte, konnte sie sich nicht länger zurückhalten und fragte ihn, welches denn sein Fachgebiet sei. Paul betrachtete Normas blutbefleckten Kittel und verdrehte erneut die Augen. Norma schlug leicht auf seine Wangen. Sobald er wieder zu sich gekommen war, ließ sie ihn allein und kehrte in den Operationssaal zurück.

Es war sechs Uhr morgens, als Lorenzo Granelli den schwierigen Aufwachprozess einleitete. Zwanzig Minuten später schob Norma den in ein Laken gewickelten Arthur in die Intensivstation.

Lauren verließ den OP in Begleitung des Anästhesisten. Beide gingen in den Nebenraum. Schweigend zogen sie ihre Handschuhe aus und wuschen sich die Hände. Beim Hinausgehen wandte sich Granelli noch einmal zu Lauren um, musterte sie aufmerksam und sagte ihr dann: »Wenn Sie das nächste Mal operieren, kontaktieren Sie mich, werte Kollegin, Ihre Art zu arbeiten, gefällt mir.«

Die junge Neurologin lehnte sich erschöpft an den Rand des Waschbeckens. Den Kopf in die Hände gestützt, wartete sie, bis sie wirklich allein war, dann erst ließ sie ihren Tränen freien Lauf.

Auf der Intensivstation herrschte morgendliche Stille. Norma rückte die Nasensonde zurecht und überprüfte die Sauerstoffzufuhr. Der Ballon am Ende der Maske schrumpfte und blähte sich im regelmäßigen Rhythmus von Arthurs Atmung. Sie verband die Wunde, wobei sie darauf achtete, dass die Gaze nicht auf die Dränage drückte. Die Infusionslösung tropfte in die Vene. Sie füllte den postoperativen Bericht aus und vertraute den Patienten der diensthabenden Krankenschwester an, die sie jetzt ablöste. Am Ende des Gangs entdeckte sie Fernstein, der sich mit schweren Schritten entfernte. Der Professor stieß die Tür zum Operationstrakt auf.

Lauren hob den Kopf und rieb sich die Augen. Fernstein hockte sich neben sie.

»Eine anstrengende Nacht, was?«

Lauren blickte auf die sterilen Überschuhe, die sie noch trug. Sie bewegte sie wie zwei absurde Marionetten und antwortete nicht. Sie sei unglaubliche Risiken eingegangen, doch der Ausgang der Operation habe ihr recht gegeben, fuhr der Professor fort. Er sagte, sie dürfe das als einen persönlichen Sieg verbuchen. An diesem Abend habe sie die Früchte seiner Ausbildung geerntet. Lauren sah ihn verblüfft an. Er erhob sich und legte ihr den Arm um die Schulter.

»Sie haben ein Leben gerettet, das ich aufgegeben hatte! Wie Sie sehen, wird es nun wirklich Zeit, dass ich in den Ruhestand gehe, aber lassen Sie mich Ihnen vorher eine letzte Sache beibringen.« Die Fältchen um seine Augen verrieten jene Zärtlichkeit, die er so gerne zu verbergen suchte. »Seien Sie gelassen genug, das zu akzeptieren, was Sie nicht ändern können, mutig genug, das zu ändern, was Sie ändern können, und vor allem weise genug, den Unterschied zu erkennen.«

»In welchem Alter gelingt einem das?«, fragte Lauren.

»Marc Aurel hat es am Ende seines Lebens geschafft«, erklärte er und entfernte sich, die Hände auf dem Rücken verschränkt. »Da haben Sie noch etwas Zeit«, fügte er hinzu und ging.

Lauren blieb einige Augenblicke alleine. Dann sah sie auf die Uhr und erinnerte sich an ihr Versprechen. Ein Polizeiinspektor erwartete sie in dem Café gegenüber dem Krankenhaus.

Sie trat auf den Gang, hielt aber vor der Scheibe der Intensivstation inne. In einem Bett gleich neben dem Fenster kam ein Mann, der an allen möglichen Schläuchen hing, in dieses wahrlich fragile Leben zurück. Jedes Mal wenn Arthur atmete, weitete sich Laurens Brust vor Freude.

Kapitel 12

Eine junge Schwester löste Betty am Empfang ab. Lauren strich ihren Namen auf der Liste der diensthabenden Ärzte durch. Auch der Radiologe, der sie empfangen hatte, beendete gerade seinen Dienst. Er kam zu ihr und erkundigte sich, wie der Eingriff verlaufen sei, ob ihr Patient durchkommen würde. Auf dem Weg zum Ausgang erzählte ihm Lauren, was sich am Abend zugetragen hatte, ohne freilich die Unstimmigkeit zwischen ihr und dem Professor zu erwähnen, und fügte hinzu, Fernstein hätte es vorgezogen, die kleine vaskuläre Missbildung unangetastet zu lassen.

Der Radiologe erwiderte, dass ihn das kaum wundere. Die Gefäßanomalie sei so geringfügig, dass sie das Risiko einer Operation nicht rechtfertige. »Außerdem kommt man sehr gut mit so einem kleinen Fehler zurecht. Dafür sind Sie ja der lebende Beweis«, fügte er hinzu. Auf ihren erstaunten Gesichtsausdruck hin erklärte ihr der Radiologe, auch sie habe so eine kleine Eigentümlichkeit an ihrem Hinterhauptlappen. Fernstein habe es vorgezogen, bei ihrer Operation nach dem Unfall nicht daran zu rühren. Der Radiologe erinnere sich daran, als wäre es gestern gewesen. Niemals habe er bei einem Patienten so viele CT- und MRT-Bilder machen müssen; weit mehr als notwendig.

Doch die Untersuchungen wären vom Chef der Neurologischen Abteilung angefordert worden, und da gäbe es natürlich keine Diskussionen.

»Warum hat er mir das nie erzählt?«

»Das kann ich Ihnen nicht sagen, aber ich möchte Sie bitten, dass dieses Gespräch unter uns bleibt. Berufsgeheimnis verpflichtet.«

»Das ist doch eigentlich die Höhe, schließlich bin ich Ärztin!«

»Für mich waren Sie vor allem eine Patientin von Fernstein.«

Der Professor öffnete das Fenster seines Büros. Er sah seine Schülerin die Straße überqueren; Lauren ließ einen Rettungswagen vorbeifahren und trat dann in das kleine Bistro gegenüber der Notaufnahme. Ein Mann erwartete sie in der Nische, in der Fernstein und sie gemeinsam zu essen pflegten. Als Norma eintrat, um ihm ein OP-Protokoll zu überreichen, setzte er sich wieder an seinen Schreibtisch. Er schlug es auf und las den Namen des Patienten, den er soeben operiert hatte.

»Das ist er, nicht wahr?«

»Ich fürchte, ja«, erwiderte Norma mit verschlossener Miene.

»Ist er im Aufwachraum?«

Norma nahm dem Professor das Dossier wieder ab.

»Seine Werte sind stabil, der neurologische Befund ist zufriedenstellend. Der Chef der Intensivstation meint, ihn noch heute auf die normale Station verlegen zu können, er brauche jedes Bett«, schloss die Krankenschwester.

»Es kommt nicht infrage, dass Lauren sich um ihn kümmert; sonst bricht er am Ende noch sein Versprechen.«

»Er hat es bis jetzt nicht getan, warum sollte sich das ändern?«

»Weil er sie vorher nicht tagtäglich gesehen hat. Und genau das wäre der Fall, wenn sie ihn behandelt.«

»Was hast du vor?«

Nachdenklich kehrte er ans Fenster zurück …

Lauren verließ gerade das Bistro und stieg in einen Mercury Grand Marquis, der vor dem Lokal parkte. Nur ein Polizist konnte die Dreistigkeit besitzen, seinen Wagen gegenüber der Notaufnahme abzustellen. Jetzt musste er sich auch noch um die Zwischenfälle der letzten Nacht kümmern.

Norma riss ihn aus seinen Gedanken. »Zwing sie, Urlaub zu nehmen!«, sagte sie.

»Hast du schon mal gesehen, dass ein Baum sich duckt, um einen Vogel vorbeifliegen zu lassen?«

»Nein, aber ich habe einen gefällt, der den Zugang zu meiner Garage versperrt hat!«, entgegnete Norma und trat zu Fernstein.

Sie legte das Protokoll auf den Schreibtisch und schlang die Arme um den Professor.

»Du hast nie aufgehört, dir Sorgen um sie zu machen. Sie ist nicht deine Tochter! Was wäre schließlich so schlimm daran, wenn sie die Wahrheit erführe? Dass ihre Mutter ihr Okay gegeben hat, sie sterben zu lassen?«

»Dass ich der Arzt bin, der ihr das eingeredet hat!«, knurrte der Professor und schob Norma zurück.

Die OP-Schwester nahm das Protokoll wieder an sich

und verließ den Raum, ohne sich noch einmal umzudrehen. Sobald sie die Tür hinter sich geschlossen hatte, griff Fernstein zum Telefon. Er rief den Empfang an und bat, ihn mit dem Leiter des Mission San Pedro Hospital zu verbinden.

Inspektor Pilguez parkte auf dem Platz, der jahrelang für ihn reserviert gewesen war.

»Sagen Sie Nathalia, dass ich hier auf sie warte.«

Lauren stieg aus und verschwand im Kommissariat. Kurz darauf kletterte die Verantwortliche der Einsatzzentrale auf den Beifahrersitz. Pilguez warf den Motor an, der Mercury Grand Marquis setzte sich in Bewegung und fuhr in Richtung Norden.

»Es hätte nicht viel gefehlt«, sagte Nathalia, »und ihr hättet mich beide in eine äußerst heikle Situation gebracht.«

»Aber wir sind ja rechtzeitig gekommen!«

»Kannst du mir bitte mal erklären, was mit diesem Mädchen los ist? Du lässt sie, ohne mich zu fragen, aus der Zelle frei und verschwindest für eine halbe Nacht mit ihr.«

»Bist du eifersüchtig?«, fragte Pilguez beglückt.

»Wenn ich es eines Tages nicht mehr bin, hast du Grund, dir Sorgen zu machen.«

»Erinnerst du dich an meinen letzten Fall?«

»Als wäre es gestern!« Seine Beifahrerin seufzte. Und ihr entging das kleine Lächeln um Pilguez' Mundwinkel nicht, als er in den Geary Expressway einbog. »War sie es?«, fragte sie.

»So ähnlich.«

»Und wenn er es nun auch wäre?«

»Nach dem, was ich dem Polizeibericht entnommen habe, ist es tatsächlich derselbe Mann. Das Mindeste, was man sagen kann, ist, dass diese beiden Spaßvögel ein gewisses Talent zum Ausreißen haben.« Pilguez strahlte, und er streichelte Nathalias Bein. »Ich weiß, dass du den kleinen Zeichen des Lebens keine Bedeutung beimisst, aber du musst zugeben, dass diese Geschichte wirklich brillant ist. Sie hat nicht mal die Verbindung hergestellt«, fuhr der Inspektor fort. »Ich bin fasziniert. Als hätte ihr niemand erzählt, was dieser Mann für sie getan hat.«

»Und was du getan hast!«

»Ich? Ich habe nichts getan!«

»Außer dieses Haus in Carmel ausfindig zu machen und sie ins Krankenhaus zurückzubringen. Nein, du hast recht, du hast nichts getan. Und ich werde mit keinem Wort erwähnen, dass sich die Ermittlungsakte wie durch Zauberhand in Luft aufgelöst hat.«

»Dafür kann ich nun aber wirklich nichts!«

»Deshalb habe ich sie wohl beim Aufräumen im Wandschrank gefunden.«

Pilguez kurbelte das Fenster herunter und drohte einem Fußgänger, der die Straße neben dem Zebrastreifen überquerte.

»Und du hast ihr nichts gesagt?«, fuhr Nathalia fort.

»Es brannte mir auf den Lippen.«

»Und du hast den Brand nicht gelöscht?«

»Mein Instinkt trieb mich dazu, den Mund zu halten.«

»Könntest du mir deinen Instinkt hin und wieder ausleihen?«

»Wozu?«

Der Mercury fuhr in die Garage des Hauses, in dem der Inspektor und seine Lebensgefährtin wohnten. Ein rotgelber Sonnenball stieg über der Bucht von San Francisco auf. Bald würden seine Strahlen den Nebel vertreiben, der die Golden Gate Bridge in den frühen Morgenstunden einhüllte.

Auf der Pritsche einer Zelle des Kommissariats ausgestreckt, fragte sich Lauren, wie sie innerhalb von nur einer Nacht ihre Chancen hatte verspielen können, die Prüfung als Fachärztin der Neurologie abzulegen, worauf sie sieben Jahre wie besessen hingearbeitet hatte.

Kali verließ den Wollteppich. Der Zutritt zum Schlafzimmer von Mrs. Kline war ihr verwehrt. Die Tür zum Balkon aber war angelehnt, und so trat sie hinaus und steckte ihre Schnauze durch die Gitterstäbe des Geländers. Sie sah einer Möwe nach, die über den Wellen dahinglitt, schnupperte die frische Morgenluft und kehrte ins Wohnzimmer zurück.

Fernstein legte den Hörer auf. Das Gespräch mit dem Leiter des Mission San Pedro Hospital war so verlaufen, wie er es sich gedacht hatte. Sein Kollege würde Brisson auffordern, seine Anzeige zurückzuziehen, und über das »Ausleihen« einer seiner Krankenwagen hinwegsehen. Fernstein wiederum würde seine Drohung, die Notaufnahme von einer Untersuchungskommission prüfen zu lassen, nicht wahr machen.

Paul hatte seinen Wagen unauffällig vom Parkplatz des Mission San Pedro Hospital gefahren, an einer französischen Bäckerei an der Sutter Street angehalten und fuhr jetzt in Richtung Pacific Heights.

Er parkte vor einem Haus, in dem eine reizende alte Dame wohnte. Gestern Abend hatte sie seinem besten Freund das Leben gerettet. Miss Morrison führte gerade ihren kleinen Hund Pablo Gassi. Paul stieg aus dem Wagen und lud sie ein, ein paar warme Croissants mit ihm zu essen und sich dabei die beruhigenden Neuigkeiten, ihren Nachbarn betreffend, anzuhören.

Eine Krankenschwester trat geräuschlos in die Kabine 102 der Intensivstation. Arthur schlief. Sie wechselte den Beutel aus, in den die letzten Blutreste des Hämatoms flossen, und überprüfte die Vitalfunktionen ihres Patienten. Zufrieden vermerkte sie die Werte auf einem rosafarbenen Blatt und legte ihn zu Arthurs Krankenblatt.

Norma klopfte an die Tür des Büros. Fernstein nahm seine OP-Schwester beim Arm und zog sie auf den Flur. Es war das erste Mal, dass er sich in den Mauern des Krankenhauses eine solche vertrauliche Geste gestattete.

»Ich habe eine Idee«, sagte er. »Lass uns am Meer frühstücken und anschließend ein Nickerchen am Strand machen.«

»Arbeitest du denn heute nicht?«

»Ich habe heute Nacht mein Soll erfüllt. Ich nehme meinen freien Tag.«

»Ich muss noch der Einsatzplanung mitteilen, dass ich heute freimache.«

»Ist schon erledigt.«

Die Türen des Aufzugs öffneten sich. Zwei Anästhesisten und ein Chirurg grüßten den Professor, der, anders als Norma sich vorgestellt hatte, ihren Arm nicht losließ.

Um zehn Uhr morgens betrat ein Polizeibeamter die Zelle, in der Lauren eingeschlafen war. Dr. Brisson hatte seine Anzeige zurückgezogen. Das Mission San Pedro Hospital wollte keine gerichtlichen Schritte wegen des »Ausleihens« eines seiner Rettungswagen unternehmen. Ein Abschleppwagen hatte ihren Triumph auf den Parkplatz des Kommissariats abgestellt. Lauren musste nur noch die Kosten für den Transport bezahlen.

Auf dem Bürgersteig vor dem Kommissariat wurde sie von der Sonne geblendet. Die Stadt ringsumher war zu neuem Leben erwacht, Lauren aber fühlte sich sonderbar allein. Sie stieg in ihren Triumph und schlug die Richtung ein, die sie gestern gefahren war, bevor sie beschlossen hatte, einen kleinen Abstecher zu machen.

»Könnte ich ihn besuchen?«, fragte Miss Morrison, die Paul bis zum Ende des Flurs begleitete.

»Ich rufe Sie an, sobald ich ihn gesehen habe.«

»Kommen Sie lieber vorbei«, sagte sie und hakte sich bei Paul ein. »Ich backe ihm ein paar Sandplätzchen; die können Sie ihm morgen mitbringen.«

Rose kehrte in ihre Wohnung zurück und holte Arthurs Schlüssel, um seine Pflanzen zu gießen. Ihr Nachbar fehlte ihr sehr. Zu ihrem großen Erstaunen beschloss Pablo, sie zu begleiten.

Norma und Professor Fernstein lagen im weißen Sand am Baker Beach. Er hielt ihre Hand und sah dem Flug einer Möwe nach, die sich von den Aufwinden tragen ließ.

»Was bereitet dir solche Sorgen?«

»Nichts«, erwiderte Fernstein.

»Du findest andere Beschäftigungen, wenn du mit dem Krankenhaus aufgehört hast. Du wirst viel reisen, Vorträge halten und dich um deinen Garten kümmern; das tun Ruheständler doch, oder?«

»Du machst dich wohl über mich lustig.«

Fernstein wandte den Kopf und sah Norma aufmerksam an.

»Zählst du meine Falten?«, fragte sie.

»Du weißt, ich habe nicht vierzig Jahre in der Neurochirurgie gearbeitet, um meinen Lebensabend mit dem Beschneiden von Bougainvilleen und Thujen zu verbringen. Aber deine Idee mit den Vorträgen und Reisen gefällt mir, vorausgesetzt, du begleitest mich.«

»Hast du solche Angst vor dem Ruhestand, dass du mir so etwas vorschlägst?«

»Nein, im Gegenteil, ich war es, der die Pensionierung vorgezogen hat, und ich würde gerne die verlorene Zeit aufholen. Ich möchte, dass dir etwas von uns bleibt.«

Norma richtete sich auf und sah den Mann, den sie liebte, zärtlich an.

»Wallace Fernstein, warum weigern Sie sich so hartnäckig gegen diese Behandlung? Warum es nicht wenigstens versuchen?«

»Ich bitte dich, Norma, wir wollen nicht wieder davon anfangen. Lass uns reisen, und vergessen wir die Vorträge.

Wenn der Tag gekommen ist, da die ›fiese Krabbe‹ über mich gesiegt hat, begräbst du mich an dem Ort, den ich dir genannt habe. Ich möchte im Urlaub sterben, nicht auf der Bühne, wo ich mein Leben lang operiert habe, und schon gar nicht als Patient.«

Norma küsste den Professor auf den Mund. Die beiden stellten an diesem Strand ein rührendes Liebespaar dar.

Lauren betrat ihre Wohnung und schloss die Tür. Kali war nicht da, um sie freudig zu begrüßen. Das Lämpchen des Anrufbeantworters blinkte; sie drückte auf die Wiedergabetaste, hörte aber die Nachricht, die ihre Mutter hinterlassen hatte, nicht bis zum Ende an. Sie ließ sich im Alkoven nieder, der diesen herrlichen Blick über die Bucht bot, griff zu ihrem Handy und ließ die Finger über die Tastatur gleiten. Eine Möwe, die direkt vom Baker Beach hergeflogen kam, ließ sich auf einem Telegrafenmast vor ihrem Fenster nieder. Der Vogel neigte den Kopf zur Seite, wie um sie besser zu sehen; dann breitete er die Flügel aus und flog davon. Sie wählte die Nummer von Fernstein, erreichte aber nur die Mailbox und legte auf. Sie rief im Memorial Hospital an und verlangte, den diensthabenden Assistenzarzt zu sprechen. Sie wollte sich nach dem Befinden des Patienten erkundigen, den sie letzte Nacht operiert hatte. Der Neurologe machte gerade seine Visite; sie hinterließ ihre Nummer, damit er sie zurückrufen konnte.

Paul saß seit einer Stunde im Wartezimmer. Besuche waren erst ab dreizehn Uhr gestattet.

Eine Frau mit verbundenem Kopf drückte einen Umschlag mit Röntgenbildern an die Brust, als handelte es sich um einen Schatz.

Ein lebhaftes Kind spielte auf dem Teppich und schob kleine Plastikautos an orange- und lilafarbenen Quadraten vorbei.

Die Hände im Rücken verschränkt, betrachtete ein elegant gekleideter älterer Herr die Reproduktionen von Aquarellen an der Wand. Wäre nicht dieser charakteristische Krankenhausgeruch gewesen, hätte man ihn für einen Museumsbesucher halten können.

Auf dem Gang schlief eine in Decken gehüllte junge Frau auf einer Rolltrage – über ihr, an einem Haken, ein Infusionsbeutel, der seine Lösung tropfenweise in ihre Vene abgab. Zwei Sanitäter lehnten an der Wand und wachten über sie.

Das Kind griff nach einer Zeitschrift und fing an, die Seiten zu zerreißen, was ein regelmäßiges, aber irritierendes Geräusch verursachte. Seine Mutter schenkte ihm nicht die geringste Aufmerksamkeit und genoss wohl diesen kostbaren Augenblick der Ruhe.

Paul sah ungeduldig auf die große Wanduhr ihm gegenüber. Endlich tauchte eine Krankenschwester auf. Sie steuerte scheinbar direkt auf ihn zu, ging dann aber, ein höfliches Lächeln um die Lippen, zum Getränkeautomaten. Während sie in den Taschen ihres Kittels nach Kleingeld suchte, erhob sich Paul und trat zu ihr. Er steckte eine Münze in den Schlitz und sah die junge Frau, den Zeigefinger über den Knöpfen schwebend, fragend an.

»Red Bull!«, sagte sie erstaunt.

»Sind Sie denn so müde?«, fragte Paul und drückte auf die entsprechende Taste.

Eine Scheibe begann sich zu drehen, die Dose näherte sich dem Ausgabeschacht, bevor sie nach unten glitt.

»Hier Ihr Zaubertrank. Sie wissen ja: Red Bull verleiht Flügel!«

»Nancy!«, sagte sie und bedankte sich.

»Es steht auf Ihrem Kittel«, erwiderte Paul finster.

»Stimmt was nicht?«

»Ich warte!«

»Auf einen Arzt?«

»Auf die Besuchszeit.«

Die Krankenschwester sah auf ihre Uhr.

»Wen wollen Sie besuchen?«

»Arthur …«

Aber er hatte den Namen noch nicht ganz ausgesprochen, da nahm ihn die Schwester beim Arm und zog ihn auf den Flur.

»Ich weiß, wen Sie meinen, kommen Sie mit! Ich führe Sie hin – Regeln haben nur dann einen Sinn, wenn man sie zuweilen umgeht.«

Sie führte ihn bis zur Tür von Zimmer 307.

»Sie hätten ihn bis zum Abend in der Intensivstation behalten sollen, doch der diensthabende Arzt meinte, sein Zustand sei zufriedenstellend, deshalb ist er bei uns. Wir haben geknobelt, und ich habe gewonnen.«

Paul sah sie fragend an.

»Was haben Sie gewonnen?«

»Dass ich mich um ihn kümmern darf!«, gab sie mit einem Augenzwinkern zurück.

Ein Schrank, ein Stuhl mit geflochtenem Strohsitz und ein Rolltisch machten das Mobiliar des Zimmers aus. Arthur schlief – ein Sauerstoffschlauch in der Nase, eine Infusionsnadel in der Armvene. Um den Kopf hatte er einen dicken Verband. Paul nahm den Stuhl und trat behutsam ans Bett, bemüht, die heftig aufkommenden Gefühle halbwegs unter Kontrolle zu behalten.

Während er Arthur betrachtete, stiegen tausend Erinnerungen an gemeinsame Erlebnisse in ihm hoch.

»Wie sehe ich aus?«, murmelte Arthur, die Augen geschlossen.

Paul hüstelte. »Wie ein betrunkener Maharadscha«, sagte er dann.

»Wie geht's dir?«

»Ist jetzt völlig egal – und dir?«

»Etwas Kopfschmerzen und schrecklich müde«, antwortete Arthur mit schwerer Zunge. »Hab dir wohl den Abend verdorben, was?«

»So könnte man es auch sehen, vor allem aber hast du mir einen Mordsschrecken eingejagt.«

»Mach nicht so 'n belämmertes Gesicht, Paul.«

»Du hast die Augen geschlossen!«

»Ich sehe dich trotzdem. Und hör auf, dir Sorgen zu machen. Die Ärzte sagen, sobald das Hämatom abgeklungen ist, bin ich schnell wieder auf der Höhe.«

Paul trat ans Fenster, das auf den Garten des Krankenhauses ging. Ein Pärchen spazierte langsam über einen von Blumenbeeten gesäumten Weg. Der Mann trug einen Morgenmantel, seine Frau stützte ihn. Sie setzten sich auf eine Bank unter einer Linde. Paul starrte weiter nach draußen, während er sprach: »Ich habe noch zu viele Schwächen, um der Frau meines Lebens zu begegnen. Ich würde mich so gerne ändern, weißt du?«

»Was würdest du gerne ändern?«

»Diesen Egoismus, der mich von mir sprechen lässt, während ich an deinem Krankenbett stehe, nur um ein Beispiel zu nennen. Ich möchte so sein wie du.«

»Mit einem Turban auf dem Kopf und einer Migräne, dass der Schädel zerplatzt?«

»Ich möchte mich ohne Angst hingeben können, die Fehler des anderen wie wunderbare Schwächen erleben.«

»Du meinst lieben?«

»So was Ähnliches, ja. Es ist so unglaublich, was du gemacht hast.«

»Mich von einem Beiwagen über den Haufen fahren zu lassen?«

»Du hast weitergeliebt, völlig selbstlos. Dich mit den Gefühlen begnügt, die du ihr entgegengebracht hast, du hast ihre Freiheit respektiert, dich mit der Tatsache zufriedengegeben, dass sie lebt, ohne den Versuch zu unternehmen, sie wiederzusehen – nur um sie zu schützen.«

»Nicht um sie zu schützen, Paul, sondern um ihr Zeit zu lassen, sich selbst zu verwirklichen. Wenn ich ihr die Wahrheit gesagt hätte, wenn wir diese Geschichte ausgelebt hätten, hätte ich sie von ihrem Leben entfernt.«

»Und du willst die ganze Zeit auf sie warten?«

»So gut ich kann.«

Die Krankenschwester, die unbemerkt eingetreten war, machte Paul ein Zeichen, dass die Besuchszeit zu Ende sei und Arthur dringend Ruhe brauche. Ausnahmsweise versuchte Paul nicht zu diskutieren. Als er schon an der Tür war, drehte er sich noch einmal um.

»Tu mir so was nicht noch einmal an.«

»Paul?«

»Ja.«

»Sie war letzte Nacht da, nicht wahr?«

»Ruh dich aus, wir sprechen ein andermal drüber.«

Niedergeschlagen trat Paul auf den Flur. Als er auf den Aufzug wartete, kam Nancy hinzu. Sie traten zusammen in die Kabine, und sie drückte auf den Knopf zum zweiten Stock. Den Kopf gesenkt, starrte sie auf ihre Schuhspitzen.

»So übel sind Sie gar nicht, wissen Sie.«

»Und Sie haben mich nicht im Chirurgenkittel gesehen!«

»Nein, aber ich habe gehört, was Sie eben gesagt haben.«

Und da Paul nicht zu verstehen schien, was sie versuchte, ihm zu sagen, sah sie ihm geradewegs in die Augen und fügte hinzu, sie würde sich einen Freund wie ihn wünschen. Und als sich die Türen zur zweiten Etage öffneten, reckte sie sich auf die Zehenspitzen, drückte ihm einen Kuss auf die Wange und verschwand.

Professor Fernstein hatte Lauren eine Nachricht auf dem Anrufbeantworter hinterlassen. Er wollte sie so bald wie möglich sehen. Er würde am Abend bei ihr vorbeikommen. Ohne weitere Erklärung legte er auf.

»Ich weiß nicht, ob das, was wir da tun, wirklich gut ist«, sagte Mrs. Kline.

Fernstein steckte sein Handy ein.

»Es ist zu spät, unser Vorgehen zu ändern, finden Sie

nicht? Sie können nicht riskieren, sie ein zweites Mal zu verlieren, das haben Sie mir doch immer gesagt.«

»Ich weiß es einfach nicht mehr. Ihr die Wahrheit zu sagen, würde uns vielleicht von einer enormen Last befreien.«

»Seine Schuld einzugestehen, um das eigene Gewissen zu erleichtern, ist ja eine schöne Idee, vor allem aber ist es purer Egoismus. Sie sind ihre Mutter, Sie haben Ihre Gründe zu fürchten, dass sie Ihnen nicht verzeihen wird. Ich persönlich ertrage den Gedanken nicht, sie könnte eines Tages erfahren, dass ich sie aufgegeben habe, dass ich es war, der die Apparate abschalten wollte.«

»Sie haben nach Ihrer Überzeugung gehandelt, Sie haben sich nichts vorzuwerfen.«

»Was zählt, ist nicht diese Wahrheit«, fuhr der Professor fort. »Wenn ich an ihrer Stelle gewesen wäre, wenn mein Schicksal von ihrer medizinischen Entscheidung abgehangen hätte, so weiß ich, sie hätte bis zum Letzten gekämpft.«

Laurens Mutter setzte sich auf eine Bank. Fernstein nahm neben ihr Platz. Der Blick des alten Professors verlor sich in den ruhigen Wassern des kleinen Jachthafens.

»Mir bleiben im Höchstfall noch achtzehn Monate. Danach können Sie machen, was Sie wollen.«

»Ich dachte, Sie würden schon Ende des Jahres in den Ruhestand gehen.«

»Ich habe nicht von meiner Pensionierung gesprochen.«

Mrs. Kline legte eine Hand auf die des Professors. Die Finger zitterten. Er nahm ein Taschentuch und wischte sich über die Stirn.

»Ich habe in meinem Leben viele Menschen gerettet, doch ich glaube, ich habe es nie verstanden, sie zu lieben;

das Einzige, was mich interessierte, war, sie zu behandeln. Ich habe Tod und Krankheit besiegt, ich war stärker als sie, das heißt bis jetzt. Ich habe es nicht einmal geschafft, ein Kind zu haben. Was für ein Armutszeugnis für jemanden, der vorgibt, sich dem Leben verschrieben zu haben!«

»Warum haben Sie meine Tochter zu Ihrem Schützling erkoren?«

»Weil sie all das ist, was ich gerne gewesen wäre. Sie ist mutig, dort, wo ich nur starrsinnig war, sie ist erfinderisch, dort, wo ich nur nach Schema F gehandelt habe, sie hat überlebt, dort, wo ich sterben werde, und ich habe wahnsinnige Angst. Ich wache nachts schweißgebadet auf. Ich möchte Bäumen, die mich überleben, Fußtritte verpassen; ich habe so viele Dinge versäumt.«

Mrs. Kline nahm den Professor bei der Hand und zog ihn mit sich.

»Wohin gehen wir?«

»Sagen Sie nichts, folgen Sie mir einfach.«

Sie liefen die Marina entlang. Vor ihnen, in der Nähe der Mole, lag ein kleiner Park mit einem Spielplatz. Drei Schaukeln flogen in den Himmel, angeschoben von Eltern, die von ihren Sprösslingen angefeuert wurden und schon ganz außer Atem waren. Auf der Rutschbahn war Hochbetrieb trotz der Mühen eines Großvaters, der den Andrang zu regeln versuchte. Ein Klettergerüst war den Angriffen einer ganzen Meute ausgeliefert; ein kleiner Junge steckte in einem roten Rohr fest und brüllte in Panik. Etwas weiter versuchte eine Mutter, ihren kleinen Lockenschopf zu überreden, den Sandkasten zu verlassen und eine Kleinigkeit zu essen. Von Indianergeheul begleitet, kreiste eine teuflische

Runde gnadenlos um ein Au-pair-Mädchen herum, während zwei Jungen sich lautstark um einen Ball prügelten.

Auf den Zaun gestützt, beobachtete Mrs. Kline diese Miniaturhölle; nach einer Weile warf sie dem Professor einen verschmitzten Blick zu.

»Sehen Sie, Sie haben nicht nur verloren.«

Ein kleines Mädchen, das auf einem Pferd saß, hob den Kopf. Als sie ihren Vater den Spielplatz betreten sah, stieg sie ab, lief ihm entgegen und warf sich in seine geöffneten Arme. Der Mann hob sie in die Höhe, und die Kleine schmiegte sich an ihn und vergrub das Gesicht mit unendlicher Zärtlichkeit in seiner Halsbeuge.

»Die Absicht war gut«, entgegnete der Professor, der jetzt auch lächelte.

Er sah auf die Uhr und entschuldigte sich, er müsse zu seiner Verabredung mit Lauren aufbrechen. Sie würde außer sich sein über seinen Entschluss, auch wenn er ihn in ihrem Interesse getroffen hatte. Mrs. Kline sah ihm hinterher, während er sich langsam entfernte; er überquerte den Parkplatz und stieg in seinen Wagen.

Die Bäume entlang der Green Street wiegten sich in der leichten Brise. Die Gärten der viktorianischen Häuser überboten sich gegenseitig an Farbenpracht. Der Professor läutete an Laurens Haustür und stieg die Stufen zu ihrer Wohnung hinauf.

Als er auf dem Sofa im Wohnzimmer Platz genommen hatte, teilte er ihr mit, dass sie beurlaubt sei. Zwei Wochen lang sei es ihr strikt untersagt, das Memorial Hospital zu betreten. Lauren traute ihren Ohren nicht; eine solche Entscheidung gehöre vor ein Disziplinargericht, vor dem sie die Möglichkeit habe, sich zu verteidigen. Fernstein bat sie, sich erst einmal seine Argumente anzuhören. Er habe bei der Verwaltung des Mission San Pedro erreichen können, dass sie von einem Strafantrag absehe. Brisson aber sei nur bereit gewesen, seine Anzeige zurückzuziehen, wenn Lauren im Gegenzug eine exemplarische Strafe auferlegt würde. Und zwei Wochen unbezahlter Urlaub seien nichts im Vergleich zu den Folgen, die eine nicht gütliche Einigung nach sich gezogen hätte. Obwohl Lauren empört war über die Ungerechtigkeit, dass dieser Mistkerl von Kollege trotz unverantwortlicher Nachlässigkeit straffrei bliebe, wusste sie, dass der Professor nur ihre Karriere schützen wollte.

Sie ergab sich in ihr Schicksal und nahm das Urteil an. Fernstein ließ sie schwören, dass sie sich Punkt für Punkt an die Vereinbarung halten würde: Unter keinen Umständen würde sie sich in die Nähe des Krankenhauses vorwagen oder Kontakt zu den Mitgliedern seines Teams aufnehmen; selbst das Café Parisian sei ihr untersagt.

Als Lauren fragte, was ihr denn in diesen vierzehn verlorenen Tagen erlaubt sei, gab ihr Fernstein ironisch zur Antwort, nun könne sie sich endlich ausruhen. Lauren starrte den Professor an, wütend und dankbar zugleich, besiegt und gerettet. Das Gespräch hatte nicht länger als eine Viertelstunde gedauert. Fernstein machte ihr Komplimente zu ihrer Wohnung, er fände die Einrichtung sehr viel femininer, als er sich vorgestellt hätte. Lauren führte ihn zur Tür. Auf dem Gang fügte Fernstein hinzu, er habe der Telefonzentrale Anweisung gegeben, jeden Anruf von ihr abzulehnen, außerdem sei es ihr untersagt, während dieser Frist zu praktizieren, und sei es auch nur telefonisch. Allerdings könne sie diese Zeit zur Vorbereitung ihrer Abschlussprüfung nutzen.

Auf der Rückfahrt überkamen Fernstein heftige Schmerzen. Die »fiese Krabbe«, die in seinem Innern nagte, schlug wieder einmal zu. Vor einer roten Ampel zog er sein Taschentuch hervor und wischte sich den Schweiß von der Stirn. Wie sehr der Fahrer hinter ihm auch hupte, er hatte nicht mehr die Kraft, auf das Gaspedal zu treten. Der alte Arzt ließ sein Fenster herunter und holte tief Luft, um wieder zu Atem zu kommen. Die Beschwerden waren so stark, dass ihm alles vor den Augen verschwamm. Mit einer letzten Kraftanstrengung wechselte er die Spur und hielt auf einem Parkplatz vor einem Blumenladen.

Als er den Motor ausgeschaltet hatte, löste er die Krawatte, öffnete den Hemdkragen und legte den Kopf auf das Lenkrad. Diesen Winter wollte er Norma mit in die Alpen nehmen und ein letztes Mal den Schnee sehen. Anschließend wollte er ihr die Normandie zeigen. Sein Onkel, der Arzt gewesen war und seine Kindheit und Jugend geprägt hatte, ruhte dort auf einem Friedhof, umgeben von neuntausend weiteren Gräbern. Endlich ließ der Schmerz nach. Er setzte seinen Weg fort und dankte dem Himmel, dass dieser Anfall nicht während einer Operation stattgefunden hatte.

Ein Saab-Cabrio fuhr zur Marina hinab. Die Temperaturen an diesem späten Nachmittag waren mild. Bezaubernde weibliche Wesen joggten um diese Zeit durch den Park gleich am kleinen Jachthafen. Eine junge Frau führte ihren Hund spazieren. Paul stellte seinen Wagen ab und schlenderte zu ihr hinüber.

Lauren war so in Gedanken versunken, dass sie zusammenzuckte, als er sie ansprach.

»Ich wollte Sie nicht erschrecken«, sagte er, »tut mir wirklich leid.«

»Danke, dass Sie gleich gekommen sind. Wie geht es ihm?«

»Besser. Er hat die Intensivstation verlassen, er ist aufgewacht und scheint nicht zu leiden.«

»Haben Sie mit dem diensthabenden Arzt gesprochen?«

Paul habe sich nur an eine Krankenschwester wenden können, und die sei sehr optimistisch gewesen. Morgen würden sie die Infusion absetzen, und er könnte wieder normal essen.

»Das ist ein gutes Zeichen«, sagte Lauren und ließ Kali von der Leine.

Die Hündin jagte mehreren Möwen nach, die dicht über den Rasen flogen.

»Haben Sie sich einen Tag freigenommen?«

Lauren erklärte Paul, dass sie die Rettungsaktion zwei Wochen Zwangsurlaub gekostet habe. Paul war sprachlos.

Sie liefen ein Stück Seite an Seite, beide in Gedanken versunken.

»Ich habe mich wie ein Feigling benommen«, sagte Paul schließlich. »Ich weiß nicht einmal, wie ich Ihnen danken soll für das, was Sie letzte Nacht getan haben. Alles ist meine Schuld. Morgen gehe ich zur Polizei und sage denen, dass es nicht Ihre Schuld ist.«

»Das ist sehr liebenswürdig von Ihnen, doch Brisson hat im Gegenzug für meine interne Bestrafung seine Anzeige zurückgezogen. Wer auf der Schulbank ein Streber war, hebt auch als Erwachsener bei der erstbesten Gelegenheit die Hand.«

»Es tut mir wirklich leid«, sagte Paul. »Kann ich Ihnen denn gar nicht helfen?«

Lauren blieb stehen und sah ihn aufmerksam an. »Mir tut es nicht leid! Ich glaube, ich habe mich noch nie so lebendig gefühlt wie in diesen beiden letzten Stunden.«

Sie kamen an einem Getränkestand vorbei. Paul bestellte ein Mineralwasser und für Lauren ein Erdbeer-Cornetto, während Kali ein Eichhörnchen fixierte, das von einem Ast aus nach ihr schielte. Die beiden nahmen an einem Holztisch Platz.

»Sie verbindet wirklich eine schöne Freundschaft«, sagte Lauren.

»Wir waren seit unserer Kindheit immer zusammen – bis auf die Zeit, die Arthur in Frankreich gelebt hat.«

»Liebe oder Geschäftliches?«

»Das Geschäftliche ist mehr mein Ressort und die Flucht seines.«

»Er war vor etwas auf der Flucht?«

Paul sah ihr in die Augen. »Vor Ihnen!«

»Mir?«, fragte Lauren verdattert.

Paul nahm einen kräftigen Schluck und wischte sich den Mund mit dem Handrücken ab.

»Vor den Frauen!«, fügte Paul finster hinzu.

»Vor allen Frauen?«, fragte Lauren.

»Vor einer insbesondere.«

»Eine Trennung?«

»Er ist sehr diskret. Er würde mich umbringen, wenn er mich so reden hörte.«

»Dann lassen Sie uns das Thema wechseln.«

»Und Sie?«, fragte Paul. »Gibt es jemanden in Ihrem Leben?«

»Sie sind doch nicht etwa dabei, mir den Hof zu machen!«, meinte Lauren und lachte.

»Ganz gewiss nicht! Ich bin allergisch gegen Hundehaare.«

»Es gibt jemanden – eine Geschichte, die nicht viel Platz in meinem Leben einnimmt«, erwiderte Lauren. »Aber vermutlich gibt sie mir in der derzeitigen Situation eine Art Gleichgewicht. Meine Arbeit lässt mir nicht viel Muße für ein anderes Leben als das der Ärztin. Eine wirkliche Partnerschaft erfordert viel Zeit.«

»Inzwischen habe ich immer mehr das Gefühl, dass die Einsamkeit, selbst wenn sie verschleiert ist, einen viel Zeit verlieren lässt! Für den Beruf zu leben, dürfte kein Ziel an sich sein.«

Lauren rief Kali, die sich etwas zu weit entfernt hatte. Dann wandte sie sich an Paul. »Ich bin mir nicht sicher, dass Ihr Freund diese Ansicht teilt. Außerdem kennen wir uns viel zu wenig, um dieses Gespräch fortzusetzen.«

»Tut mir leid, ich wollte nicht den Moralapostel spielen. Es ist nur so, dass …«

»Dass was?«, unterbrach ihn Lauren.

»Nichts!«

Lauren erhob sich und dankte Paul für das Eis, das er ihr gekauft hatte. »Darf ich Sie um etwas bitten?«, fragte sie noch.

»Alles, was Sie wollen.«

»Auch wenn es aufdringlich erscheinen mag – könnte ich Sie von Zeit zu Zeit anrufen, um mich nach dem Befinden meines Patienten zu erkundigen? Es ist mir nämlich nicht einmal erlaubt, telefonisch mit dem Krankenhaus Kontakt aufzunehmen …«

Paul strahlte.

»Was lächeln Sie so?«, fragte Lauren.

»Einfach so. Ich glaube, wir kennen uns nicht genug, um dieses Thema anzusprechen.«

Ein kurzes Schweigen stellte sich ein.

»Rufen Sie mich an, wann Sie wollen … Haben Sie meine Nummer?«

»Ist mir fast peinlich, aber ich habe sie von Betty bekommen. Sie war auf dem Aufnahmeblatt Ihres Freundes vermerkt: ›Person, die im Notfall zu kontaktieren ist‹.«

Paul kritzelte seine Privatnummer auf die Rückseite einer Bankquittung und reichte sie Lauren; jetzt könne sie ihn jederzeit erreichen. Sie steckte das Papier in ihre Jeanstasche und verabschiedete sich.

»Ihr Patient heißt übrigens Arthur Ashby«, sagte Paul mit leicht spöttischem Unterton.

Lauren nickte, winkte und machte sich auf die Suche nach Kali. Sobald sie sich entfernt hatte, rief Paul im Memorial Hospital an. Er fragte, ob man ihn mit der Neurologischen Station verbinden könnte. Er habe eine sehr wichtige Nachricht für den Patienten auf Zimmer 307. Man müsse sie ihm so bald wie möglich überbringen, selbst nachts, sollte er dann aufwachen.

»Und wie lautet diese Nachricht?«, fragte die Schwester.

»Sagen Sie ihm: Er hat eine Eroberung gemacht!«

Strahlend beendete er das Gespräch. Nicht weit entfernt beobachtete ihn eine junge Frau, traurig und wütend zugleich. Paul erkannte die Gestalt, die sich erhob und zur Straße ging. Wenige Meter von ihm entfernt winkte Onega ein Taxi heran.

Er rannte hinterher, konnte sie aber nicht mehr erreichen. Sie saß schon im Taxi, das sich entfernte.

»Verdammter Mist!«, sagte er, allein auf dem Parkplatz der Marina.

Kapitel 13

Die Bar war fast leer. Ein Pianist spielte ein Stück von Duke Ellington. Onega schob dem Barmann ihr leeres Glas hin und bestellte noch einen Martini dry.

»Ist es nicht etwas früh für einen dritten?«, fragte er, während er einschenkte.

»Hast du feste Stunden für dein Unglück?«

»Meine Kunden ertränken ihren Kummer für gewöhnlich eher abends.«

»Aber ich bin Ukrainerin«, erklärte Onega und prostete ihm zu, »wir haben eine Kultur der Schwermut, mit der ihr im Westen es nicht aufnehmen könnt. Dazu braucht man ein Seelentalent, das ihr nicht besitzt!«

Onega verließ die Theke, ging zu dem Musiker, der jetzt einen Song von Nat King Cole anstimmte, und lehnte sich ans Klavier. Sie hob ihr Glas und leerte es in einem Zug. Der Pianist machte dem Barmann ein Zeichen, ihr einen neuen Drink zu bringen, und spielte noch einmal den Refrain. Langsam füllte sich das Lokal. Als Paul schließlich eintrat, war es draußen schon dunkel. Er näherte sich Onega und tat so, als würde er nicht bemerken, dass sie schon betrunken war.

»Die Bestie kommt mit eingezogenem Schwanz, um Reue zu zeigen«, sagte sie.

»Ich dachte, ihr aus dem Osten würdet Alkohol gut vertragen?«

»Was mich betrifft, täuschst du dich ständig. Was macht da ein bisschen mehr oder weniger schon aus?«

»Ich habe dich überall gesucht«, fuhr er fort und legte ihr einen Arm um die Schulter, als sie auf ihren Hocker zuwankte.

»Und du hast mich gefunden, du hast wirklich Spürsinn!«

»Komm, ich bringe dich nach Hause.«

»Du hattest wohl noch nicht dein Quantum an Gefühlen und willst deshalb mit deiner russischen Puppe spielen. Wie praktisch, du brauchst nur die eine zu öffnen und die nächstkleinere herauszunehmen.«

»Was redest du da? Ich war bei dir zu Hause, ich habe dich auf dem Handy angerufen und alle Restaurants abgeklappert, von denen du mir erzählt hast. Schließlich habe ich mich an diese Bar erinnert.«

Onega erhob sich und hielt sich an der Theke fest.

»Wozu, Paul? Ich habe dich vorhin an der Marina mit diesem Mädchen gesehen. Bitte sag mir jetzt nicht: ›Es war nicht so, wie du denkst‹, das wäre furchtbar banal und enttäuschend.«

»Aber es war wirklich nicht so, wie du denkst! Das war die Frau, die Arthur seit Jahren liebt.«

Onega starrte ihn an. Ihre Augen funkelten vor Verzweiflung.

»Und du, wen liebst du?«, fragte sie und hob stolz den Kopf.

Paul warf mehrere Scheine auf die Theke und legte einen Arm um sie.

»Ich glaube, mir wird schlecht«, sagte Onega, als sie auf Pauls Wagen zusteuerten.

Paul führte sie in eine kleine Seitenstraße. Das holprige Pflaster glänzte düster; hinter einem Stapel leerer Kisten, vor indiskreten Blicken geschützt, entledigte sich Onega, von Paul gestützt, über einem Gully ihres allzu großen Schmerzes. Als es vorbei war, nahm er ein Taschentuch und wischte ihr den Mund ab.

Onega richtete sich stolz und abweisend auf. »Bring mich nach Hause!«, sagte sie.

Das Cabrio fuhr durch die O'Farell Street. Onegas Haar flatterte im Wind, und sie bekam langsam wieder Farbe. Es dauerte eine gute Weile, bis Paul vor dem kleinen Haus anhielt, in dem seine Freundin wohnte. Er stellte den Motor ab und sah sie an.

Schließlich brach er das Schweigen und sagte: »Ich habe nicht gelogen.«

»Ich weiß«, murmelte die junge Frau.

»War das denn unbedingt nötig?«

»Vielleicht wirst du mich eines Tages kennenlernen. Ich bitte dich nicht mit hinauf, in meinem Zustand bin ich nicht empfangsbereit.« Sie stieg aus und ging zur Haustür. Auf der Schwelle drehte sie sich um und schwenkte Pauls Taschentuch. »Kann ich es behalten?«

»Kein Problem, wirf es weg!«

»Bei uns entledigt man sich nie des ersten Liebesbeweises.«

Onega trat in den Flur und stieg die Treppe hinauf.

Paul wartete, bis hinter den Fenstern ihrer Wohnung Licht anging, dann entfernte sich der Wagen auf der menschenleeren Straße.

George Pilguez knöpfte die Jacke seines Pyjamas zu und betrachtete sich in dem hohen Schlafzimmerspiegel …

»Er steht dir sehr gut«, sagte Nathalia, »das wusste ich gleich, als ich ihn in dem Geschäft gesehen habe.«

»Danke«, antwortete George und küsste sie auf die Nasenspitze.

Nathalia öffnete die Nachttischschublade und nahm ein Schraubglas und einen Löffel heraus.

»George«, sagte sie bestimmt.

»O nein!«, bat er.

»Du hast es versprochen«, fuhr sie fort und schob ihm den Löffel in den Mund.

Der scharfe Senf legte sich auf die Geschmacksknospen des Inspektors, dem sofort die Tränen in die Augen schossen. Wütend stampfte er mit dem Fuß auf und atmete tief durch die Nase ein.

»Tut mir leid, mein Liebling, aber sonst schnarchst du die ganze Nacht!«, erklärte Nathalia, die schon im Bett lag. »Komm jetzt schlafen!«

Im letzten der drei Stockwerke eines viktorianischen Hauses in Pacific Heights lag eine junge Ärztin auf ihrem Bett ausgestreckt und las. Gewiegt vom Regen, der gegen die Scheibe schlug, schlief ihre Hündin Kali auf dem Teppich. Zum ersten Mal seit langer Zeit hatte Lauren ihre neurologischen Fachbücher beiseitegelegt und sich einer Doktorarbeit zugewandt, die sie in der Bibliothek der Medizinischen Fakultät ausgeliehen hatte. Das Thema lautete: Koma.

Pablo legte sich vor den Sessel, in dem Miss Morrison eingenickt war. Wenn auch der Drache und Dr. Fu Manchu einen ihrer schönsten Kämpfe absolviert hatten, hatte an diesem Abend doch Morpheus den Sieg davongetragen.

Onega beugte sich über das Waschbecken und ließ Wasser in ihre hohlen Hände laufen. Sie rieb sich damit energisch das Gesicht, hob den Kopf und betrachtete sich im Spiegel. Mit den Händen glitt sie über die Wangen, fuhr über die hohen Backenknochen und verweilte bei einer kleinen Falte in den Augenwinkeln. Ihr Zeigefinger zeichnete die Konturen ihres Mundes nach, wanderte dann weiter über den Hals. Sie zwang sich zu lächeln. Dann schaltete sie das Licht aus.

Es klopfte leise an der Tür der kleinen Wohnung. Onega ging durch den Raum, der zugleich als Schlaf- und Wohnzimmer diente, vergewisserte sich, dass die Sicherheitskette vorgelegt war, und öffnete die Tür einen Spaltbreit.

Paul wollte sich nur überzeugen, dass es ihr gut ginge.

»Solange man nicht tot ist«, antwortete Onega, »ist nichts wirklich schlimm.« Sie ließ ihn herein, und als sie die Tür hinter ihm schloss, verzog sich ihr Mund zu einem Lächeln, das nichts mit dem gemein hatte, das der Badezimmerspiegel ihr eben noch zurückgeworfen hatte.

Eine Krankenschwester betrat das Zimmer 307 des Memorial Hospital, kontrollierte Arthurs Blutdruck und ging wieder hinaus. Durch das Fenster drang das erste Morgenlicht in den Raum.

Lauren rekelte sich. Die Augen noch verquollen, griff sie nach ihrem Kopfkissen und schlang die Arme fest darum. Sie sah auf den kleinen Wecker, schob die Steppdecke zurück und rollte sich auf die Seite. Kali sprang aufs Bett und schmiegte sich an sie. Robert öffnete die Augen und schloss sie gleich wieder. Lauren streckte die Hand nach der Schulter ihres Freundes aus, hielt dann aber inne und wandte sich zum Fenster. Das goldene Licht, das durch die Jalousien drang, verhieß einen schönen Tag.

Sie setzte sich auf die Bettkante, und erst in diesem Augenblick wurde ihr bewusst, dass sie keinen Dienst hatte.

Sie ging in die Küchennische, schaltete den Kocher ein und wartete, bis das Wasser sprudelte.

Ihre Hand wanderte zum Telefon, sie sah auf die im Backofen eingelassene Uhr und besann sich anders. Es war noch nicht einmal acht, und Betty war noch nicht auf ihrem Posten.

Eine Stunde später joggte sie über die Promenade der Marina. Kali trabte mit hängender Zunge hinter ihr her.

Ihre Augen folgten zwei Rettungswagen, die mit heulenden Sirenen vorbeifuhren. Ohne anzuhalten, griff sie zu dem Handy, das um ihren Hals hing. Betty hob ab.

Das Personal der Notaufnahme war über die gegen sie verhängte Strafmaßnahme informiert worden. Die ganze Abteilung hatte eine Petition unterzeichnen wollen, die ihre sofortige Wiedereinstellung verlangte, doch die Oberschwester, die Fernstein gut kannte, hatte ihnen davon abgeraten. Lauren musste lächeln, sie freute sich, weil man sie und ihre Arbeit in dem Team wohl mehr schätzte, als sie geglaubt hatte. Während Betty sich in Nebensächlichkeiten erging, nutzte Lauren die Gelegenheit, sich nach dem Patienten von Zimmer 307 zu erkundigen. Betty unterbrach sich.

»Hat dir der nicht schon genug Ärger gemacht?«

»Betty!«

»Wie du willst. Ich hatte heute noch keinen Grund, nach oben zu gehen, aber sobald ich etwas Neues weiß, rufe ich dich an. Heute Morgen ist es ziemlich ruhig. Wie geht es dir?«

»Ich lerne wieder, völlig unnütze Dinge zu tun.«

»Was zum Beispiel?«

»Vorhin habe ich mich zehn Minuten lang geschminkt.«

»Und?«, fragte Betty neugierig.

»Gleich danach habe ich alles wieder abgewischt!«

Den Hörer zwischen Kinn und Schulter geklemmt, verteilte Betty die Krankenblätter in die Fächer der Ärzte.

»Du wirst sehen, in den vierzehn Tagen Ruhe findest du wieder Geschmack an den kleinen Freuden des Lebens.«

Lauren blieb vor einem Kiosk stehen, um sich eine Flasche Mineralwasser zu kaufen, die sie in einem Zug leerte.

»Von wegen – ein Vormittag, an dem ich nichts zu tun habe, macht mich ganz verrückt. Ich habe mich schon unter die Jogger gemischt und zum Himmel gebetet, dass sich einer in meiner Nähe wenigstens den Fuß verstaucht.«

Betty versprach, sie zurückzurufen, sobald sie etwas erfahren hätte; gerade würden zwei Krankenwagen vor der Notaufnahme halten.

Lauren beendete das Gespräch. Sie stellte den Fuß auf eine Bank, band ihren Schnürsenkel wieder zu und fragte sich, ob sie sich wirklich nur aus Pflichtgefühl um die Gesundheit dieses Mannes sorgte, den sie vorgestern noch gar nicht gekannt hatte.

Paul nahm seinen Autoschlüssel und verließ das Büro. Er informierte Maureen, dass er den ganzen Nachmittag über in einer Besprechung sei und versuchen würde, am Abend noch einmal im Büro vorbeizukommen. Eine halbe Stunde später betrat er die Halle des San Francisco Memorial Hospital und eilte die Treppe hinauf. Oben angekommen, schwor er sich, am Wochenende wieder ins Fitnessstudio zu gehen. Er traf Nancy, die aus einem Krankenzimmer kam, warf ihr eine Kusshand zu, ließ sie verblüfft mitten auf dem Flur stehen und setzte seinen Weg fort. Er betrat das Zimmer und ging zum Bett. Er tat so, als würde er die Infusion überprüfen, nahm Arthurs Hand und kontrollierte seinen Puls. »Zeig mir deine Zunge«, sagte er übermütig.

»Darf ich wissen, was du da spielst?«

»Krankenwagen stehlen, Leute im Koma entführen – da bin ich jetzt geübt. Aber das Beste hast du verpasst, du hättest mich im grünen Kittel mit Mund- und Kopfschutz sehen sollen! Absolut umwerfend!«

Arthur richtete sich in seinem Bett auf. »Warst du tatsächlich bei dem Eingriff dabei?«

»Weißt du, man tut immer so, als wäre die Medizin etwas Besonderes, aber Chirurg oder Architekt – alles nur eine Frage der Teamarbeit! Es fehlte an Personal, ich war da, warum untätig bleiben? Also bin ich eingesprungen.«

»Und Lauren?«

»Sie ist beeindruckend. Sie anästhesiert, schneidet, näht,

reanimiert – und mit welch einem Temperament! Es ist eine Freude, mit ihr zu arbeiten.«

Arthurs Züge verfinsterten sich.

»Was ist denn jetzt los?«, fragte Paul.

»Sie wird meinetwegen Schwierigkeiten bekommen!«

»Na, dann seid ihr ja quitt! Es ist schon faszinierend, der Einzige, an den ihr bei eurer albernen Abendplanung nicht denkt, bin ich!«

»Und hattest du keine Probleme?«

Paul hüstelte und zog Arthurs Augenlid hoch. »Sieht gut aus«, sagte er fachmännisch.

»Wie hast du dich aus der Affäre gezogen?«, beharrte Arthur.

»Wenn du es genau wissen willst, habe ich mich verhalten wie ein Feigling. Als die Polizei vor der Tür des OPs auftauchte, habe ich mich unter dem Operationstisch versteckt, darum musste ich auch den ganzen Eingriff miterleben. Wenn man mal von den Zeiten absieht, in denen ich ohnmächtig war, müssen es bestimmt gut fünf Minuten gewesen sein. Dein Leben verdankst du ihr, ich habe nicht viel dazu beigetragen.«

Nancy kam herein. Sie kontrollierte Arthurs Blutdruck und fragte, ob er versuchen wolle, aufzustehen und etwas zu laufen. Paul bot seine Hilfe an.

Sie gingen auf den Flur. Arthur fühlte sich gut, ihm war nicht mehr schwindelig, und er hatte sogar Lust, den Spaziergang fortzusetzen. Im Garten des Krankenhauses bat er Paul um zwei Gefallen …

Als Arthur wieder in seinem Bett lag, verabschiedete sich Paul. Unterwegs hielt er in der Union Street vor einem Blumengeschäft an. Er ließ einen Strauß weißer Pfingstrosen zusammenstellen und schob die Karte, die Arthur ihm anvertraut hatte, in einen Umschlag. Die Blumen sollten noch vor dem Abend geliefert werden. Dann fuhr er zur Marina hinunter und parkte vor einem Videoklub. Gegen neunzehn Uhr klingelte er bei Rose Morrison und überbrachte ihr Neuigkeiten von Arthur und das letzte Abenteuer von Dr. Fu Manchu.

In ihre Doktorarbeit vertieft, lag Lauren auf dem Teppich.

Ihre Mutter saß auf dem Sofa und blätterte in einer Zeitschrift. Bisweilen hob sie den Blick von der Lektüre und betrachtete ihre Tochter. »Wie hast du nur so was tun können?«, fragte sie schließlich und warf das Magazin auf den Couchtisch.

Ohne zu antworten, machte sich Lauren Notizen in einem Spiralheft.

»Du hättest deine Karriere ruinieren können – all die Jahre harter Arbeit umsonst, und wozu?«, fuhr ihre Mutter fort.

»All die Jahre deiner Ehe waren auch umsonst. Und soweit ich weiß, hast du Papa nicht das Leben gerettet.«

Ihre Mutter erhob sich. »Ich gehe mit Kali spazieren«, sagte sie barsch und nahm ihren Trenchcoat von der Garderobe. Sie verließ die Wohnung und schlug die Tür hinter sich zu.

»Auf Wiedersehen«, murmelte Lauren und lauschte den sich entfernenden Schritten.

Unten an der Treppe traf Mrs. Kline auf einen Boten. Er brachte einen riesigen Strauß weißer Pfingstrosen und suchte die Wohnung von Lauren Kline.

»Ich bin Mrs. Kline«, erklärte sie und nahm den kleinen Umschlag, der an die Cellophanverpackung geheftet war. Er solle die Blumen in der Eingangshalle lassen, sie würde sie auf dem Rückweg mitnehmen. Sie gab dem jungen Mann ein Trinkgeld, und er ging.

Als sie die Straße entlanglief, öffnete sie das Kuvert. Nur wenige Worte standen auf der Karte: »Ich möchte Sie wiedersehen, Arthur.«

Mrs. Kline knüllte die Karte zusammen und steckte sie in die Tasche ihres Regenmantels.

Im Viertel gab es nur einen Park, in dem Hunde erlaubt waren. Mochte auch das Schicksal seine Gründe haben, der fantasielose Mensch akzeptierte sie meistens nicht. Mrs. Kline nahm neben einer alten Dame auf einer Bank Platz. Sie las Zeitung, hatte aber offensichtlich den Wunsch, ihre Bekanntschaft zu machen.

Auf dem für Hunde reservierten Rasenstück versuchte Kali sich an einem Jack Russell, der im Schatten einer Linde gedöst hatte.

»Es scheint Ihnen nicht gut zu gehen«, sagte die alte Dame.

Mrs. Kline zuckte zusammen. »Ich bin nur nachdenklich«, antwortete sie. »Unsere Hunde verstehen sich ja offensichtlich prächtig …«

»Pablo fühlt sich immer von hochbeinigen Artgenossen angezogen; ich werde ihm noch einmal die Gebrauchsanweisung vorlesen müssen, ich habe den Eindruck, die beiden vertauschen die Rollen. Was beschäftigt Sie denn so?«

»Nichts!«

»Wenn Sie Ihr Herz ausschütten möchten, bin ich das ideale Opfer, ich bin stocktaub!«

Mrs. Kline sah Rose an, die den Blick nicht von ihrer Lektüre gewandt hatte.

»Haben Sie Kinder?«, fragte sie.

Miss Morrison schüttelte den Kopf.

»Dann können Sie das auch nicht verstehen.«

»Aber ich habe Männer geliebt, die welche hatten!«

»Das ist etwas anderes.«

»Wie mich das aufregt!«, protestierte Rose. »Leute mit Kindern halten die, die keine haben, für Wesen von einem anderen Stern. Einen Mann zu lieben ist ebenso kompliziert, wie Kinder zu erziehen!«

»Diesen Standpunkt kann ich nicht ganz teilen.«

»Und, sind Sie noch immer verheiratet?«

Mrs. Kline betrachtete ihre Hand, mit der Zeit war der Abdruck ihres Eherings verschwunden.

»Was macht Ihnen denn Ihre Tochter für Sorgen?«

»Woher wissen Sie, dass es kein Sohn ist?«

»Die Chancen stehen fifty-fifty.«

»Ich glaube, ich habe etwas Schlechtes getan«, murmelte Laurens Mutter.

Die alte Dame faltete die Zeitung zusammen und lauschte aufmerksam dem, was Miss Kline so dringend gestehen musste.

»Das mit den Blumen war ziemlich mies! Und warum fürchten Sie so sehr, dass sie den jungen Mann wiedersieht?«

»Weil er Erinnerungen an eine Vergangenheit wecken könnte, die uns beide ins Unrecht setzen.«

Die alte Dame vertiefte sich scheinbar wieder in ihre Zeitung, dachte angestrengt nach, legte die Zeitung auf die Bank zurück und sagte dann: »Ich weiß zwar nicht, wovon Sie sprechen, aber durch eine Lüge kann man niemanden schützen.«

»Es tut mir leid«, antwortete Mrs. Kline, »ich rede von Dingen, die Sie nicht verstehen können.«

Laurens Mutter zögerte, aber welches Risiko ging sie ein, sich einer Unbekannten anzuvertrauen? Der Wunsch, ihrer Einsamkeit zu entrinnen, war stärker, und so erzählte sie die Geschichte von einem Mann, der eine junge Frau entführt hatte, um sie zu retten, während ihre eigene Mutter sie aufgegeben hatte.

»Ihr junger Mann hat nicht zufällig einen Großvater, der Junggeselle ist?«

»Seit er mir die Wohnungsschlüssel zurückgegeben hat, habe ich nie wieder etwas von ihm gehört.«

»Er ist einfach so verschwunden?«

»Sagen wir, wir haben ihm ein wenig dabei geholfen.«

»Wir?«

»Ein bekannter Neurochirurg hat ihm erklärt, wie zart die Gesundheit meiner Tochter sei, und er hat tausend Gründe gefunden, um ihn dazu zu bewegen, sich von ihr fernzuhalten.«

»Und das war so überzeugend, dass er sich gefügt hat?«

Laurens Mutter seufzte. »Ja.«

»Ich dachte, er wäre intelligenter gewesen!«, fuhr die alte Dame fort. »Na ja, wenn Männer verliebt sind, verlieren sie viel von ihren Fähigkeiten! Und war der Professor aufrichtig?«

»Aufrichtig sicher, ob es gestimmt hat, weiß ich nicht. Lauren hat sich sehr schnell erholt, nach einigen Monaten war sie wieder ganz die Alte.«

»Und Sie glauben, jetzt wäre es zu spät, um mit Ihrer Tochter zu reden?«

»Diese Frage stelle ich mir jeden Tag, aber ich kann mir nicht vorstellen, wie sie reagiert.«

»Ich habe oft die Erfahrung gemacht, dass ein Familiengeheimnis das Leben verderben kann. Ich hatte nicht das Glück, Kinder zu haben, und im Gegenteil zu dem, was ich vorhin gesagt habe, um mich gelassen zu geben, können Sie sich nicht vorstellen, wie sehr mir das fehlt. Aber wegen der vielen Beziehungen glaubte ich mich nicht in der Lage dazu – das zumindest war meine Entschuldigung, um mich nicht mit meinem Egoismus konfrontiert zu sehen. Ich verstehe Ihre Vorbehalte, selbst wenn ich überzeugt bin, dass Sie unrecht haben. Liebe besteht aus Toleranz, daraus schöpft sie ihre Kraft.«

»Ich würde mir so sehr wünschen, dass Sie recht haben.«

»Man verlässt einen Mann und glaubt, ihn zu vergessen … bis uns eine Erinnerung einholt, bis wir durch irgendetwas an ihn erinnert werden. Wie könnte man sich demnach von der Liebe zu unseren Eltern befreien? Man verliert unendlich viel Zeit damit, ihnen nicht zu sagen, dass man sie liebt, und nach ihrem Tod stellt man schließlich fest, wie sehr sie einem fehlen.« Die alte Dame beugte sich zu Mrs. Kline. »Wenn dieser junge Mann Ihre Tochter gerettet hat, sind Sie ihm etwas schuldig. Suchen Sie ihn.« Damit vertiefte sich Rose wieder in ihre Zeitung.

Mrs. Kline wartete eine Weile, verabschiedete sich von

ihrer Banknachbarin, rief Kali und ging nach Hause. Sie nahm den Blumenstrauß an sich, der auf der unteren Treppenstufe lag, stellte die Pfingstrosen in einer Vase auf den Couchtisch und schloss die Wohnungstür hinter sich.

Die Tage vergingen mit der Gleichmäßigkeit eines Metronoms. Jeden Morgen machte Lauren einen Spaziergang durch den Presido Park. Manchmal ging sie bis zum Strand. Dann setzte sie sich in den Sand und vertiefte sich in die Doktorarbeit über Komapatienten.

George Pilguez gewöhnte sich allmählich an Nathalias Arbeitszeiten. Jeden Tag Punkt zwölf nahmen sie gemeinsam ein Essen ein, das beide zufriedenstellte – für den einen war es das Frühstück, für den anderen das Mittagessen.

In der Mitte eines aus Kundenterminen und Baustellenbesuchen bestehenden Tages traf Paul Onega, die ihn am Ende der Promenade auf einer Bank mit Blick aufs Meer erwartete.

An sonnigen Nachmittagen besuchte Miss Morrison mit Pablo den Park in der Nähe ihres Hauses. Manchmal traf sie Mrs. Kline, und eines Tages erkannte sie Lauren an der Hündin, die hinter ihr herlief. An diesem strahlenden Donnerstag war sie versucht, sie anzusprechen, wollte die junge Frau dann aber nicht von ihrer Lektüre ablenken. Als Lauren sich auf den Heimweg machte, blickte sie ihr belustigt nach.

Allabendlich setzte George Pilguez Nathalia mit seinem Mercury Grand Marquis am Kommissariat ab.

Bevor Paul sich mit Onega zum Abendessen traf, besuchte er seinen Freund; er zeigte ihm Projekte und Skizzen, die Arthur mit einem Federstrich korrigierte oder mit Anmerkungen zur Wahl der Farben und Materialien versah.

An diesem Freitag beglückwünschte sich Fernstein zum Gesundheitszustand seines Patienten. Sobald er etwas Zeit hätte, würde er ein Kontroll-CT vornehmen, und wenn, wovon er überzeugt war, alles normal wäre, die Entlassungspapiere unterschreiben. Nichts rechtfertigte mehr, dass er ein Krankenhausbett belegte. Er müsste sich eine Zeit lang schonen, aber schon bald würde das Leben wieder seinen normalen Lauf nehmen. Arthur bedankte sich für seine Behandlung.

Paul war bereits vor Stunden gegangen, und auf den Gängen hallten schon lange nicht mehr die Schritte der täglichen Hektik wider. Das Krankenhaus hatte sein Nachtgewand angelegt. Arthur schaltete den Fernseher ein, der auf einer Wandhalterung seinem Bett gegenüber befestigt war. Er öffnete die Nachttischschublade und griff nach seinem Handy. Gedankenverloren durchblätterte er das Adressbuch, entschied sich dann aber, seinen besten Freund nicht zu stören. Das Telefon glitt ihm langsam aus der Hand, und sein Kopf sank zur Seite.

Die Tür öffnete sich, und eine Assistenzärztin trat ein. Sie ging sofort zum Fußende und studierte das Krankenblatt.

Arthur öffnete die Augen und betrachtete sie schweigend. Sie schien konzentriert.

»Gibt es ein Problem?«, fragte Arthur.

»Nein«, antwortete Lauren und hob den Kopf.

»Was machen Sie hier?«, fragte er verblüfft.

»Nicht so laut«, flüsterte Lauren.

»Warum sollen wir leise reden?«

»Ich habe meine Gründe.«

»Und die sind geheim?«

»Ja!«

»Aber ich muss Ihnen, selbst wenn es im Flüsterton ist, gestehen, dass ich mich freue, Sie zu sehen.«

»Ich auch, ich meine, es freut mich, dass es Ihnen besser geht. Es tut mir wirklich leid, dass ich bei der ersten Untersuchung das Hämatom nicht erkannt habe.«

»Es gibt nichts, was Ihnen leidtun müsste. Ich glaube, ich habe Ihnen die Arbeit nicht leicht gemacht«, gab Arthur zurück.

»Sie hatten es so eilig wegzukommen!«

»Meine Arbeitswut wird mich eines Tages noch umbringen.«

»Sie sind Architekt, nicht wahr?«

»Ja.«

»Das ist ein anspruchsvoller Beruf, viel Mathematik!«

»Na ja, wie bei einem Arzt während des Studiums, dann lässt man die anderen die Berechnungen machen.«

»Die anderen?«

»Die statischen Berechnungen sind vor allem Arbeit der Ingenieure.«

»Und was tun die Architekten, während die Ingenieure arbeiten?«

»Sie träumen.«

»Und was träumen Sie?«

Arthur sah Lauren lange an, dann lächelte er.

»Gehen Sie zum Fenster.«

»Warum?«, fragte Lauren.

»Eine kleine Reise.«

»Eine kleine Reise zum Fenster?«

»Nein, vom Fenster aus.«

Mit einem fast spöttischen Lächeln folgte sie seiner Anweisung. »Und jetzt?«

»Machen Sie auf.«

»Was?«

»Das Fenster!«

Lauren tat wie geheißen.

»Was sehen Sie?«, flüsterte er.

»Einen Baum.«

»Beschreiben Sie ihn mir.«

»Wie das?«

»Ist er groß?«

»Er reicht bis zum zweiten Stock, und er hat große grüne Blätter.«

»Nun schließen Sie die Augen.«

Lauren ließ sich auf das Spiel ein, und Arthurs Stimme führte sie durch die improvisierte Dunkelheit.

»Die Zweige bewegen sich um diese Tageszeit nicht mehr. Der Wind vom Meer hat sich noch nicht erhoben. Nähern Sie sich dem Baum, oft verbergen sich die Zikaden in der Rinde. Unter dem Baum ist ein Teppich aus Piniennadeln ausgebreitet. Sie sind von der Sonne rotbraun verfärbt. Jetzt sehen Sie sich um. Sie stehen in einem großen Garten, durchzogen von ockerfarbenen Erdstreifen, auf denen Pinien wachsen. Zu ihrer Linken gibt es welche mit silbrigen Nadeln, zu ihrer Rechten Sequoien, vor Ihnen Granatapfelbäume, dahinter Johannisbrotbäume, die sich bis zum Meer hinzuziehen scheinen. Gehen Sie die kleine Steintreppe hinab, die neben dem Weg entlangführt. Die Stufen sind unregelmäßig, aber keine Angst, sie ist nicht steil. Rechts sehen Sie die Reste eines Rosengartens. Bleiben Sie stehen und blicken Sie nach vorn.«

Arthur entwarf eine Welt, die nur aus Worten bestand. Lauren sah das Haus mit den geschlossenen Fensterläden, das er beschrieb. Sie ging bis zu der Freitreppe, dann die Stufen hinauf, blieb auf der Veranda stehen. Weiter unten schien das Meer die Felsen zerbrechen zu wollen. Die Wellen führten eine Unmenge Algen mit, in denen sich Piniennadeln verfangen hatten. Der Wind blies ihr die Haare ins Gesicht, und sie hatte fast Lust, sie zurückzustreichen.

Sie ging um das Haus herum und befolgte Arthurs Anweisungen, die sie in seine virtuelle Welt führten. Auf der Suche nach dem kleinen Keil unter dem Fensterladen glitt ihre Hand über die Fassade. Wie geheißen, zog sie das Holzstück heraus. Der Laden öffnete sich, und sie meinte sogar, ihn in den Angeln quietschen zu hören. Sie hob das Fenster leicht an, zog es ein wenig vor und drückte es in den Schienen nach oben.

»Bleiben Sie nicht in diesem Zimmer, es ist zu dunkel, gehen Sie weiter zum Flur.«

Langsam schritt sie voran, hinter jeder Wand, in jedem Zimmer schien sich ein Geheimnis zu verbergen. Sie betrat die Küche. Auf dem Tisch stand eine alte italienische Espressokanne, in der man köstlichen Kaffee zubereiten konnte, und vor ihr war ein Herd, wie man ihn früher in alten Häusern fand.

»Wird er mit Holz befeuert?«, fragte Lauren.

»Wenn Sie wollen, dann finden Sie vor der Hintertür im Schuppen sogar Holzscheite.«

»Ich möchte in diesem Haus bleiben und es weiter besichtigen«, murmelte sie.

»Gut, dann verlassen Sie die Küche und öffnen Sie die Tür gegenüber.«

Sie kam ins Wohnzimmer. Im Halbdunkel sah sie ein großes Klavier. Sie machte Licht, ging hin und setzte sich auf den Hocker.

»Ich kann nicht spielen.«

»Es handelt sich um ein besonderes Instrument, das aus einem fernen Land stammt; wenn Sie fest an Ihre Lieblingsmelodie denken, spielt es sie von allein – aber Sie müssen die Hände auf die Tasten legen.«

Lauren konzentrierte sich mit aller Kraft, und plötzlich hatte sie »Clair de Lune« aus Jules Massenets *Werther* im Kopf.

Sie hatte den Eindruck, neben ihr würde jemand spielen, und je mehr sie sich in ihren Traum ziehen ließ, desto realer und eindringlicher wurde die Musik. So besichtigte sie jeden Raum, ging in den ersten Stock zu den Schlafzimmern hinauf, und langsam verwandelten sich die Worte, die das Haus beschrieben, in eine Vielfalt von Einzelheiten, die ihre Umgebung lebendig machten. Sie kehrte in den einzigen Raum zurück, den sie noch nicht richtig gesehen hatte. Als sie den Fuß in das kleine Arbeitszimmer setzte, fröstelte sie, öffnete die Augen, und das Haus verschwand.

»Ich glaube, ich habe es verloren«, sagte sie.

»Das macht nichts, es gehört jetzt Ihnen, und Sie können zurückkommen, wann Sie wollen, es reicht, daran zu denken.«

»Allein kann ich es nicht, ich bin nicht sehr geschickt, was imaginäre Welten angeht.«

»Sie sollten mehr Selbstvertrauen haben, ich finde, für ein erstes Mal haben Sie sich tapfer geschlagen.«

»Das also ist Ihr Beruf. Sie schließen die Augen und stellen sich einen Ort vor?«

»Nein, ich stelle mir das Leben vor, das im Innern stattfinden wird, und daraus leite ich den Rest ab.«

»Eine originelle Art zu arbeiten.«

»Nein, eher eine Art, originell zu arbeiten.«

»Ich muss gehen, bald macht die Krankenschwester ihre Runde.«

»Kommen Sie wieder?«

»Wenn ich kann.« Bevor sie das Zimmer verließ, drehte sie sich noch einmal um. »Danke für diesen Besuch, es war ein schöner Augenblick für mich.«

»Für mich auch.«

»Und gibt es dieses Haus?«

»Wenn es in Ihrer Vorstellung existiert, dann ist es auch real.«

»Sie haben eine eigenartige Weise zu denken.«

»Manche Menschen sind, ohne es zu bemerken, blind geworden, weil sie immerzu die Augen vor dem verschließen, was sie umgibt. Ich habe mich damit begnügt, sehen zu lernen, sogar im Dunkeln.«

»Ich kenne eine kleine Eule, die Ihren Rat brauchen würde.«

»Die aus Plüsch, die Sie neulich in der Kitteltasche hatten?«

»Sie erinnern sich?«

»Ich gehe nicht oft zu Ärzten, und einen zu vergessen, der einen mit einem Stofftier in der Tasche untersucht, ist eher schwierig.«

»Sie hat Angst vor dem Tageslicht, und ihr Großvater hat mich gebeten, sie zu heilen.«

»Sie braucht eine Kindersonnenbrille, ich hatte früher eine, unglaublich, was man dadurch alles sieht.«

»Zum Beispiel?«

»Träume, die aus imaginären Welten bestehen.«

»Danke für den Rat.«

»Aber Vorsicht, wenn Sie Ihre Eule geheilt haben, müssen Sie ihr sagen, dass ihr Traum zerplatzt, sobald sie eine Sekunde an ihm zweifelt.«

»Ich werde es ausrichten, verlassen Sie sich auf mich. Und jetzt ruhen Sie sich aus.«

Lauren verließ das Zimmer.

Das Mondlicht drang in den Raum. Arthur schlug die Decke zurück, stieg aus dem Bett und trat ans Fenster. Lange verharrte er dort und betrachtete die reglosen Bäume. Er hatte nicht die geringste Lust, den Ratschlag seines Freundes zu befolgen. Zu lange schon übte er sich in Geduld, und nichts hatte die Erinnerung an diese Frau auslöschen können – weder die Zeit noch die Reisen mit all ihren Erlebnissen. Bald würde man ihn entlassen.

Kapitel 14

Das Wochenende ließ sich gut an; am Horizont zeigte sich keine Wolke. Alles war ruhig, als würde die Stadt nach einer allzu kurzen Sommernacht erwachen. Barfuß, die Haare zerzaust, in einen langen Pullover gekleidet, den sie wie ein kurzes Kleid trug, saß Lauren an ihrem Schreibtisch und nahm ihre Arbeit dort auf, wo sie sie am Vorabend abgebrochen hatte.

Bis zum späten Vormittag las sie weiter und wartete auf den Briefträger. Sie hatte vor zwei Tagen ein Fachbuch bestellt und hoffte, es bald in ihrem Briefkasten vorzufinden. Gegen elf Uhr erhob sie sich, um nachzusehen. Sie öffnete die Wohnungstür, zuckte zusammen und stieß einen Schrei aus.

»Entschuldigen Sie, ich wollte Sie nicht erschrecken«, sagte Arthur, die Hände hinter dem Rücken verschränkt. »Ich habe Ihre Adresse von Betty.«

»Und was machen Sie hier?«, fragte Lauren und zog an ihrem Pullover.

»Um ehrlich zu sein, ich weiß es selbst nicht so richtig.«

»Man hätte Sie noch nicht gehen lassen dürfen; das war unverantwortlich«, stammelte sie.

»Ich muss gestehen, ich habe ihnen keine Wahl gelassen … Darf ich jetzt trotzdem hereinkommen?«

Sie trat zur Seite und bat ihn, im Wohnzimmer Platz zu nehmen.

»Ich bin gleich da!«, rief sie und flüchtete ins Badezimmer.

Ich sehe aus wie Struwwelpeter höchstpersönlich!, dachte sie bei sich und versuchte, etwas Ordnung in ihre Haare zu bekommen. Dann stürzte sie zum Wandschrank und begann ihren Kampf mit den Bügeln.

»Alles in Ordnung?«, fragte Arthur, der sich über die Geräusche wunderte.

»Möchten Sie einen Kaffee?«, rief Lauren, die sich nicht entscheiden konnte, was sie anziehen sollte.

Sie riss ein Sweatshirt aus dem Fach und warf es auf den Boden, die weiße Bluse passte ihr auch nicht und wirbelte durch die Luft, ein kurzes Sommerkleid folgte bald ihrem Beispiel. Es dauerte nicht lange, und hinter ihr türmte sich ein Kleiderberg auf.

Arthur sah sich unterdessen im Wohnzimmer um. Gott, wie vertraut ihm dieser Ort war. Die Bretter des Holzregals bogen sich unter ihrer Last. Sie würden nachgeben, sollte Lauren ihre Sammlung an medizinischen Handbüchern weiter vervollständigen. Arthur lächelte, als er sah, dass sie ihren Schreibtisch genauso aufgestellt hatte wie er einst seinen Architektentisch.

Hinter der angelehnten Tür erahnte er das Schlafzimmer und das Bett, von dem aus man die Bucht überblicken konnte.

Er hörte Lauren in seinem Rücken hüsteln und drehte sich um. Sie trug Jeans und ein weißes T-Shirt.

»Wünscht der Herr den Kaffee mit Milch und Zucker,

ohne Milch und mit Zucker oder ohne Zucker und mit Milch?«, fragte sie.

»Wie Sie möchten!«

Sie trat hinter die Küchentheke, doch als sie den Hahn aufdrehte, schoss ihr ein gewaltiger Wasserstrahl entgegen.

»Ich glaube, ich habe ein Problem«, sagte sie und versuchte, das Leck mit beiden Händen zuzuhalten, um eine Überschwemmung zu verhindern.

Arthur erklärte ihr, der Haupthahn sei im Hängeschrank neben ihr. Lauren riss die Schranktür auf und drehte ihn zu. Das Gesicht triefend, starrte sie ihn an.

»Wie konnten Sie das wissen?«

»Ich bin Architekt!«

»Lernt man bei dem Beruf, durch die Wände zu sehen?«

»Die Sanitäranlagen eines Hauses sind weit weniger komplex als etwa der Blutkreislauf des menschlichen Körpers. Aber auch wir haben unsere kleinen Tricks, um Hämorrhagien zu stoppen. Haben Sie Werkzeug?«

Lauren trocknete ihr Gesicht mit Haushaltspapier und öffnete eine Schublade. Sie holte einen alten Schraubenzieher, einen Gabelschlüssel und einen Hammer heraus und legte sie mit bedauernder Miene auf die Küchentheke.

»Damit müsste man trotzdem operieren können«, meinte Arthur.

»Ich glaube, ich bin nicht geeignet für solche Operationen.«

»Das ist ein weit weniger komplizierter Eingriff als der, den Sie im OP-Saal vorgenommen haben. Haben Sie zufälligerweise eine neue Dichtung da?«

»Nein!«

»Sehen Sie im Sicherungskasten nach. Ich weiß auch nicht warum, aber es liegen dort meist ein oder zwei auf dem Stromzähler herum.«

»Und wo treibt sich der Sicherungskasten herum?«

Arthur deutete mit dem Finger auf den kleinen grauen Kasten neben der Eingangstür.

»Das ist der Hauptschalter«, widersprach sie.

»Genau da müssen Sie nachsehen«, sagte Arthur belustigt.

Lauren stellte sich davor. »Da die Schränke meiner Wohnung für Sie kein Geheimnis bergen, sollten Sie diese Dichtungen vielleicht besser selbst suchen. Das hilft uns, Zeit zu sparen!«

Arthur steuerte auf die Eingangstür zu. Er hob die Hand zu dem Kasten und besann sich anders.

»Was haben Sie?«, fragte Lauren.

»Meine Hände sind noch ungeschickt«, murmelte Arthur, sichtlich verlegen.

Lauren trat auf ihn zu. »Nicht schlimm«, sagte sie mit beruhigender Stimme. »Sie müssen geduldig sein, Sie haben keine Spätfolgen, doch die Genesung braucht ihre Zeit, die Natur will es so.«

»Für die Reparatur kann ich Sie trotzdem anleiten, wenn Sie möchten«, sagte Arthur.

»Ich habe anderes vor, als heute Morgen Wasserhähne zu reparieren. Mein Nachbar ist ein genialer Bastler und Heimwerker. Er hat hier fast alles installiert und wird begeistert sein, den Schaden zu beheben.«

»War er es, der die Idee hatte, das Regal vor dieses Fenster zu stellen?«

»Wieso? War das keine so gute Idee?«

»Doch, doch«, erwiderte Arthur und kehrte ins Wohnzimmer zurück.

»Das ist ein ›doch, doch‹, das genau das Gegenteil sagen will!«

»Nein, überhaupt nicht«, beharrte er.

»Was für ein schlechter Lügner Sie sind!«

Arthur bat Lauren, auf ihrem Sofa Platz zu nehmen. »Jetzt drehen Sie sich um«, sagte er dann.

Lauren tat wie geheißen, auch wenn sie nicht genau wusste, worauf er hinauswollte.

»Wenn dieses Regal das Fenster nicht versperren würde, hätten Sie einen wunderschönen Ausblick von hier.«

»Ich hätte einen schönen Ausblick, aber in meinem Rücken. Für gewöhnlich setze ich mich richtig herum auf mein Sofa!«

»Deshalb wäre es vielleicht keine schlechte Idee, es umzudrehen. Um ehrlich zu sein: Die Eingangstür ist nicht das Schönste in dieser Wohnung, oder?«

Lauren stand auf, stemmte die Hände in die Hüften und musterte ihn. »Ich habe nie besonders darauf geachtet. Aber haben Sie das Krankenhaus verlassen, um die Möbel in meiner Wohnung umzustellen?«

»Tut mir leid«, sagte Arthur und senkte den Kopf.

»Nein, mir tut es leid«, erwiderte Lauren mit ruhiger Stimme. »Ich bin zur Zeit nervös und leicht gereizt. Soll ich Ihnen nun einen Kaffee machen?«

»Sie haben kein Wasser!«

Lauren öffnete den Kühlschrank. »Ich kann Ihnen nicht mal einen Fruchtsaft anbieten.«

»Was halten Sie davon, wenn wir frühstücken gingen?«

Sie bat ihn, kurz zu warten, sie müsse ihre Post aus dem Briefkasten holen. Sobald sie im Treppenhaus war, überkam ihn der Wunsch, sich wieder mit diesem Ort vertraut zu machen, an dem er früher gewohnt hatte. Er ging ins Schlafzimmer und trat ans Bett. Die Erinnerung an einen Sommermorgen tauchte wieder auf, wie entwichen aus den Seiten eines Buchs, das plötzlich aufgeschlagen wurde. Er wünschte, er könnte die Zeit bis zu jenem Tag zurückdrehen, da er sie dort hatte schlafen sehen.

Er strich mit den Fingerspitzen über die Tagesdecke und fühlte die Textur des Wollstoffs. Dann betrat er das Badezimmer und betrachtete die Flakons über dem Waschbecken. Eine Körpermilch, ein Parfüm, wenige Schminkutensilien. Plötzlich kam ihm eine Idee; er warf einen Blick zur Wohnungstür und beschloss, sich einen alten Traum zu erfüllen. Er trat ins Innere des angrenzenden begehbaren Wandschranks und schloss die Tür hinter sich.

Versteckt zwischen den Bügeln, betrachtete er die Kleidungsstücke, die am Boden lagen oder noch aufgehängt waren, und versuchte, sich Lauren in jedem einzelnen darin vorzustellen. Er wäre gerne hiergeblieben und hätte gewartet, dass sie ihn fand. Vielleicht würde sie sich wieder erinnern, würde zögern, nur einen Augenblick, sich der Worte entsinnen, die sie sich gesagt hatten. Dann würde er sie in die Arme nehmen und küssen wie früher, das heißt, doch etwas anders. Nichts und niemand würde sie ihm dann mehr nehmen können. Das war Unsinn, wenn er hierbliebe, würde sie es mit der Angst zu tun bekommen. Wer hätte nicht Angst vor jemandem, der sich im Schrank seines Badezimmers versteckt?

Er musste herauskommen, bevor sie zurück war. Einen kurzen Augenblick noch, wer könnte es ihm übel nehmen? Hoffentlich stieg sie langsam die Treppe hoch – ein paar geraubte Sekunden des Glücks, ganz von ihr umgeben.

»Arthur?«

»Bin schon da.«

Er entschuldigte sich, dass er, ohne zu fragen, ihr Badezimmer betreten hatte; er hätte sich die Hände waschen wollen.

»Es gibt kein Wasser!«

»Das ist mir auch eingefallen, als ich den Hahn aufdrehen wollte!«, sagte er verlegen. »Ist Ihr Buch angekommen?«

»Ja, ich stelle es schnell ins Regal, dann gehen wir. Ich sterbe vor Hunger.«

Als sie an der Küche vorbeikamen, entdeckte Arthur Kalis Napf.

»Der gehört meiner Hündin, sie ist bei meiner Mutter.«

Lauren nahm die Schlüssel von der Theke, und sie verließen die Wohnung.

Die Straße war sonnendurchflutet. Arthur hätte liebend gern den Arm um sie gelegt.

»Wohin gehen wir?«, fragte er und kreuzte die Hände im Rücken.

Sie hatte einen Bärenhunger und zögerte zunächst, ihm zu gestehen, dass sie von einem Hamburger träumte. Er versicherte ihr, Frauen mit Appetit würden ihm gefallen.

»In New York ist schon Mittagessenszeit, und in Sidney sitzen sie schon beim Dinner!«, fügte sie strahlend hinzu.

»So kann man es auch sehen«, sagte Arthur und lachte.

»Als Assistenzarzt isst man zu den unmöglichsten Zeiten.«

Sie führte ihn zum Ghirardelli Square, wo sie an den Kais entlangschlenderten und im Tag und Nacht geöffneten Sindbad einkehrten. Die Empfangsdame führte sie zu einem Tisch, reichte ihnen die Karte und verschwand. Arthur hatte keinen Hunger und schüttelte nur den Kopf, als Lauren ihm die Karte hinhielt.

Kurz darauf trat ein Kellner an ihren Tisch, notierte Laurens Bestellung und eilte auf die Küche zu.

»Wollen Sie wirklich nichts essen?«

»Ich bin die ganze Woche künstlich ernährt worden und glaube, mein Magen ist geschrumpft. Aber ich sehe Ihnen gern beim Essen zu.«

»Sie müssen aber wieder etwas zu sich nehmen!«

Der Kellner stellte einen riesigen Teller Pancakes auf den Tisch.

»Warum sind Sie heute Morgen gekommen?«

»Um Ihren Wasserhahn zu reparieren.«

»Nein, jetzt mal im Ernst!«

»Um Ihnen zu danken, dass Sie mir das Leben gerettet haben, zum Beispiel.«

Lauren ließ die Gabel sinken, die sie schon zum Mund führen wollte.

»Weil ich Lust dazu hatte«, gestand Arthur.

Sie sah ihn aufmerksam an und gab reichlich Ahornsirup über ihre Pfannkuchen.

»Ich habe nur meine Pflicht getan«, sagte sie leise.

»Einen Ihrer Kollegen zu betäuben und einen Krankenwagen zu stehlen, dürfte wohl eher nicht zu Ihren täglichen Pflichten gehören.«

»Das mit der Ambulanz war eine Idee Ihres besten Freundes.«

»Das sieht ihm ähnlich.«

Der Kellner trat an den Tisch und fragte Lauren, ob sie noch etwas wünsche.

»Nein, warum?«

»Ich dachte, Sie hätten mich gerufen«, erwiderte er leicht herablassend.

Lauren sah ihm hinterher, zuckte mit den Schultern und nahm das Gespräch wieder auf.

»Ihr Freund hat mir erzählt, Sie hätten sich im Internat kennengelernt.«

»Meine Mutter ist gestorben, als ich zehn war; wir standen uns sehr nahe.«

»Sehr mutig von Ihnen – die meisten Menschen sprechen dieses Wort nie aus, sondern sagen, er oder sie ist ›von uns gegangen‹, ›hat uns verlassen‹.«

»Gehen oder verlassen sind freiwillige Handlungen.«

»Sind Sie allein aufgewachsen?«

»Die Einsamkeit kann sich zu einer Art Freund entwickeln. Und Sie? Leben Ihre Eltern noch?«

»Nur meine Mutter. Seit meinem Unfall ist unser Verhältnis allerdings eher angespannt. Sie drängt sich etwas zu sehr auf.«

»Unfall?«

»Mein Wagen hat sich überschlagen, ich wurde hinausgeschleudert. Man hielt mich für tot, doch einer meiner Professoren hat mich nach einigen Monaten im Koma sozusagen wieder ins Leben zurückgeholt.«

»Haben Sie keine Erinnerung an diese Zeit?«

»Nur an die letzten Minuten vor dem Aufprall, danach gab es eine Lücke von elf Monaten in meinem Leben.«

»Ist es niemandem je gelungen, sich an das zu erinnern, was in dieser Zeit geschehen ist?«, fragte er mit hoffnungsvoller Stimme.

Lauren sah lächelnd einem Dessertwagen hinterher, der aus der Küche geschoben wurde.

»Während man im Koma liegt? Völlig unmöglich!«, erwiderte sie. »Es ist ein Dämmerzustand, in dem nichts passiert.«

»Und doch geht das Leben ringsherum weiter, oder?«

»Interessiert Sie das wirklich? Sie müssen mich das nicht aus Höflichkeit fragen, wissen Sie?«

Arthur versicherte ihr, dass seine Neugier ehrlich sei. Lauren erklärte ihm daraufhin, dass es wohl Theorien zu diesem Thema gebe, aber nur wenig Gewissheit. Nahmen die Patienten wahr, was um sie herum geschah? Aus medizinischer Sicht glaube sie nicht daran.

»Sie sagten ›aus medizinischer Sicht‹. Warum diese Unterscheidung?«

»Weil ich die Sache selbst erlebt habe.«

»Und Sie haben daraus andere Schlüsse gezogen?«

Lauren zögerte mit der Antwort und machte dem Kellner ein Zeichen, der gleich mit dem Dessertwagen herbeigeeilt kam. Sie wählte eine Mousse au Chocolat für sich, und da Arthur nichts sagte, ein Eclair au Chocolat für ihn.

»Und zwei köstliche Desserts für die junge Dame«, sagte der Kellner und stellte beide Teller vor sie hin.

»Ich habe manchmal seltsame Träume, die Erinnerungsfragmenten ähneln – zum Beispiel Gefühle, die aufkommen, doch ich weiß auch, dass das Gehirn in der Lage ist, das, was man aus Erzählungen kennt, in Erinnerungen zu verwandeln.«

»Und was hat man Ihnen erzählt?«

»Nichts Besonderes, dass meine Mutter jeden Tag da war, auch Betty, eine Schwester, die auf meiner Station arbeitet, und andere Dinge ohne wirkliche Bedeutung.«

»Wie zum Beispiel?«

»Wie ich aufgewacht bin ... Aber wir haben jetzt genug von alledem gesprochen. Sie müssen von diesen zwei Nachspeisen kosten!«

»Seien Sie mir nicht böse, aber ich bin allergisch gegen Schokolade.«

»Wollen Sie nichts anderes? Sie haben weder gegessen noch getrunken.«

»Ich verstehe Ihre Mutter. Sie ist vielleicht etwas überzogen in ihrem Verhalten, aber nur aus Liebe.«

»Sie würde Sie vergöttern, wenn sie Sie hören könnte.«

»Ich weiß, das ist einer meiner großen Fehler.«

»Was?«

»Ich gehöre zu der Sorte Männer, an die Schwiegermütter sich gerne erinnern, ihre Töchter aber weniger.«

»Und hat es von solchen Schwiegermüttern, wie Sie sagen, viele gegeben?«, fragte Lauren und schob sich einen großen Löffel Mousse au Chocolat in den Mund.

Arthur sah ihr belustigt zu; sie hatte ein kleines Schokoladenbärtchen über der Oberlippe. Er streckte die Hand aus, wie um ihn wegzuwischen, wagte es aber nicht.

Der Barmann hinter seinem Tresen beobachtete ihren Tisch interessiert.

»Ich bin Junggeselle.«

»Ich habe Mühe, Ihnen zu glauben.«

»Und Sie?«, fragte Arthur.

Lauren suchte nach Worten, bevor sie antwortete. »Es gibt da jemanden, wir leben nicht wirklich zusammen, aber er ist halt da. Manchmal erlöschen Gefühle eben. Sind Sie schon lang Junggeselle?«

»Ziemlich lange, ja.«

»Das kann ich Ihnen jetzt wirklich nicht glauben.«

»Was erscheint Ihnen daran unmöglich?«

»Dass einer wie Sie allein bleibt.«

»Ich bin nicht der Einzige.«

»Ach, sehen Sie!«

»Man kann jemanden lieben und trotzdem Junggeselle sein! Zum Beispiel, wenn die Gefühle nicht erwidert werden oder die Person nicht frei ist.«

»Und man kann jemandem die ganze Zeit treu bleiben?«

»Wenn diese Person die Frau oder der Mann Ihres Lebens ist, lohnt es doch zu warten, oder?«

»Also sind Sie kein Junggeselle.«

»Nicht im Herzen.«

Lauren nahm einen kräftigen Schluck Kaffee und schnitt eine Grimasse. Er war kalt. Arthur wollte ihr einen frischen bestellen, doch sie machte dem Kellner schon ein Zeichen und deutete auf die Kaffeekanne auf der Wärmeplatte.

»Wünscht Miss eine oder zwei Tassen?«, fragte der Keller, ein ironisches Lächeln um die Lippen.

»Haben Sie ein Problem?«, gab Lauren zurück.

»Ich, nicht im Geringsten«, entgegnete der Kellner und schwebte davon.

»Glauben Sie, er ist genervt, weil Sie nichts bestellt haben?«, fragte sie Arthur.

»Hat's denn geschmeckt?«, erwiderte er.

»Abscheulich …« Lauren lachte.

»Und warum haben Sie dann dieses Lokal gewählt?«, fragte Arthur und fiel in ihr Lachen ein.

»Weil ich es liebe, den Hauch des Meeres zu spüren, seinen Puls, seine Stimmungen zu messen.«

Arthurs Lachen erstarb und wich einem wehmütigen Lächeln. Es lag Traurigkeit in seinen Augen, Sterne des Kummers mit einer Prise Salz.

»Was haben Sie?«

»Nichts, nur eine Erinnerung.«

Lauren machte dem Kellner ein Zeichen, die Rechnung zu bringen.

»Sie hat kein Glück«, sagte sie und nahm einen Schluck Kaffee.

»Wer?«

»Die, auf die Sie schon so lange warten.«

»Wirklich?«, fragte Arthur.

»Ja, wirklich! Was hat Sie getrennt?«

»Ein Problem der Vereinbarkeit!«

»Haben Sie sich nicht mehr verstanden?«

»Doch, sehr gut sogar. Wir haben viel zusammen gelacht, hatten dieselben Träume und Wünsche. Wir hatten uns sogar geschworen, eine Liste mit den schönen Dingen aufzustellen, die wir tun wollten. Sie nannte das die Happy-To-do-Liste.«

»Was hat Sie daran gehindert, sie zu schreiben?«

»Die Zeit hat uns vorher getrennt.«

»Und Sie haben sich nicht wiedergesehen?«

Der Kellner legte die Rechnung auf den Tisch. Arthur wollte sie an sich nehmen, doch Lauren schnappte sie ihm mit einer blitzschnellen Handbewegung weg.

»Ich weiß Ihre Galanterie zu schätzen«, sagte sie, »aber schlagen Sie sich das aus dem Kopf. Das Einzige, was Sie hier konsumiert haben, sind meine Worte. Ich bin zwar keine Feministin, doch es gibt trotzdem Grenzen.«

Arthur blieb keine Zeit zu diskutieren. Lauren hatte dem Kellner schon ihre Kreditkarte gereicht.

»Ich müsste mich eigentlich wieder über meine Bücher machen«, sagte Lauren. »Aber um ehrlich zu sein, habe ich nicht die geringste Lust dazu.«

»Wollen wir nicht einen Spaziergang machen? Der Tag ist herrlich, und ich habe keine Lust, Sie arbeiten gehen zu lassen.«

Sie schob ihren Stuhl zurück und erhob sich. »Ich nehme die Einladung an«, sagte sie.

Der Kellner nickte, als sie das Lokal verließen.

Sie wollte in den Presidio Park, sie flanierte so gerne unter den großen Mammutbäumen. Oft ging sie hinunter bis zur kleinen Landzunge, wo einer der Pfeiler der Bay Bridge im Boden verankert war. Arthur kannte den Ort sehr gut. Von hier aus dehnte sich die Hängebrücke wie ein Strich am Himmel aus, um die Bucht zu überspannen.

Lauren musste ihre Hündin abholen. Arthur versprach, dort auf sie zu warten. Sie verließ ihn am Ende des Piers. Er sah ihr schweigend hinterher. Manche Augenblicke haben einen Geschmack von Ewigkeit.

Kapitel 15

Er saß auf einer kleinen Ziegelmauer am Fuß der Golden Gate Bridge und wartete auf sie. Hier trafen die Wellen des offenen Meers mit denen der Bucht zusammen und lieferten sich seit jeher ein fröhliches Gefecht.

»Bin ich zu spät?«, entschuldigte sie sich.

»Wo ist Kali?«

»Ich habe keine Ahnung, Mom war nicht zu Hause. Woher kennen Sie den Namen meiner Hündin?«

»Lassen Sie uns am Meer spazieren gehen und die frische Seeluft genießen«, sagte Arthur schnell.

Gleich hinter einem kleinen Hügel erstreckte sich ein kilometerlanger Sandstrand.

»Sie sind so anders«, sagte Lauren.

»Anders als wer?«

»Niemand Spezielles.«

»Dann ist es auch nicht schwer, anders zu sein.«

»Seien Sie nicht albern.«

»Stört Sie etwas an mir?«

»Nein, ganz und gar nicht, Sie wirken nur immer so gelassen, das ist alles.«

»Ist das ein Fehler?«

»Nein, aber es ist verwirrend, als würde Ihnen nichts Probleme bereiten.«

»Ich suche gerne nach Lösungen, das ist wahrscheinlich erblich bedingt, meine Mutter war genauso.«

»Fehlen Ihnen Ihre Eltern?«

»Meinen Vater habe ich kaum gekannt; Mom hatte eine bestimmte Lebenssicht – eben ›anders‹, wie Sie sagen.« Arthur kniete sich hin und nahm eine Handvoll Sand. »Eines Tages habe ich im Garten einen Eindollarschein gefunden und hielt mich für unglaublich reich. Meinen Schatz fest in der Faust, lief ich zu ihr und zeigte ihr stolz den Schein. Nachdem sie sich angehört hatte, was ich alles mit einem solchen Vermögen kaufen wollte, schloss sie meine Finger wieder um den Geldschein, drehte meine Hand vorsichtig um und sagte mir, ich solle sie wieder öffnen.«

»Und?«

»Er fiel auf den Boden. Und Mom sagte: ›Genau das passiert auch dem reichsten Mann der Welt, wenn er stirbt. Geld und Macht überleben uns nicht. Unsterblich ist der Mensch nur durch die Gefühle, die er teilt.‹ Und das stimmt; sie ist gestern gestorben, vor vielen Jahren, vor so langer Zeit, dass ich aufgehört habe, die Monate zu zählen, ohne dass mir auch nur ein einziger Tag entgangen wäre. Aber manchmal ist sie bei mir, wenn mein Blick auf etwas fällt, das zu sehen sie mich gelehrt hat – eine Landschaft, ein alter Mann mit seiner Geschichte, der die Straße überquert –, dann taucht sie plötzlich in einem Regenbogen auf, im Widerschein einer Kerze, hinter einem Wort in einer Unterhaltung – und dann ist sie für mich unsterblich.«

Arthur ließ den Sand durch die Finger rieseln. Es gibt Liebeskummer, den die Zeit nicht zu heilen vermag und der Narben auf dem Lächeln hinterlässt.

Lauren trat zu ihm, ergriff seinen Arm und zog ihn hoch. »Wie kann man so lange auf jemanden warten?«

»Warum fragen Sie mich das schon wieder?«

»Weil es mich beschäftigt«, erwiderte sie.

»Wir haben den Anfang einer Geschichte gelebt, sie war wie ein Versprechen, das das Leben nicht gehalten hat; ich halte meine Versprechen immer.«

Lauren ließ seinen Arm los und ging zum Wasser.

Arthur blickte ihr nach, wartete eine Weile, dann folgte er ihr und sah, wie ihre Zehenspitzen mit den Wellen spielten. »Habe ich etwas Falsches gesagt?«, fragte er.

»Nein«, murmelte Lauren, »im Gegenteil. Ich glaube, ich muss jetzt nach Hause, ich habe viel zu tun.«

»Kann das nicht bis morgen warten?«

»Morgen oder heute Nachmittag, was ändert das?«

»Wenn man Lust zu etwas hat, kann das alles verändern, glauben Sie nicht?«

»Und wozu haben Sie Lust?«

»Weiter mit Ihnen am Strand zu spazieren und noch öfter in Fettnäpfchen zu treten.«

»Wir könnten vielleicht heute Abend zusammen essen?«, schlug Lauren vor.

Arthur kniff die Augen zusammen, als würde er zögern. Sie tippte ihm auf die Schulter.

»Ich wähle den Ort«, sagte er und lachte, »nur um Ihnen zu beweisen, dass Tourismus und Gastronomie sich durchaus vertragen können.«

»Wohin gehen wir?«

»Ins Cliff-House dort unten«, sagte er und deutete auf einen Felsen in der Ferne.

»Ich bin hier geboren, aber ich war noch nie dort.«

»Ich habe Pariser getroffen, die noch nie den Eiffelturm bestiegen haben.«

»Sie waren schon einmal in Frankreich?«, fragte sie begeistert.

»In Paris, in Venedig, in Tanger …«

Und für einige Schritte, die am Abend von der Flut verwischt sein würden, nahm Arthur Lauren mit auf eine Weltreise.

Das mit dunklem Holz getäfelte Restaurant war fast leer. Lauren trat als Erste ein. Der Oberkellner kam ihr entgegen. Sie bat um einen Tisch für zwei Personen. Er schlug ihr vor, an der Bar auf ihren Begleiter zu warten. Verwundert drehte Lauren sich um – Arthur war verschwunden. Sie kehrte um, suchte ihn auf der Treppe, wo sie ihn lächelnd auf der obersten Stufe vorfand.

»Was machen Sie da?«

»Der Raum unten ist finster, hier ist es viel schöner.«

»Finden Sie?«

»Hier ist alles düster, nicht wahr?«

Lauren nickte.

»Das finde ich auch, gehen wir also woandershin.«

»Ich habe aber schon beim Oberkellner reserviert«, meinte sie verlegen.

»Sagen Sie ihm bloß nichts, dieser Tisch wird immer der unsere bleiben. Es wird der Ort sein, an dem wir unser erstes gemeinsames Abendessen nicht eingenommen haben!«

Arthur zog Lauren zum Parkplatz. Er bat sie, ein Taxi zu rufen, da er sein Handy nicht dabeihatte.

Eine Viertelstunde später ließen sie sich, entschlossen, alle touristischen Orte der Stadt zu besuchen, am Pier 39 absetzen. Wenn sie hinterher nicht zu müde wären, würden sie noch ein Glas in Chinatown trinken. Arthur kannte dort eine riesige Bar, in der am späten Abend die Touristenbusse ihre Gäste abluden.

Während sie den Pier entlangliefen, glaubte Lauren plötzlich, in der Ferne Paul an der Seite einer bezaubernden Frau mit sehr langen Beinen zu erkennen.

»Ist das nicht Ihr Freund?«, fragte sie.

»Ja«, antwortete Arthur und machte kehrt.

Lauren folgte ihm. »Wollen wir ihn nicht begrüßen?«

»Nein, ich will ihr Tête-à-Tête nicht stören, gehen wir lieber hier entlang.«

»Haben Sie nicht eher Angst, dass er uns zusammen sieht?«

»Wie kommen Sie denn darauf?«

»Weil Sie Angst zu haben scheinen.«

»Ganz bestimmt nicht. Aber er wäre furchtbar eifersüchtig, dass ich Sie zuerst besucht habe und nicht ihn. Kommen Sie mit, ich führe Sie zum Ghirardelli Square, in der alten Schokoladenfabrik gibt es um diese Zeit jede Menge Japaner.«

An der Promenade fand ein Volksfest statt. Jedes Jahr feierten dort die Fischer der Stadt die Eröffnung der Krebssaison.

Der Tag hatte seinen letzten rötlichen Schimmer verloren, und schon ging am Himmel über der Bucht der Mond auf. Auf offenen Feuern standen riesige Kessel, randvoll mit Schalentieren, die an die Passanten verteilt wurden. Mit gesundem Appetit verspeiste Lauren das Fleisch von sechs Krebsen, das ihr ein wohlwollender Fischer ausgelöst hatte. Arthur beobachtete sie belustigt. Sie trank dazu drei bis zum Rand gefüllte Becher Cabernet Sauvignon aus dem Napa Valley. Nachdem sie sich die Finger abgeleckt hatte, nahm sie Arthur mit schuldbewusster Miene beim Arm.

»Ich glaube, ich habe soeben unser Abendessen sabotiert«, sagte sie, »noch ein Stückchen Schokolade, und ich platze.«

»Ich glaube, Sie sind vor allem etwas beschwipst.«

»Gut möglich. Sind das plötzlich hohe Wellen, oder schwanke ich?«

»Beides! Kommen Sie, und lassen Sie uns weitergehen.«

Er zog sie, ein wenig abseits von der Menge, auf eine Bank, die im Schein einer alten einsamen Laterne stand.

Lauren legte die Hand auf Arthurs Knie und atmete tief die frische Abendluft ein.

»Sie sind doch heute Morgen nicht nur deshalb zu mir gekommen, um sich zu bedanken?«

»Ich wollte Sie sehen, weil Sie mir gefehlt haben – warum, kann ich auch nicht erklären.«

»So etwas dürfen Sie nicht sagen.«

»Warum? Machen Ihnen die Worte Angst?«

»Mein Vater hat meine Mutter auch mit Nettigkeiten betört, als er sie verführen wollte.«

»Aber Sie sind nicht Ihre Mutter.«

»Nein, ich habe einen Beruf, eine Karriere, ein Ziel, das ich erreichen will, und davon wird mich nichts abbringen, das ist meine Freiheit.«

»Ich weiß, darum …«

»Darum was?«, unterbrach sie ihn.

»Nichts, aber ich glaube, es ist nicht nur das Ziel, das dem Leben einen Sinn gibt, sondern auch die Art, wie man es erreicht.«

»Hat Ihnen das Ihre Mutter gesagt?«

»Nein, das denke ich.«

»Warum haben Sie sich dann von dieser Frau getrennt, die Ihnen so sehr fehlt? Welche Unvereinbarkeiten gab es?«

»Sagen wir, wir sind einander sehr nahe gekommen, aber ich war nur Mieter dieses Glücks, und sie hat den Vertrag nicht verlängern können.«

»Wer von Ihnen beiden hat die Beziehung abgebrochen?«

»Sie hat mich verlassen, und ich habe sie gehen lassen.«

»Warum haben Sie nicht um sie gekämpft?«

»Weil das ein Kampf gewesen wäre, der ihr wehgetan hätte. Das ist eine Frage der Herzensbildung. Dem Glück des anderen Vorrang vor dem eigenen einzuräumen, das ist doch ein nobler Grund, oder?«

»Sie sind noch immer nicht geheilt.«

»Ich war nicht krank.«

»Sehe ich dieser Frau ähnlich?«

»Sie sind ein wenig älter.«

Auf der anderen Straßenseite wurde ein Souvenirladen geschlossen. Der Besitzer trug den Postkartenständer hinein.

»Wir hätten eine kaufen sollen«, sagte Arthur. »Ich hätte Ihnen einen Gruß geschrieben und Ihnen geschickt.«

»Glauben Sie wirklich, dass man sein ganzes Leben lang denselben Menschen lieben kann?«, fragte Lauren.

»Ich hatte noch nie Angst vor dem Alltag, die Gewohnheit ist kein Verhängnis. Jeden Tag kann man den Luxus und die Banalitäten, das Außergewöhnliche und das Gewöhnliche neu erfinden. Es tut mir leid, all das ist die Schuld meiner Mutter, sie hat mich mit Liebesidealen gefüttert. Das schraubt die Ansprüche natürlich sehr hoch.«

»Für den anderen?«

»Nein, für sich selbst. Ganz schön altmodisch, was?«

»Das Altmodische hat durchaus seinen Charme.«

»Aber ich habe darauf geachtet, auch einen Teil Kindheit zu bewahren.«

Arthur hob den Kopf und sah Lauren in die Augen. Unmerklich näherten sich ihre Gesichter einander.

»Ich möchte dich küssen«, sagte Arthur.

»Warum fragst du, statt es zu tun?«

»Ich habe dir doch gesagt, dass ich altmodisch bin.«

Das Eisengitter des Geschäfts senkte sich quietschend. Die Alarmglocke ertönte.

Arthur schreckte hoch und sprang auf. »Ich muss gehen!«

Seine Züge hatten sich verändert.

Lauren nahm die Spuren eines plötzlichen Schmerzes in seinem Gesicht wahr. »Was ist los?«, fragte sie.

Das Schrillen der Alarmglocke wurde immer durchdringender.

»Ich kann es dir nicht erklären, aber ich muss gehen.«

»Ich weiß nicht, wohin du gehst, aber ich begleite dich!«, erklärte sie und erhob sich.

Arthur sah sie aufmerksam an und schlang die Arme um sie, doch er war außerstande, sie an sich zu ziehen.

»Hör mir zu, jede Sekunde zählt. Alles, was ich gesagt habe, ist wahr. Wenn du kannst, möchte ich, dass du dich an mich erinnerst, und ich werde dich nie vergessen. Ein weiterer Augenblick mit dir – und war er auch noch so kurz – war wirklich der Mühe wert.«

Arthur entfernte sich rückwärts.

»Warum sagst du ›ein weiterer Augenblick‹?«, fragte Lauren verängstigt.

»Das Meer ist jetzt voller wunderbarer Krebse.«

»Warum hast du gesagt, ein weiterer Augenblick, Arthur?«, schrie Lauren.

»Jede Minute mit dir war wie ein gestohlener Moment. Doch nichts und niemand kann sie mir nehmen. Beweg die Welt, Lauren, deine Welt.«

Er trat noch ein paar Schritte zurück und rannte dann davon, so schnell er konnte.

Lauren brüllte seinen Namen.

Arthur drehte sich um.

»Warum hast du gesagt, ein weiterer Augenblick mit dir?«

»Ich wusste, dass es dich gibt! Ich liebe dich, und das geht dich nichts an.«

Arthur verschwand hinter einer Straßenbiegung.

Das Eisengitter stieß auf das Pflaster. Der Besitzer drehte den Schlüssel in dem kleinen, an der Fassade angebrachten Kästchen um, und die grässliche Sirene verstummte. Im Inneren des Ladens gab die Alarmanlage weiter ein gleichmäßiges Piepsen von sich.

Der Monitor schimmerte grünlich in dem halbdunklen Raum. Das EEG-Gerät gab in regelmäßigen Abständen eine Serie schriller Signaltöne von sich. Betty betrat das Zimmer, schaltete das Licht an und lief zum Bett. Sie prüfte den Kontrollstreifen des Druckers und griff sofort zum Telefon.

»Ich brauche in Zimmer 307 einen Reanimationswagen, piepsen Sie Fernstein an, egal wo er ist, und sagen Sie ihm, er soll sofort herkommen. Informieren Sie den neurochirurgischen Operationstrakt und schicken Sie einen Anästhesisten rauf.«

Ein leichter Sprühregen ging auf die unteren Stadtviertel nieder. Lauren erhob sich von der Bank und überquerte die Straße, die ihr plötzlich wie ein Schwarz-Weiß-Film vorkam. Als sie die Green Street erreichte, zogen dichte Wolken auf. Der Nieselregen wich einem Sommergewitter. Lauren hob den Kopf und blickte zum Himmel. Sie setzte sich ihrem Haus gegenüber auf eine kleine Mauer und blieb dort trotz des Regens eine gute Weile sitzen und betrachtete das viktorianische Haus, das sich auf dem Hügel von Pacific Heights erhob.

Als der Regen aufgehört hatte, betrat sie die Eingangshalle ihres Hauses und stieg die Treppe zu ihrer Wohnung hinauf. Im Wohnzimmer ließ sie ihre Kleider auf den Boden fallen, trocknete sich das nasse Haar mit einem Geschirrtuch, das sie in der Küche vom Haken gerissen hatte, und wickelte sich in ein Plaid.

In der Küche holte sie eine Flasche Bordeaux aus dem Schrank und entkorkte sie. Sie schenkte sich ein großes Glas ein, trat in den Alkoven und sah hinunter auf die Türme des Ghirardelli Square. Das Signalhorn eines großen Frachtschiffs, das nach China auslief, hallte in der Bucht wider. Lauren warf einen Blick auf das Sofa, das einladend auf sie zu warten schien. Doch sie ignorierte es und ging entschlossen zum Bücherregal, zog wütend ein Buch nach dem anderen heraus und warf es auf den Boden.

Als das Regal leer war, schob sie es zur Seite, sodass das kleine Fenster sichtbar wurde. Dann kam das Sofa an die Reihe, das sie unter Aufwendung all ihrer Kraft um einhundertachtzig Grad drehte. Schwankend holte sie ihr Glas aus dem Alkoven und ließ sich in die Kissen sinken. Arthur hatte recht, von hier aus hatte sie einen wundervollen Blick über die Dächer der Häuser. Sie trank den Wein in einem Zug aus.

Auf der noch feuchten Straße führte eine alte Dame ihren Hund spazieren. Sie hob den Kopf zu einem Haus, in dem nur noch ein einziges Fenster erleuchtet war. Lauren war eingeschlafen. Langsam entglitt ihr das Glas und rollte vor das Sofa.

»Ich bringe ihn in den OP«, rief Betty dem Assistenzarzt der Intensivstation zu.

»Lassen Sie mich zuerst die Blutgase erhöhen.«

»Dazu ist keine Zeit.«

»Verdammt noch mal, Betty, ich bin hier der Arzt.«

»Dr. Stern, ich war schon Krankenschwester, als Sie noch in die Windeln geschissen haben. Wenn Sie also bitte seine Blutgase auf dem Weg nach oben stabilisieren würden?«

Betty schob das Bett auf den Flur, Stern folgte ihr mit einem Reanimationswagen.

»Was ist los mit ihm?«, fragte er, »alles war doch ganz normal.«

»Wenn alles normal wäre, wäre er bei Bewusstsein und zu Hause! Heute Morgen war er etwas benommen, und so habe ich ihn vorsichtshalber ans EEG angeschlossen. Das ist die Arbeit einer Krankenschwester – zu wissen, was er hat, hingegen der Job des Arztes.«

Die Räder des Betts drehten sich schnell, die Aufzugtüren würden sich jede Sekunde schließen.

»Halt!«, schrie Betty, »Ein Notfall!«

Ein Assistenzarzt blockierte die metallenen Türen, Betty drängte sich mit dem Bett in die Kabine, und Stern manövrierte mit seinem Reanimationswagen, sodass auch er noch ein Plätzchen fand.

»Welcher Typ von Notfall?«, fragte der Arzt neugierig.

Betty sah ihn von oben herab an.

»Der von dem Typen, der in dem Bett liegt.« Dann drückte sie auf den Knopf zum fünften Stock.

Während die Kabine in die Höhe schwebte, wollte sie nach dem Handy greifen, das sich in ihrer Kitteltasche befand, doch schon öffneten sich die Türen auf die Neurochirurgische Abteilung. Mit aller Kraft schob sie das Bett zum Operationstrakt, der am Ende des Gangs lag.

Granelli wartete am Eingang des Vorbereitungsraums. Er beugte sich über den Patienten.

»Wir kennen uns doch?« Und da Arthur nicht antwortete, sah er Betty an. »Wir kennen ihn doch, oder?«

»Ableitung eines subduralen Hämatoms am letzten Montag.«

»Aha, und nun haben wir ein kleines Problem. Ist Fernstein informiert?«

»Ist der schon wieder da?«, fragte der Professor, der gerade eintrat. »Wir müssen ihn doch wohl nicht jede Woche operieren!«

»Operieren Sie ihn ein für alle Mal!«, schimpfte Betty und ging.

Sie kehrte im Eilschritt zur Zentrale der Notaufnahme zurück.

Das Telefon riss Lauren aus dem Schlaf. Sie tastete nach dem Hörer.

»Endlich«, rief Betty. »Ich versuche es jetzt zum dritten Mal ... Wo warst du bloß?«

»Wie spät ist es?«

»Wenn Fernstein erfährt, dass ich dir Bescheid gesagt habe, bringt er mich um.«

Lauren richtete sich auf.

Betty erklärte ihr, sie hätten den Patienten aus Zimmer 307 – der, den sie kürzlich operiert hätte – in den OP bringen müssen.

Laurens Herz klopfte zum Zerspringen. »Aber warum habt ihr ihn auch so früh entlassen?«, fragte sie wütend.

»Wovon redest du?«

»Ihr hättet ihm heute Morgen nicht erlauben dürfen, das Krankenhaus zu verlassen. Du weißt sehr wohl, wovon ich rede, und du hast ihm meine Adresse gesagt.«

»Hast du getrunken?«

»Ein bisschen, warum?«

»Was erzählst du da bloß? Ich habe mich den ganzen Tag um deinen Patienten gekümmert ... Er hat heute nicht einmal sein Bett verlassen! Außerdem habe ich ihm überhaupt nichts gesagt.«

»Ich habe mit ihm zu Mittag gegessen.«

Kurzes Schweigen, dann hüstelte Betty. »Ich wusste es, ich hätte dir nichts erzählen dürfen!«

»Natürlich solltest du. Warum sagst du das?«

»Weil du, wie ich dich kenne, in einer halben Stunde hier auftauchst, noch dazu sturzbetrunken, nur davon wird es auch nicht besser.«

Lauren blickte auf die Flasche, die auf der Küchentheke stand. Es fehlte der Inhalt eines Glases, nicht mehr. »Betty, der Patient, von dem du sprichst, ist doch …«

»Aber ja! Und wenn du mir sagst, du hättest mit ihm gegessen, obwohl er seit heute Morgen ans EEG angeschlossen ist, weise ich dich ein, sobald du hier auftauchst – und zwar nicht in ein Krankenzimmer!« Damit legte Betty auf.

Lauren sah sich um. Das Sofa stand nicht mehr an seinem alten Platz, und beim Anblick der Bücher am Boden hätte man meinen können, bei ihr sei eingebrochen worden. Sie wehrte sich gegen die absurden Gefühle, die in ihr hochkamen. Es gab eine logische Erklärung für das, was sie gerade erlebte, man musste sie nur finden – es gab immer eine!

Als sie vom Sofa aufstehen wollte, trat sie in das Glas, das ihrer Hand entglitten war, und zog sich eine tiefe Schnittwunde an der Ferse zu. Das Blut tropfte auf den Kokosteppich.

»Das hat mir gerade noch gefehlt!«

Auf einem Bein hüpfte sie ins Badezimmer, aber aus dem Hahn kam kein Wasser. Sie stellte den Fuß in die Wanne, streckte die Hand nach dem Arzneischrank aus und griff nach einer Flasche mit neunzigprozentigem Alkohol, den sie über die Wunde träufeln ließ. Der Schmerz war stechend. Sie atmete tief durch, um sich gegen das Schwindelgefühl zu wehren, und zog die Splitter einen nach dem anderen aus dem Fleisch. Patienten zu behandeln, war eine Sache, sich selbst zu versorgen, eine andere. Zehn Minuten vergingen, ohne dass es ihr gelang, die Blutung zu stoppen. Sie untersuchte die Wunde erneut, ein einfacher Druckverband würde nicht ausreichen, damit die Wundränder verheilten, das musste genäht werden. Sie richtete sich auf und stieß bei der vergeblichen Suche nach einer Schachtel steriler Gaze sämtliche Flaschen im Regal um. Schließlich wickelte sie ihren Fuß in ein Handtuch, machte einen Knoten, den sie festzog, so gut es ging, und hüpfte, wieder auf einem Bein, zum Wandschrank.

»Er schläft wie ein Engel«, sagte Granelli.

Fernstein studierte die MRT-Aufnahmen. »Ich hatte befürchtet, die kleine Anomalie, die ich nicht operiert habe, wäre der Auslöser, aber das ist nicht der Fall. Die Wunde im Gehirn hat genässt, wir haben die Dränagen zu früh entfernt. Ein kleiner interkranialer Druck, ich lege eine neue Dränage, dann müsste alles in Ordnung sein. Machen Sie ihm eine Anästhesie für eine Stunde.«

»Sehr gerne, werter Herr Kollege«, antwortete Granelli gut gelaunt.

»Ich wollte ihn eigentlich am Montag entlassen, aber wir werden seinen Aufenthalt um mindestens eine Woche verlängern müssen, das passt mir gar nicht«, erklärte Fernstein, während er die Inzision vornahm.

»Und warum?«, fragte Granelli, der die Werte auf seinem Monitor überprüfte.

»Ich habe meine Gründe«, erklärte der Professor.

Eine Jeans anzuziehen, war keine einfache Sache. Den Pullover auf der nackten Haut, einen Fuß mit Schuh, den anderen ohne, schloss Lauren die Wohnungstür hinter sich. Die Treppe schien ihr plötzlich äußerst unfreundlich. Im zweiten Stock war der Schmerz so heftig, dass sie nicht weitergehen konnte. Also setzte sie sich kurz auf die Stufen, dann hinkte sie zu ihrem Wagen und öffnete das Garagentor mit der Fernbedienung. Unter einem gewitterverhangenen Himmel fuhr der Triumph Richtung San Francisco Memorial Hospital. Jedes Mal wenn sie schalten musste, durchzuckte sie ein so stechender Schmerz, dass sie fast ohnmächtig wurde. Sie öffnete das Fenster, um frische Luft zu bekommen.

Pauls Saab raste über die California Street. Seit sie das Restaurant verlassen hatten, hatte er kein Wort gesagt. Onega legte eine Hand auf seinen Oberschenkel und streichelte ihn sanft.

»Mach dir keine Sorgen, vielleicht ist es gar nicht so schlimm.«

Paul antwortete nicht, sondern bog in die Market Street ein, die er bis zur 20th Street hinauffuhr. Die beiden hatten im Panoramarestaurant des Bank of America House gesessen, als plötzlich Pauls Handy geklingelt hatte. Eine Krankenschwester hatte ihn informiert, dass sich der Gesundheitszustand eines gewissen Arthur Ashby verschlechtert habe, der Patient sei nicht mehr in der Lage, einem chirurgischen Eingriff zuzustimmen. Da Paul auf dem Aufnahmeblatt als Kontaktperson angegeben war, müsse er sofort kommen und die Operationsgenehmigung unterschreiben. Er hatte seine Zustimmung mündlich gegeben, überstürzt das Restaurant verlassen und fuhr jetzt mit Onega durch die Nacht.

Der Triumph hielt unter dem Vordach der Notaufnahme, sofort kam ein Sicherheitsbeamter und informierte die Fahrerin, dass sie hier nicht parken dürfe. Lauren konnte gerade noch antworten, sie sei Assistenzärztin und verletzt, dann verlor sie das Bewusstsein. Der Sicherheitsbeamte rief per Walkie-Talkie um Hilfe.

Granelli beugte sich über den Monitor, und Fernstein bemerkte sofort den beunruhigten Gesichtsausdruck des Anästhesisten.

»Gibt es Schwierigkeiten?«

»Eine leichte Arrhythmie der Herzkammern, je schneller Sie fertig sind, umso besser, ich würde ihn gerne so bald wie möglich aufwecken.«

»Ich tue mein Bestes, werter Herr Kollege.«

Hinter der Scheibe beobachtete Betty, die sich kurz hatte vertreten lassen, den Fortgang der Operation. Sie sah auf ihre Uhr, bald würde Lauren kommen.

Paul betrat die Halle der Notaufnahme und stellte sich am Empfang vor. Die junge Schwester bat ihn, im Wartezimmer Platz zu nehmen, die Oberschwester würde gleich zurückkommen. Onega legte ihm einen Arm um die Taille und zog ihn zu einem Stuhl. Sie ließ ihn einen Moment allein, warf eine Münze in den Getränkeautomaten, wählte einen Espresso ohne Zucker und brachte ihn Paul.

»Hier«, sagte sie mit ihrer schönen rauen Stimme, »im Restaurant hattest du ja keine Zeit mehr.«

»Es tut mir leid wegen heute Abend«, sagte Paul und sah sie traurig an.

»Es braucht dir nicht leidzutun, der Fisch war ohnehin nicht gut.«

»Wirklich?«, fragte Paul beunruhigt.

»Nein. Aber ob nun hier oder anderswo, Hauptsache wir verbringen den Abend zusammen. Trink, sonst wird er kalt.«

»Das musste ausgerechnet am einzigen Tag passieren, an dem ich keine Zeit hatte, ihn zu besuchen!«

Onega strich mit unendlicher Zärtlichkeit durch sein wirres Haar. Er sah sie mit der Miene eines Kindes an, das man allein in der Welt der Erwachsenen vergessen hatte.

»Ich darf ihn nicht verlieren. Ich habe nur ihn!«

Onega registrierte den kleinen Stich, ohne etwas zu sagen, setzte sich neben ihn und nahm ihn in die Arme. »Bei uns gibt es ein Lied, das sagt, solange man an jemanden denkt, stirbt er nicht, also denk an ihn und nicht an deinen Kummer.«

Dr. Stern betrat die Untersuchungskabine Nummer 2, ging zu der Liege und überflog den Aufnahmebericht seiner Patientin.

»Ihr Gesicht kommt mir bekannt vor«, sagte er.

»Ich arbeite hier«, antwortete Lauren.

»Ja, aber ich bin ganz neu in dieser Klinik, letzten Freitag war ich noch in Boston.«

»Dann haben wir uns noch nie gesehen, ich bin seit acht Tagen freigestellt und war seither nicht mehr hier.«

»Ihr Fuß sieht nicht gut aus, wie haben Sie das angestellt?«

»Völlig idiotisch.«

»Und wie noch?«

»Ich bin barfuß in ein Glas getreten …«

»Und der Inhalt dieses Glases ist in Ihrem Magen?«

»In gewisser Weise.«

»Die Werte sind eindeutig, aber es ist mir gelungen, etwas Blut in Ihrem Alkohol zu finden.«

»Nun übertreiben Sie nicht«, sagte Lauren und versuchte, sich aufzurichten, »ich habe nur ein paar Schluck Bordeaux getrunken.«

Plötzlich begann sich alles zu drehen. Sie spürte, wie ihr übel wurde, und der Assistenzarzt hatte gerade noch Zeit, ihr eine Schale hinzuhalten. Danach reichte er ihr ein Papiertaschentuch.

»Das wage ich zu bezweifeln, liebe Frau Kollegin. Nach den mir vorliegenden Laborwerten scheinen Sie sämtliche Krebse der Bucht gegessen und mindestens eine Flasche Weißwein dazu getrunken zu haben. Keine gute Idee, zwei Weinfarben an einem Abend zu mischen.«

»Was sagen Sie da?«

»Ich sage nichts, Ihr Magen aber …«

Lauren legte sich hin und schlug die Hände vors Gesicht,

sie verstand die Welt nicht mehr. »Ich muss so schnell wie möglich hier raus«, jammerte sie.

»Ich tue mein Bestes«, erklärte der Arzt, »aber zuerst muss ich die Wunde versorgen und ihre Tetanusimpfung auffrischen. Wollen Sie eine örtliche Betäubung oder …«

Lauren unterbrach ihn und erklärte, er solle die Wunde so schnell wie möglich nähen. Der junge Arzt griff zu einem Nahtbesteck und setzte sich auf einen kleinen Hocker neben sie. Beim dritten Stich trat Betty ein.

»Was ist denn mit dir los?«, fragte die Oberschwester.

»Ein ordentlicher Rausch, glaube ich«, antwortete Stern an ihrer Stelle.

»Sieht übel aus, die Wunde«, meinte Betty, als sie den Fuß betrachtete.

»Wie geht es ihm?«, fragte Lauren, als wären sie allein.

»Ich komme gerade vom OP. Er hat es noch nicht geschafft, doch ich denke, er kommt durch.«

»Was ist passiert?«

»Postoperative Sudation des Gehirns. Die Dränage wurde zu früh entfernt.«

»Betty, darf ich dir eine Frage stellen?«

»Habe ich wirklich die Wahl?«

Lauren fasste Dr. Stern beim Handgelenk und bat ihn, sie einen Moment allein zu lassen. Der Arzt wollte zuerst seine Arbeit beenden. Betty nahm ihm die Nadel aus der Hand, sie würde weitermachen. In der Halle der Notaufnahme gab es jede Menge Patienten, die ihn mehr brauchten als Lauren.

Stern sah Betty an, erhob sich und sagte, sie solle sich auch um den Verband und die Tetanusauffrischung kümmern.

Betty nahm neben Lauren Platz und sagte: »Ich höre.«

»Ich weiß, dass es dir merkwürdig erscheinen mag, aber ist es möglich, dass du den Patienten aus Zimmer 307 heute irgendwann unbeobachtet gelassen hast? Ich schwöre dir, es bleibt unter uns.«

»Formulier deine Frage präziser!«

»Ich meine, hätte er vielleicht eine Attrappe unter seine Decke legen und für ein paar Stunden verschwinden können, ohne dass du es bemerkt hättest? In solchen Dingen scheint er ja sehr geschickt zu sein.«

Betty warf einen Blick auf die Schale, die neben dem Waschbecken stand, und verdrehte die Augen. »Ich schäme mich für dich, meine Liebe!«

Stern betrat wieder die Kabine. »Sind Sie ganz sicher, dass wir uns nicht schon einmal gesehen haben?«, fragte er. »Vor fünf Jahren habe ich hier ein Praktikum gemacht …«

»Raus!«, befahl Betty.

Professor Fernstein sah auf seine Uhr. »Fünfundvierzig Minuten! Sie können ihn wieder aufwecken«, sagte er dann und trat vom Operationstisch zurück. Er verabschiedete sich von dem Anästhesisten und verließ schlecht gelaunt den OP.

»Was hat er denn?«, fragte Granelli.

»Er ist im Moment sehr müde«, antwortete Norma traurig.

Die OP-Schwester verband die Wunde, während Granelli Arthur aufweckte.

Die Türen des Aufzugs öffneten sich auf die Halle der Notaufnahme. Der Professor eilte über den Gang, als plötzlich eine bekannte Stimme aus einer der Kabinen seine Aufmerksamkeit erregte; argwöhnisch steckte er den Kopf durch den Vorhang und sah Lauren auf der Untersuchungsliege sitzen und mit Betty plaudern.

»Ist Ihnen etwas entgangen? Der Zutritt zu diesem Krankenhaus ist Ihnen verboten, verdammt noch mal! Sie haben ihre Funktion als Ärztin noch nicht wieder aufgenommen!«

»Ich bin als Patientin gekommen.«

Zweifelnd sah Fernstein sie an.

Lauren streckte stolz den Fuß in die Luft, und Betty bestätigte, dass die Wunde an ihrer Ferse mit sieben Stichen genäht sei.

Fernstein brummte: »Sie sind wirklich in der Lage, sonst was anzustellen, nur um sich mir zu widersetzen.«

Lauren wollte etwas entgegnen, doch Betty, die dem Professor den Rücken zugewandt hatte, bedeutete ihr mit einem warnenden Blick zu schweigen; Fernstein war schon gegangen, und seine Schritte hallten auf dem Flur wider. Er ging zum Empfangsschalter und teilte der Schwester in autoritärem Ton mit, er gehe jetzt nach Hause und wolle auf keinen Fall gestört werden, nicht einmal wenn der Gouverneur von Kalifornien sich bei seiner Gymnastik verletzen würde.

»Was habe ich ihm bloß getan?«, fragte Lauren verblüfft.

»Du fehlst ihm! Seit er dich beurlaubt hat, herrscht er jeden an. Außer dir gehen ihm alle hier auf die Nerven.«

»Dann würde ich ihm lieber etwas weniger fehlen … Hast du gehört, wie er mit mir redet?«

Betty sammelte das unbenutzte Verbandzeug ein und räumte es in den Schrank.

»Du bist ja auch nicht gerade auf den Mund gefallen, meine Liebe! Dein Verband ist fertig, jetzt kannst du dich bewegen, wie du willst, außer in diesem Krankenhaus.«

»Glaubst du, er ist schon wieder in seinem Zimmer?«

»Wer?«, fragte Betty scheinheilig und schloss die Tür des Arzneischranks.

»Betty …!«

»Ich gehe nachsehen, wenn du mir schwörst, dass du verschwindest, sobald ich die Auskunft habe.«

Lauren nickte, und Betty verließ den Untersuchungsraum.

Fernstein ging über den Parkplatz. Wenige Meter von seinem Wagen entfernt, durchzuckte ihn erneut der Schmerz. Es war das erste Mal, dass er während einer Operation aufgetreten war. Er wusste, dass Norma ihm angesehen hatte, wie sehr ihn die Stiche in der Bauchhöhle quälten. Die sechs Minuten, die er bei dem Eingriff gewonnen hatte, wirkten sich nur bei seinem Patienten positiv aus. Dicke Schweißperlen rannen ihm über die Stirn, und er sah alles nur noch verschwommen. Ein unangenehmer Geschmack nach Eisen legte sich auf seinen Gaumen. Vornübergebeugt hielt er die Hand vor den Mund; ein Hustenanfall schüttelte ihn, und das Blut quoll zwischen seine Finger. Nur noch wenige Meter, Fernstein betete, dass der Parkwächter ihn nicht bemerkt hatte. Er lehnte sich an die Tür und suchte nach seinem Schlüssel. Unter Aufbietung seiner letzten Kräfte setzte er sich ans Steuer und wartete, dass der Anfall vorüberging. Der Parkplatz verschwand hinter einem dunklen Schleier.

Betty war nicht da. Lauren schlich auf den Gang und hinkte zum Umkleideraum. Sie öffnete einen Schrank und lieh sich den erstbesten Kittel aus, dann verließ sie das Zimmer ebenso diskret, wie sie es betreten hatte. Sie öffnete die Tür zum technischen Trakt, ging über einen langen Flur, an dessen Decke sich eine Vielzahl von Rohren entlangzog, und kam im anderen Flügel, dem der Pädiatrie, wieder heraus. Mit dem Aufzug fuhr sie in den dritten Stock, lief erneut durch den technischen Trakt, diesmal in umgekehrter Richtung, und erreichte schließlich die Neurologische Station. Vor der Tür von Zimmer 307 blieb sie stehen.

Das Gesicht von Panik gezeichnet, sprang Paul auf, doch Bettys Lächeln beruhigte ihn.

»Das Schlimmste haben wir hinter uns«, sagte sie.

Der Eingriff sei gut verlaufen, Arthur ruhe sich jetzt in seinem Zimmer aus, er sei nicht einmal auf der Intensivstation geblieben. Ein kleiner postoperativer Zwischenfall ohne weitere Konsequenzen. Er könne ihn morgen besuchen. Paul wollte die Nacht über bei ihm bleiben, doch Betty beruhigte ihn erneut, es gebe keinen Grund zur Sorge. Sie habe seine Nummer und würde ihn anrufen, sobald irgendetwas wäre.

»Aber Sie versprechen mir, dass nichts Ernsthaftes mehr passieren kann?«, fragte Paul nervös.

»Komm«, sagte Onega und fasste ihn beim Arm, »gehen wir nach Hause.«

»Alles ist unter Kontrolle«, bekräftigte Betty, »ruhen Sie sich jetzt aus, Sie sind weiß wie die Wand, etwas Schlaf wird Ihnen guttun. Ich bleibe bei ihm.«

Paul ergriff die Hand der Krankenschwester, schüttelte sie energisch, entschuldigte und bedankte sich.

Onega musste ihn fast gewaltsam hinausziehen.

»Wenn ich das gewusst hätte, hätte ich die Rolle des besten Freundes gewählt! Auf diesem Feld bist du wesentlich eloquenter!«, meinte sie, als sie über den Parkplatz gingen.

»Aber ich hatte ja nie Gelegenheit, mich um dich zu kümmern, wenn du krank bist«, antwortete er scheinheilig und öffnete ihr die Wagentür.

Paul setzte sich ans Steuer und betrachtete verwundert das Auto neben ihnen.

»Fährst du nicht?«, fragte Onega.

»Sieh dir mal den Typen da rechts an, dem scheint es gar nicht gut zu gehen.«

»Wir sind auf dem Parkplatz eines Krankenhauses, und du bist kein Arzt. Dein Bernhardiner-Fässchen ist für heute geleert, also los.«

Der Saab verließ den Parkplatz und bog um die Straßenecke.

Lauren öffnete die Tür und trat in das Zimmer. Es war ruhig und lag im Halbdunkel. Arthur blinzelte, er schien ihr zuzulächeln und schlief sogleich wieder ein. Sie ging zum Fußende des Betts und betrachtete ihn aufmerksam. Einige Worte von Santiago kamen ihr wieder in den Sinn; als der weißhaarige Mann das Zimmer seiner Tochter verlassen hatte, hatte er sich ein letztes Mal umgedreht und auf Spanisch gesagt: »Wenn das Leben wie ein langer Schlaf wäre, wären die Gefühle das Ufer.«

Lauren beugte sich über Arthurs Ohr und flüsterte: »Ich

hatte heute einen seltsamen Traum. Und seit ich aufgewacht bin, möchte ich wieder dorthin zurückkehren, aber ich weiß nicht, wie. Ich möchte dich wiedersehen, dort, wo du schläfst.«

Dann drückte sie ihm einen Kuss auf die Stirn und zog kurz darauf die Zimmertür langsam hinter sich zu.

Kapitel 16

Der Tag erwachte über der Bucht von San Francisco. Fernstein kam zu Norma in die Küche, nahm an der Theke Platz, griff zur Kaffeekanne und schenkte zwei Tassen ein.

»Du bist gestern spät heimgekommen?«

»Ich hatte Arbeit.«

»Aber du hast das Krankenhaus doch vor mir verlassen.«

»Ich hatte noch etwas in der Stadt zu erledigen.«

Norma wandte sich zu ihm, ihre Augen waren gerötet.

»Auch ich habe Angst, doch du siehst meine Angst nicht; du denkst nur an die eigene. Glaubst du etwa, ich krepiere nicht vor Panik bei dem Gedanken, dich zu überleben?«

Der alte Professor stieg von seinem Hocker und nahm Norma in die Arme.

»Verzeih mir, aber ich habe mir nie vorstellen können, dass es so schwer ist zu sterben.«

»Dabei hattest du dein Leben lang mit dem Tod zu tun.«

»Mit dem der anderen, nicht dem meinen.«

Norma nahm das Gesicht des geliebten Mannes in die Hände und drückte ihm einen Kuss auf die Stirn.

»Ich bitte dich nur zu kämpfen – eine Verlängerung, achtzehn Monate, ein Jahr –, ich bin einfach noch nicht so weit.«

»Um ehrlich zu sein, ich auch nicht.«

»Dann erklär dich zu dieser Behandlung bereit.«

Der Professor trat ans Fenster. Der Sonnenball tauchte langsam hinter den Hügeln von Tiburon auf. Er holte tief Luft. »Sobald Lauren als Fachärztin eingestellt ist, lege ich meine Tätigkeit nieder. Dann gehen wir nach New York. Ich habe dort einen alten Freund, der bereit ist, mich zu behandeln. Versuchen wir's.«

»Wirklich?«, fragte Norma, den Tränen nahe.

»Ich bin dir mächtig auf die Nerven gegangen, doch ich habe dich nie belogen!«

»Warum nicht sofort? Lass uns gleich morgen abreisen.«

»Ich habe gesagt, sobald Lauren ihre Stelle als Neurochirurgin hat. Ich will doch kein Chaos hinterlassen. Machst du mir jetzt ein Brot?«

Paul setzte Onega vor ihrer Haustür ab. Er parkte in zweiter Reihe, stieg aus und eilte zur Beifahrertür. Er stellte sich so dicht davor, dass Onega sie nicht öffnen konnte. Onega blickte ihn an, wusste nicht, was dieses Spielchen zu bedeuten hatte. Er klopfte ans Seitenfenster und machte ihr ein Zeichen, es runterzukurbeln.

»Ich lasse dir den Wagen und nehme ein Taxi, um noch mal ins Krankenhaus zu fahren. Am Bund hängt auch mein Wohnungsschlüssel. Behalte ihn, er gehört dir. Ich habe noch einen anderen in der Tasche.«

Onega sah ihn verwundert an.

»Ich gebe ja zu, dass es eine ziemlich idiotische Art ist, dir zu sagen, dass ich gerne öfter mit dir zusammen sein möchte«, fügte Paul hinzu. »Was mich betrifft, am liebsten jeden Abend. Aber jetzt, da du den Schlüssel hast, liegt die Entscheidung bei dir. Tu, was du willst.«

»Du hast recht, das ist wirklich eine idiotische Art«, erwiderte sie und lächelte.

»Ich weiß, dass ich diese Woche eine ganze Menge Neuronen verloren habe.«

»Du gefällst mir trotzdem – selbst mit fehlenden Neuronen.«

»Das höre ich gern.«

»Jetzt beeil dich, sonst verpasst du noch den Moment, wenn er aufwacht.«

Paul steckte den Kopf ins Wageninnere. »Sei vorsichtig. Er ist äußerst empfindlich, vor allem die Kupplung«, sagte er, küsste Onega leidenschaftlich und rannte zur Kreuzung. Kurz darauf saß er in einem Taxi, das ihn zum San Francisco Memorial Hospital fuhr. Wenn er Arthur erzählen würde, was er eben getan hatte, würde der ihm sicher seinen alten Ford borgen.

Lauren wachte vom Lärm der Presslufthämmer auf, die in ihrem Kopf dröhnten. Ihr Fuß tat höllisch weh, ihr blieb nichts anderes übrig, als den Verband abzunehmen und die Wunde zu untersuchen.

»Verdammter Mist!«, fluchte sie. »Die Wunde nässt. Das hatte gerade noch gefehlt!«

Sie stand auf und hüpfte ins Badezimmer. Dort öffnete sie den Arzneischrank, nahm das Fläschchen mit reinem Alkohol heraus und tupfte ihre Ferse damit ab. Der Schmerz war so stechend, dass ihr das Fläschchen aus der Hand glitt und in die Badewanne fiel. Lauren wusste genau, dass sie etwas unternehmen müsste. Sie würde die Wunde von Grund auf desinfizieren und sich ein Antibiotikum verschreiben lassen müssen. Eine Infektion dieser Art konnte verheerende Folgen haben. Sie zog sich rasch an und bestellte ein Taxi. Es kam nicht infrage, in diesem Zustand selbst zu fahren.

Zehn Minuten später hinkte sie in die Halle der Notaufnahme. Ein Patient, der bereits seit zwei Stunden wartete, forderte sie ungehalten auf, sie möge doch wie jeder andere am Automaten eine Nummer ziehen. Sie zeigte ihm ihren Ausweis und trat durch die Glastür, die zu den Untersuchungsräumen führte.

»Was machst du denn hier?«, fragte Betty. »Wenn Fernstein dich sieht …«

»Du musst dir meinen Fuß ansehen; ich habe höllische Schmerzen.«

»Wenn du klagst, muss es was Ernstes sein. Setz dich in diesen Rollstuhl.«

»Nun übertreib mal nicht. Welche Kabine ist frei?«

»Die 3! Und beeil dich; ich bin seit sechsundzwanzig Stunden hier und weiß gar nicht mehr, wie ich mich auf den Beinen halten soll.«

»Hast du dich heute Nacht nicht etwas ausruhen können?«

»Ein Viertelstündchen im Morgengrauen.«

Betty ließ sie auf der Liege Platz nehmen und nahm den Verband ab, um die Verletzung zu untersuchen. »Wie hast du es nur fertiggebracht, dass sich die Wunde so schnell entzündet?«, fragte sie dann.

Die Krankenschwester bereitete eine Spritze mit Lidocain vor. Sobald die lokale Betäubung wirkte, zog Betty die Wundränder auseinander und begann, das infizierte Gewebe vorsichtig auszuschaben. Anschließend holte sie das Nahtbesteck.

»Willst du selbst nähen, oder vertraust du mir?«

»Mach du es, aber leg erst mal eine Dränage. Ich will kein Risiko eingehen.«

»Tut mir leid, aber das gibt eine schöne Narbe.«

»Eine mehr oder weniger, was macht das schon?«

Während die Krankenschwester ihre Arbeit erledigte, zerknüllte Lauren das Laken zwischen den Fingern. Sie nutzte den Augenblick, als Betty ihr den Rücken zukehrte, um ihr eine Frage zu stellen, die ihr auf den Nägeln brannte.

»Wie geht es ihm?«

»Als er aufwachte, war er topfit. Nachts wäre er fast gestorben, und das Einzige, was ihn am Morgen interessierte, war, wann er hier rauskommt. Ich kann dir sagen, wir haben schon komische Typen in dieser Abteilung.«

»Leg den Verband nicht zu fest an.«

»Ich tu, was ich kann, aber eins verbiete ich dir: dass du da raufgehst.«

»Selbst wenn ich mich auf den Fluren verirre?«

»Lauren, mach keinen Blödsinn! Du spielst mit dem Feuer. Bald ist deine Zeit als Assistenzärztin um. Willst du jetzt wirklich alles aufs Spiel setzen?«

»Ich habe heute Nacht viel an ihn gedacht. Übrigens auf äußerst sonderbare Weise.«

»Na gut, denk diese Woche weiter an ihn, dann siehst du ihn nächsten Sonntag. Voraussichtlich wird er am Samstag entlassen. Im Gegensatz zu deinem Phantom der Oper hat er eine Identität, eine Adresse und eine Telefonnummer. Wenn du ihn wiedersehen willst, ruf ihn an, sobald er zu Hause ist.«

»Du weißt, dass das nicht meine Art ist«, meinte Lauren kleinlaut.

Betty hob ihr Kinn und sah sie gerührt an.

»Sag mal, lautet die Diagnose bei dir vielleicht ›gravierende Herzprobleme‹? Ich habe dich noch nie so sanft sprechen hören.«

Lauren schob Bettys Hand weg. »Ich weiß nicht, was mit mir los ist. Ich habe einfach das Bedürfnis, ihn zu sehen und mich davon zu überzeugen, dass es ihm gut geht. Immerhin ist er doch mein Patient.«

»Ich habe so eine Idee, was mit dir los ist. Soll ich es dir erklären?«

»Hör auf, dich über mich lustig zu machen; das ist alles gar nicht so einfach!«

Betty brach in Lachen aus. »Ich mache mich nicht über dich lustig, ich finde es nur köstlich. Gut, ich lasse dich jetzt und lege mich etwas hin. Mach keinen Unsinn.« Sie holte eine Schiene und legte sie unter Laurens Fuß. »Hier, damit kannst du besser gehen. Und besorg dir deine Antibiotika in der Zentralapotheke. Im Schrank findest du Krücken.« Betty verschwand hinter dem Vorhang und kam sogleich zurück. »Für den Fall, dass du dich in diesem Krankenhaus nicht mehr zurechtfindest – die Zentralapotheke ist im ersten Untergeschoss, nicht zu verwechseln mit der Neurologischen Station, auch wenn es dieselben Aufzüge sind!«

Lauren hörte, wie sich ihre Schritte in der Halle entfernten.

Paul stand vor Arthurs Bett. Er öffnete eine Tüte mit Croissants.

»Das war aber nicht nett von dir, in meiner Abwesenheit in den Operationssaal zurückzukehren. Ich hoffe, die sind auch ohne mich zurechtgekommen! Wie fühlst du dich heute Morgen?«

»Bestens, außer dass ich es satthabe, hier zu sein. Aber ich finde, du siehst nicht besonders gut aus.«

»Kein Wunder, wegen dir war die letzte Nacht die reinste Hölle.«

Lauren nahm den Rezeptblock von der Theke und verschrieb sich selbst ein starkes Antibiotikum. Sie zeichnete es und reichte es dem Apotheker.

»Das sind ja vielleicht Hämmer – behandeln Sie eine Blutvergiftung?«

»Mein Pferd hat hohes Fieber!«

»Mit dem hier müsste es noch heute wieder auf den Hufen sein!« Der Apotheker verschwand hinter einer Regalwand und kam kurz darauf mit einem Fläschchen zurück. »Aber gehen Sie sparsam damit um; ich bin sehr tierlieb. Damit können Sie es umbringen.«

Lauren antwortete nicht, nahm das Medikament an sich und ging zu den Aufzügen zurück. Sie zögerte, bevor sie auf den Knopf der dritten Etage drückte. Im Erdgeschoss kam ein Techniker mit einem EEG-Gerät in die Kabine. Der Monitor war mit einem gelben Plastikband umwickelt.

»Welches Stockwerk?«

»Neurologie!«

»Ist es defekt?«

»Diese Dinger sind immer ausgeklügelter, aber dafür natürlich auch immer empfindlicher. Dieses hier hat gestern auf der ganzen Papierrolle eine völlig unverständliche Kurve registriert. Das war mehr als zerebrale Hyperaktivität – man hätte meinen können, das Gerät sei an ein ganzes Elektrizitätswerk angeschlossen gewesen. Die von der Wartung haben drei Stunden an der Kiste gesessen und meinten, sie würde richtig funktionieren! Wahrscheinlich Interferenzen.«

»Was hast du gestern Abend gemacht?«, wollte Arthur wissen.

»Ich finde dich ganz schön neugierig. Ich war in Begleitung einer jungen Frau im Restaurant.«

Arthur sah seinen Freund forschend an.

»Onega«, gestand Paul.

»Ihr seht euch also immer noch?«

»In gewisser Weise.«

»Du hast eine seltsame Stimme.«

»Ich habe Angst, eine Dummheit gemacht zu haben.«

»Welcher Art?«

»Ich habe ihr meine Wohnungsschlüssel gegeben.«

Arthurs Züge hellten sich auf. Er hätte Paul gerne ein wenig aufgezogen, doch sein Freund erhob sich und trat mit sorgenvoller Miene ans Fenster.

»Bereust du es schon?«

»Ich habe Angst, sie erschreckt zu haben. Vielleicht war ich etwas zu schnell.«

»Bist du verliebt?«

»Das ist nicht unmöglich.«

»Dann verlass dich auf deinen Instinkt. Wenn du diesen Schritt tust, dann, weil du Lust dazu hast, und das wird sie auch spüren. Es ist keine Schande, seine Gefühle mitzuteilen, glaube mir.«

»Dann meinst du also, es war kein Fehler von mir?«, fragte Paul hoffnungsfroh.

»In so einem Zustand habe ich dich ja noch nie erlebt; du hast keinen Grund zur Sorge.«

»Sie hat mich nicht angerufen.«

»Seit wann?«

Paul sah auf seine Uhr.

»Seit zwei Stunden.«

»Was, so lange? Dich hat's wirklich voll erwischt. Lass ihr Zeit, sich an den neuen Zustand zu gewöhnen und vor allem, ihre Freundinnen anzurufen und ihnen mitzuteilen, dass sie den hartnäckigsten Junggesellen von ganz San Francisco weichgeklopft hat.«

»Ja, ja, mach dich nur über mich lustig, ich möchte dich an meiner Stelle sehen. Ich weiß nicht mehr, wie mir geschieht, mir ist heiß, dann wieder kalt, meine Hände werden feucht, ich habe Magenkrämpfe, und mein Mund ist ausgetrocknet.«

»Du bist verliebt!«

»Ich wusste schon, so was ist nichts für mich, das macht mich krank.«

»Du wirst sehen, die Nebenwirkungen sind fantastisch.«

Eine Assistenzärztin erschien vor der Scheibe des Zimmers. Paul riss die Augen auf.

»Störe ich?«, fragte Lauren und trat ein.

»Nein«, sagte Paul.

Er hätte gerade einen Kaffee am Automaten holen wollen. Er schlug Arthur einen vor, doch Lauren antwortete an seiner Stelle, das sei nicht angeraten. Paul machte sich aus dem Staub.

»Sind Sie verletzt?«, erkundigte sich Arthur.

»Ein dummer Unfall«, gab Lauren zurück und nahm das Krankenblatt vom Fußende des Betts.

Jetzt sah Arthur die Schiene. »Was ist passiert?«, fragte er.

»Eine kleine Magenverstimmung nach dem Krebsfest.«

»Ach, und damit bricht man sich dann den Fuß?«

»Es ist nur ein übler Schnitt.«

»Haben die Sie etwa gezwickt?«

»Sie haben keine Ahnung, was ich Ihnen da erzähle, was?«

»Nicht wirklich, aber wenn Sie mir etwas genauer erklären würden …«

»Und wie ist Ihre Nacht verlaufen?«

»Ziemlich turbulent.«

»Haben Sie Ihr Bett verlassen?«, erkundigte sich Lauren voller Hoffnung.

»Ich bin vielmehr drin eingesunken: Mein Gehirn war überhitzt, wie es scheint; sie mussten mich wieder in den OP bringen.«

Lauren sah ihn aufmerksam an.

»Was ist?«, fragte Arthur. »Sie schauen gerade so sonderbar drein.«

»Nein, nichts, das ist idiotisch.«

»Gibt es ein Problem mit meinen Werten?«

»Nein, Sie können mir glauben, damit hat es nichts zu tun«, sagte sie sanft.

»Also, was ist es dann?«

Sie stützte sich auf das Fußende des Betts. »Können Sie sich nicht erinnern …«

»An was?«, fragte Arthur angespannt.

»Nein, es ist wirklich lächerlich und hat einfach keinen Sinn.«

»Sagen Sie's mir trotzdem«, beharrte Arthur.

Lauren trat ans Fenster. »Ich trinke nie Alkohol, und gestern hatte ich wohl den größten Rausch meines Lebens!«

Arthur blieb stumm, sie drehte sich zu ihm um, und da sprudelten die Worte plötzlich nur so aus ihr heraus.

»Was ich Ihnen gern sagen würde, ist nicht leicht zu verstehen …«

Eine Frau, deren Gesicht von einem riesigen Blumenstrauß verdeckt war, kam ins Zimmer. Sie legte ihn auf dem Rolltisch ab und trat ans Bett.

»Mein Gott, was hatte ich Angst!«, sagte Carol-Ann und schlang die Arme um Arthur.

Lauren sah den mit Diamanten besetzten Ring an ihrer linken Hand. »Wie albern von mir«, murmelte sie. »Ich wollte nur sehen, wie es Ihnen geht. Ich lasse Sie mit Ihrer Verlobten allein«, sagte sie daraufhin.

Carol-Ann zog Arthur noch fester an sich und tätschelte seine Wangen. »Weißt du, in manchen Ländern gehört man für immer demjenigen, der einem das Leben gerettet hat!«

»Carol-Ann, du erdrückst mich.«

Die junge Frau lockerte leicht verärgert ihre Umarmung, richtete sich auf und strich sich den Rock glatt.

Arthur hielt Ausschau nach Lauren, doch sie war schon nicht mehr da.

Paul lief den Flur entlang und sah Lauren auf sich zukommen. Er schenkte ihr im Vorbeigehen ein komplizenhaftes Lächeln, das sie jedoch nicht erwiderte. Er zuckte mit den Schultern, setzte seinen Weg zu Arthurs Zimmer fort und traute seinen Augen nicht, als er Carol-Ann neben dem Krankenbett sitzen sah.

»Hallo, Paul«, sagte Carol-Ann.

»Mein Gott!«, rief Paul und ließ vor Schreck seinen Kaffeebecher fallen. Er bückte sich, um ihn aufzuheben. »Eine Katastrophe kommt nie allein«, sagte er, als er sich wieder aufrichtete.

»Soll ich das als Kompliment auffassen?«, fragte Carol-Ann pikiert.

»Wenn ich gut erzogen wäre, würde ich ›Ja‹ sagen, aber du weißt ja, ich bin ein ziemlich unflätiger Bursche.«

Carol-Ann erhob sich beleidigt von ihrem Stuhl und sah Arthur an. »Und du sagst nichts dazu?«

»Carol-Ann, ich frage mich wirklich, ob du mir nicht Unglück bringst.«

Carol-Ann griff nach dem Blumenstrauß, stapfte aus dem Zimmer und ließ die Tür hinter sich zuknallen.

»Und was hast du jetzt vor?«, fragte Paul.

»So schnell wie möglich von hier verschwinden!«

Paul fing an, rastlos im Zimmer hin und her zu gehen.

»Was hast du?«

»Ich mache mir Vorwürfe.«

»Weshalb?«

»Dass ich so lange gebraucht habe, es zu kapieren …« Kopfschüttelnd lief er weiter. »Du wirst zu meiner Entlastung anerkennen müssen, dass ich euch nie habe zusammen sehen können, das heißt, während ihr beide gleichzeitig bei Bewusstsein wart. Was da zwischen euch ist, scheint ja wirklich ziemlich kompliziert.«

Doch als er sie beide durch die Scheibe hatte beobachten können, war es Paul wie Schuppen von den Augen gefallen. Ohne es selbst zu wissen, stellten Lauren und Arthur ganz offensichtlich eine Einheit dar.

»Ich weiß auch nicht, was du tun sollst, aber sieh zu, dass du sie nicht verlierst.«

»Und was soll ich ihr sagen? Dass wir uns geliebt haben, dass wir alle Projekte dieser Welt verwirklichen wollten, nur dass sie sich nicht daran erinnert?«

»Sag ihr lieber, du wärst, um sie zu schützen, ans andere Ende des Großen Teichs gezogen und hättest dort ein Kulturzentrum errichtet, hättest eigentlich aber nur an sie gedacht und wärst deshalb zurückgekommen und noch immer genauso verrückt nach ihr.«

Arthurs Kehle war wie zugeschnürt, und er brachte kein Wort heraus, woraufhin Paul die Stimme hob und laut vernehmlich fortfuhr: »Du hast so intensiv von dieser Frau geträumt, dass du mich überzeugt hast, in deinen Traum einzusteigen. Du hast eines Tages gesagt: ›Während wir rechnen, das Für und Wider abwägen, vergeht das Leben, und es passiert nichts‹, also überlege schnell. Dir ist es zu verdanken, dass ich Onega meine Schlüssel gegeben habe. Sie hat immer noch nicht angerufen, und trotzdem habe ich mich noch nie in meinem Leben so leicht gefühlt. Und im Gegenzug, mein Bester, sage ich dir eins: Verzichte nicht auf Lauren, bevor du die Zeit hattest, sie im richtigen Leben zu lieben.«

»Ich stecke in einer Sackgasse, Paul. Ich könnte niemals mit dieser Lüge an ihrer Seite leben. Und ich kann ihr auch nicht erzählen, was wirklich passiert ist … Sonderbarerweise macht man oft vor allem der Person Vorwürfe, die einem eine schwer zu begreifende und noch schwerer zu glaubende Wahrheit beibringt.«

Paul trat ans Bett. »Was dir Angst macht, ist, ihr die Wahrheit über ihre Mutter zu sagen. Erinnere dich an Lilis Worte: Es ist besser, für einen Traum zu kämpfen, als ein Projekt zu verwirklichen.«

Paul ging zur Tür. Dort kniete er sich auf den Boden und verkündete mit einem verschwörerischen Lächeln: *»Wenn die Liebe von der Hoffnung lebt, so stirbt sie auch mit ihr!* Gute Nacht, Don Rodrigues!«

Damit verließ er Arthurs Zimmer.

Paul suchte seinen Autoschlüssel in der Tasche, fand aber nur sein Handy. Ein kleiner Umschlag blinkte auf dem Display. Onegas Nachricht lautete: »Bis gleich, beeil dich!«

Paul stieß einen Freudenschrei aus.

»Was macht Sie so glücklich?«, fragte Lauren, die auf ein Taxi wartete.

»Ich habe meinen Wagen ausgeliehen«, antwortete Paul.

»Welche Art Glückskeks essen Sie zum Frühstück?«, fragte sie und lächelte leise.

Ein Kombi der Yellow Cab Company hielt vor ihnen an.

Lauren öffnete die hintere Tür und machte Paul ein Zeichen, mit einzusteigen.

»Ich setze Sie ab!«

Paul nahm neben ihr Platz. »Green Street«, sagte er zu dem Fahrer.

»Wohnen Sie dort?«, fragte Lauren.

»Ich nicht, aber Sie.«

Lauren sah ihn verdutzt an.

Paul blickte nachdenklich drein und flüsterte kaum vernehmlich: »Er bringt mich um, wenn ich es tue, er bringt mich um!«

»Wenn Sie was tun?«, wollte Lauren wissen.

»Erst müssen Sie sich anschnallen«, riet Paul.

Sie musterte ihn immer neugieriger.

Paul zögerte noch kurz, holte dann tief Luft und rückte näher an sie heran. »Damit das erst mal klar ist; die Furie in Arthurs Zimmer mit ihrem überdimensionalen Blumenstrauß ist eine Ex, und zwar eine aus prähistorischer Zeit, kurz, ein großer Irrtum!«

»Und weiter?«

»Ich kann nicht, er bringt mich wirklich um, wenn ich es sage.«

»Ist Ihr Freund denn tatsächlich so gefährlich?«, erkundigte sich der Taxifahrer erschrocken.

»Was mischen Sie sich da ein? Arthur rettet sogar einem Insekt das Leben!«, erwiderte Paul verärgert.

»Tut er das wirklich?«, fragte Lauren.

»Er ist fest davon überzeugt, dass sich seine Mutter als Fliege reinkarniert hat.«

»Ach!«, sagte Lauren, den Blick in die Ferne gerichtet.

»Es war völlig idiotisch von mir, Ihnen das gesagt zu haben, Sie müssen ihn jetzt sehr sonderbar finden, nicht wahr?«, fragte Paul besorgt.

»Das sehe ich anders«, schaltete sich der Taxifahrer erneut ein. »Letzte Woche war ich mit meinen Kindern im Zoo, und mein Sohn erklärte, das Nilpferd würde seiner Großmutter haargenau gleichen. Ich glaube, ich muss noch einmal hin, um mich zu überzeugen!«

Paul warf ihm einen vernichtenden Blick im Rückspiegel zu, dann ergriff er Laurens Hand. »Gut, sei's drum, ich wage es«, sagte er. »In dem Krankenwagen, in dem wir beide vom San Pedro zum Memorial Hospital gefahren sind, haben Sie mich gefragt, ob eine mir nahestehende Person im Koma gelegen habe, erinnern Sie sich?«

»Sehr gut sogar.«

»Also, in genau diesem Augenblick sitzt besagte Person neben mir! Es wird Zeit, dass ich Ihnen zwei oder drei Dinge erzähle.«

Das Taxi bog nach Pacific Heights ab. Dem Schicksal muss bisweilen ein wenig nachgeholfen werden, und heute bestand die Freundschaft darin, ihm die Hand zu reichen.

Paul erklärte Lauren, wie er sich in einer Sommernacht als Pfleger und Arthur als Arzt verkleidet hätte, um den Körper einer jungen Frau zu entführen, die im Koma lag und deren lebenserhaltende Apparaturen abgeschaltet werden sollten.

Die Straßen der Stadt glitten hinter dem Fenster an ihnen vorbei. Von Zeit zu Zeit warf der Taxifahrer einen verwunderten Blick in den Rückspiegel. Lauren lauschte Paul, ohne ihn auch nur einmal zu unterbrechen. Paul hatte das

Geheimnis seines Freundes nicht wirklich verraten. Auch wenn Lauren jetzt die Identität des Mannes kannte, der über sie gewacht hatte, als sie wieder zu sich gekommen war, so wusste sie doch immer noch nicht, was sie während ihrer Zeit im Koma erlebt hatte.

»Halten Sie an!«, rief Lauren mit zitternder Stimme.

»Jetzt?«, fragte der Taxifahrer.

»Ich fühle mich nicht gut.«

Das Taxi machte einen abrupten Schlenker und bremste mit quietschenden Reifen am Straßenrand.

Lauren öffnete die Wagentür und humpelte zu einem Rasenstück am Seitenstreifen. Dort beugte sie sich vor, um besser der Übelkeit zu widerstehen, die in ihr aufstieg. Sie verspürte ein unbekanntes Kribbeln im Gesicht, ein Gefühl von Hitze überkam sie, obwohl sie gleichzeitig fror. Ein heftiger Brechreiz raubte ihr die Luft. Ihre Lider wurden schwer, die Geräusche drangen nur gedämpft an ihre Ohren. Ihre Beine gaben nach, sie schwankte, Paul und der Fahrer stürzten herbei und hatten gerade noch Zeit, sie aufzufangen. Sie sank auf die Knie und nahm den Kopf in die Hände, bevor sie das Bewusstsein verlor.

»Wir müssen Hilfe rufen!«, sagte Paul in Panik.

»Lassen Sie mich das machen, ich bin in Erster Hilfe ausgebildet, am besten fange ich mit einer Mund-zu-Mund-Beatmung an.«

»Damit das klar ist! Wenn du deine fettigen Lippen auf die dieser jungen Frau legst, schlage ich dich zu Brei.«

»Ich wollte doch nur helfen!«, erwiderte der Taxifahrer verärgert.

Paul kniete neben Lauren nieder und schlug ihr leicht auf die Wangen. »Miss?«, säuselte er mit sanfter Stimme.

»Mit Ihrer Methode wacht sie garantiert nicht auf!«, knurrte der Chauffeur.

»Und du kannst deine Mund-zu-Mund-Beatmung mit deiner Nilpferd-Großmutter machen.«

Paul drückte kräftig auf die Verankerungspunkte des Unterkiefers.

»Was machen Sie da? Sie renken ihr ja den Kiefer aus.«

»Ich weiß genau, was ich tue!«, brüllte Paul. »Ich bin Aushilfschirurg.«

Lauren schlug die Augen auf, und Paul bedachte den Taxifahrer mit einem triumphierenden Blick.

Die beiden Männer halfen ihr beim Einsteigen.

Sie hatte wieder Farbe bekommen, ließ die Scheibe hinunter und holte tief Luft. »Tut mir leid«, sagte sie. »Doch jetzt geht es schon etwas besser.«

»Ich hätte Ihnen das wohl alles nicht erzählen dürfen«, entgegnete Paul mit schwacher Stimme.

»Wenn Sie noch mehr auf Lager haben, nur zu … Jetzt oder nie!«

»Ich glaube, ich habe nichts ausgelassen.«

Als das Taxi in die Green Street einbog, fragte Lauren nach Arthurs Beweggründen. Warum war er all diese Risiken eingegangen?

»Dieses Geheimnis kann ich Ihnen nicht verraten! Ich frage mich sowieso, ob er mich ertränkt oder auf dem Scheiterhaufen opfert, wenn er erfährt, dass ich mit Ihnen gesprochen habe … Soll ich vielleicht schon die Urne kaufen, damit Sie meine Asche einsammeln können?«

»Ich denke, er hat es getan, weil er in sie verknallt ist«, meinte der Chauffeur, den das Gespräch immer mehr fesselte.

Der Wagen hielt vor Laurens Haus, und der Fahrer drehte sich zu seinen beiden Fahrgästen um. »Wenn Sie wollen, können wir noch eine Runde drehen; ich stelle dann den Zähler ab. Wir fahren weiter, nur für den Fall, dass Sie sich noch mehr zu erzählen haben!«

Lauren beugte sich über Paul, um seine Tür zu öffnen.

Er sah sie verwundert an. »Sie wohnen hier, nicht ich!«

»Ich weiß«, sagte sie, »aber Sie steigen hier aus; ich habe mein Ziel geändert.«

»Und wohin fahren Sie?«, fragte Paul ängstlich und stieg aus.

Das Fenster wurde geschlossen, und das Taxi fuhr los.

»Und ich – dürfte ich wenigstens wissen, wohin die Reise geht?«, fragte der Chauffeur.

»Zurück zum Ausgangspunkt«, erwiderte Lauren.

Bevor sie die Eingangshalle des Krankenhauses betrat, hatte Miss Morrison Pablo in ihrer Tasche versteckt. Jetzt saß der kleine Hund auf Arthurs Schoß. Auf dem Bildschirm des an der Wand angebrachten Fernsehers stieg Scarlett O'Hara die Stufen einer breiten Treppe hinab, und Pablo wedelte mit dem Schwanz. Sobald Rhett Butler ins Haus trat und sich Miss Scarlett näherte, setzte sich der Hund auf die Hinterpfoten und begann zu knurren.

»Ich habe ihn noch nie so aufgeregt gesehen«, meinte Arthur.

»Ja, ich bin auch erstaunt. Das Buch hat ihm gar nicht gefallen!«, erwiderte Rose.

Scarlett sah Rhett argwöhnisch an, als das Telefon klingelte.

Arthur hob ab.

»Störe ich?«, fragte Paul mit bebender Stimme.

»Tut mir leid, ich kann nicht sprechen. Hier ist gerade Visite, ich rufe dich zurück!«

Arthur legte auf.

»Was soll's!«, brummte Paul und lief, die Hände tief in den Taschen vergraben, die Green Street entlang.

Der Film, der zehn Oscars erhalten hatte, war zu Ende. Miss Morrison verstaute Pablo erneut in ihrer Tasche und versprach Arthur, ganz bald wiederzukommen.

»Nicht nötig«, sagte er, »ich werde in wenigen Tagen entlassen.«

Beim Hinausgehen kam Rose eine Assistenzärztin entgegen, die es eilig zu haben schien. Wo hatte sie die junge Frau nur schon mal gesehen?

Kapitel 17

»Alles in Ordnung?«, fragte Lauren, als sie am Fußende des Betts stand. »Es stört Sie doch nicht, wenn ich mich setze?«

»Ganz und gar nicht«, antwortete Arthur und richtete sich auf.

»Und wenn ich vierzehn Tage bleibe, stört Sie das sicher auch nicht.«

Arthur sah sie verblüfft an.

»Ich habe Ihren Freund Paul im Taxi mitgenommen, und wir hatten ein kleines Gespräch.«

»Aha. Und was hat er Ihnen erzählt?«

»Fast alles.«

Arthur senkte den Blick. »Es tut mir leid.«

»Was? Dass Sie mir das Leben gerettet haben oder dass Sie es mir verschwiegen haben? Sie haben mich doch schon erkannt, als ich Sie zum ersten Mal untersucht habe, oder? Da ich annehme, dass Sie nicht jede Woche Frauen aus dem Krankenhaus entführen, dürfte Ihnen mein Gesicht nicht fremd gewesen sein.«

»Ich habe Sie nie vergessen.«

Lauren verschränkte die Arme. »Jetzt müssen Sie mir sagen, warum Sie das getan haben.«

»Damit man die Apparate nicht abstellt!«

»Das weiß ich schon, aber den Rest wollte Ihr Freund mir nicht sagen.«

»Welchen Rest?«

»Warum ich? Warum sind Sie all diese Risiken für eine Fremde eingegangen?«

»Sie haben schließlich dasselbe für mich getan, oder?«

»Aber Sie waren mein Patient, verdammt noch mal! Wer war ich für Sie?«

Arthur antwortete nicht.

Lauren trat ans Fenster. Draußen harkte der Gärtner einen Weg. Plötzlich drehte sie sich wütend zu ihm um. »Vertrauen ist das Wichtigste und auch das Zerbrechlichste auf der Welt. Ohne Vertrauen ist alles zum Scheitern verurteilt. Niemand in meiner Umgebung vertraut mir … Wenn Sie jetzt auch noch anfangen, haben wir uns nichts mehr zu sagen. Auf einer Lüge kann man nichts Dauerhaftes aufbauen.«

»Ich weiß, aber ich habe meine Gründe.«

»Die würde ich gerne respektieren, doch dazu muss ich sie kennen. Schließlich betreffen sie mich ja, nachdem ich es bin, die Sie gekidnappt haben!«

»Sie haben mich auch entführt, also sind wir quitt!«

Lauren warf ihm einen vernichtenden Blick zu und ging zur Tür. Auf der Schwelle drehte sie sich um und sagte in entschlossenem Ton: »Und Sie Idiot gefallen mir!«

Die Tür fiel ins Schloss, und Arthur hörte, wie sich ihre Schritte entfernten. Das Telefon klingelte.

»He, störe ich dich?«, fragte Paul.

»Hast du mir etwas zu sagen?«

»Du wirst lachen, aber ich glaube, ich habe Mist gebaut.«

»Lass das Lachen weg, sie ist gerade gegangen.«

Arthur hörte seinen Freund nach Worten ringen.

»Hasst du mich jetzt?«

»Hat Onega dich angerufen?«, fragte Arthur, statt zu antworten.

»Ich gehe heute Abend mit ihr essen«, murmelte Paul kleinlaut.

»Dann lasse ich dir jetzt Zeit, dich fertig zu machen, und du lässt mich nachdenken.«

»So machen wir's.«

Die beiden Freunde legten auf.

»Na, alles gut gegangen?«, fragte der Taxifahrer.

»Das weiß ich noch nicht«, antwortete Lauren.

»Inzwischen habe ich meiner Frau Bescheid gesagt, dass ich später komme. Ich stehe Ihnen also ganz zur Verfügung. Wohin geht es jetzt?«

Lauren fragte, ob sie sein Handy benutzen dürfe. Beflissen reichte der Fahrer es ihr, und Lauren wählte die Nummer einer Wohnung in der Nähe der Marina. Mrs. Kline nahm beim ersten Klingeln ab.

»Spielst du heute Abend Bridge?«, erkundigte sich Lauren.

»Ja«, antwortete ihre Mutter.

»Dann sag ab und mach dich schön. Ich lade dich zum Essen ins Restaurant ein und hole dich in einer Stunde ab.«

Der Taxifahrer setzte Lauren zu Hause ab und wartete, bis sie sich umgezogen hatte.

Auf dem Weg zum Badezimmer streifte Lauren die Kleider ab. Ihr Nachbar hatte den Wasserhahn repariert, und so konnte sie duschen. Damit ihr verbundener rechter Fuß nicht nass wurde, hielt sie das Bein aus der Kabine. Ein Handtuch um die Taille, eins um den Kopf gewickelt, dabei ihr Lieblingslied »Fever« von Peggy Lee trällernd, öffnete sie kurz darauf den Wandschrank. Sie schwankte zwischen einer Jeans und einem Sommerkleid, entschied sich dann aber, ihrem Gast zu Ehren, für das Kleid.

Als sie angezogen und dezent geschminkt war, beugte sie sich aus dem Wohnzimmerfenster: Das Taxi wartete noch immer unten. Nachdenklich setzte sie sich aufs Sofa und genoss zum ersten Mal den herrlichen Sonnenuntergang, den sie durch das kleine Fenster gegenüber sah.

Um neunzehn Uhr hupte das Taxi vor Mrs. Klines Haus. Sie stieg ein und sah Lauren an. So gut gekleidet hatte sie ihre Tochter seit Jahren nicht mehr gesehen.

»Darf ich dich etwas fragen?«, flüsterte sie ihr zu. »Warum zeigt das Taxameter schon achtzig Dollar an?«

»Das erkläre ich dir beim Essen. Du kannst vielleicht das Taxi bezahlen, ich habe kein Bargeld bei mir, aber zum Essen lade ich dich ein.«

»Hoffentlich ist es kein Fast Food!«

»Zum Cliff House«, sagte Lauren zu dem Fahrer.

Paul eilte die Treppe zu seiner Wohnung hinauf.

Onega lag auf dem Teppich und vergoss heiße Tränen.

Er kniete sich neben sie und fragte: »Was ist denn los?«

»Es ist wegen Tolstoi«, schluchzte sie und klappte das Buch zu. »Nie werde ich es schaffen, *Anna Karenina* zu Ende zu lesen!«

Paul nahm sie in die Arme und schleuderte das Buch in eine Ecke. »Steh auf, wir haben etwas zu feiern!«

»Was?«, fragte sie und wischte sich die Tränen ab.

Paul ging in die Küche und kam mit einer Flasche Wodka und zwei Gläsern zurück.

»Auf *Anna Karenina«,* sagte er und stieß mit ihr an.

Onega trank ihr Glas in einem Zug aus und tat so, als wollte sie es hinter sich werfen. »Hattest du Angst um deinen Läufer?«, fragte sie dann verschmitzt.

»Ein Perserteppich von 1910! Gehen wir essen?«

»Wenn du willst, ich weiß sogar, wohin ich möchte.« Onega nahm die Wodkaflasche, zog Paul ins Schlafzimmer und stieß mit dem Fuß die Tür hinter ihnen zu.

Professor Fernstein stellte Normas Koffer in einem hübschen Zimmer im Wine Country Inn ab. Schon seit Monaten war dieser kleine Ausflug ins Napa Valley geplant. Nachdem sie in Sonoma zu Mittag gegessen hatten, waren sie weiter nach Calistoga gefahren und würden jetzt in St. Helena übernachten. Am Vortag hatte Fernstein einen Brief an den Leiter des Memorial Hospital verfasst und seinen Wunsch geäußert, seinen Ruhestand um einige Monate vorverlegen zu dürfen. In einem weiteren Schreiben an die Verwaltung der Notaufnahme hatte er empfohlen, die Assistenzärztin Lauren Kline möglichst schnell als Fachärztin zu übernehmen, da es bedauerlich wäre, wenn ein anderes Krankenhaus von den Fähigkeiten seiner besten Schülerin profitieren würde.

Nächsten Montag würde er mit Norma nach New York fliegen, doch ehe er in seine Geburtsstadt zurückkehrte, wollte er seine letzten Tage in Kalifornien genießen.

Punkt zwanzig Uhr setzte George Pilguez Nathalia vor dem Kommissariat des siebten Bezirks ab.

»Ich habe dir ein paar Cookies gebacken, sie sind in deiner Tasche.«

Sie gab ihm einen Kuss und stieg aus. Als sie schon auf der Treppe war, öffnete Pilguez das Fenster und rief sie zurück.

»Wenn einer von meinen ehemaligen Kollegen wissen will, wer diese köstlichen Kekse gemacht hat, verrat bloß nichts. Der Polizeigewahrsam dauert höchstens achtundvierzig Stunden.«

Nathalia winkte ihm zu und verschwand im Innern des Gebäudes; Pilguez blieb noch auf dem Parkplatz stehen und fragte sich, ob nun der Ruhestand oder das Alter schuld war, dass ihm die Einsamkeit immer unerträglicher wurde.

Vielleicht beides, überlegte er und fuhr los.

Die Nacht war sternenklar. Lauren und Mrs. Kline gingen mit Kali an der Marina spazieren.

»Ein köstliches Abendessen. So gut hat es mir schon lange nicht mehr geschmeckt. Danke.«

»Ich wollte dich einladen … Warum hast du mich nicht gelassen?«

»Dabei wäre dein Monatslohn draufgegangen, und außerdem bin ich immer noch deine Mutter.«

In dem kleinen Jachthafen knarrten die Wanten der Segel im Rhythmus der leichten Brise. Die Luft war mild.

Mrs. Kline warf den Stock, den sie in der Hand hielt, weit von sich, und Kali lief ihm nach. »Gibt es etwas zu feiern?«, fragte sie schließlich.

»Nicht direkt«, antwortete Lauren.

»Warum dann also dieses Essen?«

Lauren blieb stehen, wandte sich zu ihrer Mutter und ergriff ihre Hände. »Frierst du?«

»Eigentlich nicht«, antwortete Mrs. Kline.

»Ich hätte an deiner Stelle dieselbe Entscheidung getroffen, und wenn ich gekonnt hätte, hätte ich dich sogar darum gebeten.«

»Um was hättest du mich gebeten?«

»Die Apparate abzustellen.«

Emily Klines Augen füllten sich mit Tränen. »Seit wann weißt du es?«, fragte sie.

»Mom, ich möchte, dass du nie mehr Angst vor mir hast. Wir haben beide unseren Dickschädel, wir sind verschieden und werden nie dasselbe Leben führen. Doch auch wenn ich manchmal etwas forsch bin, habe ich nie über dich geurteilt, und ich werde es auch nie tun. Du bist meine Mutter, du hast einen festen Platz in meinem Herzen, und das wird immer so bleiben.«

Mrs. Kline nahm ihre Tochter in die Arme, und Kali kam sofort herbeigetrabt, um sich zwischen die beiden Frauen zu drängen – schließlich hatte auch sie einen Platz zu verteidigen.

»Soll ich dich zu Hause absetzen?«, fragte Mrs. Kline und wischte sich mit dem Handrücken über die Augen.

»Nein, ich will laufen, ich habe ein beeindruckendes Abendessen zu verdauen.«

Lauren winkte ihrer Mutter zu und entfernte sich. Kali zögerte, sah von der einen zur anderen. Den Stock fest im Maul, rannte sie dann ihrem Frauchen nach. Lauren kniete sich hin und streichelte ihrer Hündin den Kopf, sie flüsterte ihr ins Ohr: »Geh mit ihr, ich will nicht, dass sie heute Abend allein ist.«

Sie nahm das Holzstück und warf es in die Richtung ihrer Mutter. Kali bellte und lief zu Emily Kline.

»Lauren?«

»Ja?«

»Niemand hat mehr daran geglaubt, es war ein Wunder.«

»Ich weiß!«

Ihre Mutter kam näher. »Die Blumen in deiner Wohnung waren nicht von mir.«

Lauren sah sie neugierig an.

Mrs. Kline griff in ihre Tasche, zog eine verknitterte kleine Karte heraus und reichte sie ihrer Tochter.

Zwischen den Kniffen konnte Lauren die Worte entziffern, die darauf geschrieben waren.

Sie lächelte, küsste ihre Mutter und machte sich endgültig auf den Heimweg.

Als der Morgen dämmerte, war Arthur längst wach. Er stand auf, trat auf den Flur und hüpfte von einem schwarzen Linoleumfeld zu einem weißen und so fort – wie auf einem endlosen Schachbrett.

Die Stationsschwester steckte den Kopf aus ihrer Tür, doch Arthur versicherte ihr, es ginge ihm bestens. Das hörte sie gerne und begleitete ihn zu seinem Zimmer zurück. Er müsse sich trotzdem noch gedulden, Ende der Woche werde er entlassen.

Sobald sie gegangen war, griff Arthur zum Telefon und wählte eine Nummer.

Paul hob ab.

»Störe ich dich?«

»Aber nein«, log Paul, »ich sehe nicht einmal auf die Uhr!«

»Du hattest recht«, erklärte Arthur begeistert. »Ich lasse das Haus wieder herrichten, die Fassade neu streichen, die Fenster reparieren, alle Böden, die Veranda eingeschlossen, abschleifen und neu lackieren; und wegen der Terrakottafliesen in der Küche rufe ich den Handwerker an, von dem du gesprochen hast. Ich renoviere alles, damit es aussieht wie früher, und auch die Schaukel wird ihre Jugend zurückerhalten.«

Paul streckte sich, verschlafen sah er auf den Wecker. »Hältst du um fünf Uhr fünfundvierzig morgens eine Baustellenbesprechung ab?«

»Ich lasse auch das Garagendach neu decken und pflanze den Rosengarten wieder an, ich will alles zu neuem Leben erwecken.«

»Willst du all das jetzt gleich angehen, oder kann es vielleicht ein paar Stunden warten?«, fragte Paul immer missmutiger.

»Gleich am Montag musst du mit den Berechnungen anfangen«, fuhr Arthur enthusiastisch fort. »In einem Monat beginnen die Arbeiten, und ich fahre jedes Wochenende raus, um sie zu überwachen. Hilfst du mir?«

»Zunächst kehre ich in meinen Traum zurück. Sollte ich dort zufällig einen Schreiner treffen, lasse ich mir einen Kostenvoranschlag machen, und ich rufe dich wieder an, wenn ich aufgewacht bin!«

Paul legte auf.

»Wer war das?«, fragte Onega.

»Ein Verrückter.«

Am Nachmittag herrschte drückende Sommerhitze. Lauren stellte ihren Triumph hinter dem für die Einsatzwagen reservierten Parkplatz ab. Sie betrat das Kommissariat und erklärte dem wachhabenden Polizisten, sie suche einen Inspektor namens George Pilguez, der jetzt im Ruhestand sei.

Der Beamte deutete auf eine Bank, griff zum Telefon und wählte eine Nummer. Nach einem kurzen Gespräch schrieb er eine Adresse auf einen Notizblock und winkte Lauren heran. »Hier«, sagte er, »er erwartet Sie.«

Das kleine Haus lag am anderen Ende der Stadt, zwischen der 15th und 16th Street. George Pilguez stand im Garten und verbarg die Schere und die Rosen, die er gerade geschnitten hatte, hinter seinem Rücken.

»Na, wie viele rote Ampeln haben Sie überfahren?«, fragte er mit einem Blick auf seine Uhr. »Selbst mit Blaulicht habe ich den Weg nie in so kurzer Zeit geschafft.«

»Hübsche Blumen«, antwortete Lauren.

Verlegen schlug er Lauren vor, in der Laube Platz zu nehmen. »Was kann ich für Sie tun?«, fragte er dann.

»Warum haben Sie ihn nicht festgenommen?«

»Irgendetwas muss mir entgangen sein, ich habe Ihre Frage nicht verstanden.«

»Den Architekten! Ich weiß, dass Sie es waren, der mich ins Krankenhaus zurückgebracht hat.«

Der alte Inspektor sah Lauren an, verzog das Gesicht und setzte sich. »Wollen Sie eine Limonade?«

»Lieber eine Antwort auf meine Frage.«

»Kaum bin ich zwei Jahre in Rente, da dreht sich die Welt schon falsch herum. Jetzt stellen die Ärzte den Polizisten die Fragen, kaum zu fassen!«

»Ist die Antwort so schlimm?«

»Das hängt davon ab, was Sie wissen und was Sie nicht wissen.«

»Ich weiß fast alles.«

»Warum sind Sie dann hier?«

»Ich hasse das ›fast‹.«

»Wusste ich doch gleich, dass Sie sympathisch sind! Ich bringe nur schnell etwas zu trinken; bin gleich zurück.«

In der Küche legte er die Rosen in das Spülbecken und entledigte sich seiner Gartenschürze. Er nahm zwei Dosen Sodawasser aus dem Kühlschrank und blieb auf dem Rückweg kurz vor dem Spiegel im Flur stehen, um Ordnung in sein spärliches Haar zu bringen.

»Gut gekühlt«, erklärte er und stellte die Dosen auf den Tisch.

Lauren bedankte sich.

»Ihre Mutter hat keine Strafanzeige gestellt, also hatte ich keinen Grund, Ihren Architekten einzusperren!«

»Hätte bei einer Entführung nicht der Staatsanwalt Anklage erheben müssen?«, fragte Lauren und trank einen Schluck Soda.

»Ja, aber wir hatten ein kleines Problem, die Akte ist verloren gegangen. Sie wissen ja, was für ein Durcheinander manchmal auf den Revieren herrscht.«

»Sie wollen mir nicht helfen, stimmt's?«

»Sie haben mir noch immer nicht gesagt, wonach Sie suchen.«

»Ich versuche zu verstehen.«

»Das Einzige, was Sie verstehen müssen, ist, dass dieser Mann Ihnen das Leben gerettet hat.«

»Warum hat er es getan?«

»Das kann ich Ihnen nicht sagen. Stellen Sie ihm die Frage. Sie haben ihn doch sozusagen in der Hand … Er ist Ihr Patient.«

»Er will mir nichts sagen.«

»Ich kann mir vorstellen, dass er seine Gründe hat.«

»Und welche haben Sie?«

»Mir geht es nicht anders als Ihnen, Frau Doktor, ich unterliege der Schweigepflicht. Es würde mich wundern, wenn Sie sich später einmal durch den Ruhestand davon entbunden fühlen werden.«

»Ich will ja nur seine Gründe wissen.«

»Reicht es Ihnen nicht, dass er Ihnen das Leben retten wollte? Das tun Sie ja auch jeden Tag für Unbekannte … Sie werden ihm doch nicht vorwerfen, dass er es auch einmal versucht hat!«

Lauren gab auf. Sie bedankte sich bei dem Inspektor und ging zu ihrem Wagen.

Pilguez folgte ihr. »Vergessen Sie meine Morallektion,

das war nur Bluff. Ich kann Ihnen nicht erzählen, was ich weiß, denn dann würden Sie mich für wahnsinnig erklären. Sie sind Ärztin, ich bin ein alter Mann, und ich habe keine Lust, im Irrenhaus zu landen.«

»Vergessen Sie nicht, dass ich der Schweigepflicht unterliege!«

Der Inspektor musterte sie prüfend. Dann beugte er sich zu ihrem Fenster herunter und erzählte ihr das verrückteste Abenteuer seines Lebens; die Geschichte begann in einer Sommernacht in einem Haus in der Bucht von Carmel …

»Was soll ich Ihnen sagen«, fuhr Pilguez fort, »draußen waren dreißig Grad, und drinnen war es fast ebenso heiß. Und trotzdem überkam mich ein Frösteln. Sie lagen schlafend auf dem Bett in dem kleinen Arbeitszimmer gleich neben dem Raum, in dem wir saßen, und während er mir seine ungeheuerliche Geschichte erzählte, spürte ich Ihre Präsenz, manchmal neben ihm, und dann wieder war mir, als stünden Sie neben mir. Also habe ich ihm geglaubt. Wahrscheinlich auch, weil ich es gerne wollte. Ich habe oft an diese Sache gedacht. Wie soll ich das erklären? Sie hat meine Sichtweise verändert und vielleicht sogar mein Leben. Sie können mich jetzt gerne für einen verrückten alten Mann halten.«

Lauren legte eine Hand auf die des Polizisten und strahlte. »Auch ich habe irgendwann geglaubt, verrückt zu sein. Ich werde Ihnen bei Gelegenheit eine ebenso unglaubliche Geschichte erzählen, die sich während des Krebsfestes zugetragen hat.«

Sie reckte sich, drückte Pilguez einen Kuss auf die Wange und fuhr los.

»Was wollte sie denn?«, fragte Nathalia, die vor die Haustür getreten war, verschlafen.

»Es geht um die alte Sache.«

»Hat man die Ermittlungen wieder aufgenommen?«

»Sie schon! Komm, ich mache dir Frühstück.«

Kapitel 18

Am nächsten Morgen erschien Paul erneut im Krankenhaus. Arthur erwartete ihn, schon fertig angezogen.

»Du hast vielleicht lange gebraucht!«

»Ich musste eine Stunde unten warten. Sie haben gesagt, vor der Visite würden sie dich nicht entlassen, und die sei um zehn Uhr. Also konnte ich nicht eher raufkommen.«

»Sie waren schon hier.«

»Ist der alte Brummbär nicht da?«

»Nein, ich habe ihn seit meiner Operation nicht mehr gesehen. Einer seiner Kollegen kümmert sich um mich. Komm, lass uns gehen. Ich halte es hier keine Minute mehr aus.«

Lauren durchquerte energischen Schritts die Halle. Sie führte ihren Klinikausweis in das Kontrollgerät in der Wand und ging hinter den Empfangsschalter. Betty hob den Kopf von ihren Dokumenten.

»Wo ist Fernstein?«, fragte Lauren bestimmt.

»Ich kenne den Ausdruck ›keinen Ärger scheuen‹, du aber scheinst davon geradezu magisch angezogen!«

»Antworte bitte auf meine Frage!«

»Ich habe ihn in sein Büro hinaufgehen sehen. Er wollte irgendwas holen und sagte, er würde bald wieder gehen.«

Lauren bedankte sich und ging zu den Aufzügen.

Der Professor saß an seinem Schreibtisch. Er verfasste gerade einen Brief. Es klopfte an der Tür. Er legte den Stift nieder und ging öffnen. Lauren trat ein.

»Ich dachte, Sie seien noch für mehrere Tage beurlaubt«, sagte der Professor. »Ich muss mich verzählt haben.«

»Und welche Strafe hätte ein Arzt zu befürchten, der seine Patienten belügt?«

»Das hängt davon ab, ob er im Interesse seiner Patienten lügt oder nicht.«

»Aber wenn es im Interesse des Arztes geschieht?«

»Dann würde ich versuchen herauszufinden, was ihn dazu veranlasst hat.«

»Und wenn der Patient zugleich einer seiner Schüler ist?«

»Dann würde er jede Glaubwürdigkeit verlieren. In diesem Fall würde ich ihm wohl raten, zu kündigen oder in den Ruhestand zu treten.«

»Warum haben Sie mir die Wahrheit verschwiegen?«

»Ich war dabei, Ihnen zu schreiben.«

»Ich stehe vor Ihnen, also sprechen Sie mit mir!«

»Sie denken wahrscheinlich an diesen komischen Kauz, der seine Tage in Ihrem Zimmer verbracht hat. Nachdem ich ihn zunächst wegen vorzeitiger Demenz einweisen wollte, habe ich mich dann aber damit begnügt, ihn zu neutralisieren. Wenn ich zugelassen hätte, dass er Ihnen seine Geschichte erzählt, wären Sie in der Lage gewesen, sich einer Hypnose zu unterziehen, um Gewissheit zu bekommen. Wenn ich Sie aus dem Koma geholt habe, dann nicht, damit Sie sich selbst wieder hineinversetzen.«

»Dummes Zeug!«, schrie Lauren und schlug mit der Faust auf Fernsteins Schreibtisch. »Sagen Sie mir die Wahrheit!«

»Wollen Sie sie wirklich hören, diese Wahrheit? Ich kann Sie nur warnen – sie ist nicht leicht zu verdauen.«

»Für wen?«

»Für mich! Während ich Sie in meinem Krankenhaus am Leben erhielt, gab er vor, mit Ihnen an einem anderen Ort zu leben! Ihre Mutter hat mir versichert, dass er Sie vor Ihrem Unfall gar nicht kannte. Wenn er von Ihnen sprach, bewies jedes seiner Worte das Gegenteil. Wollen Sie das Unglaublichste hören? Er war so überzeugend, dass ich beinahe an dieses Märchen geglaubt habe.«

»Und wenn es nun wahr wäre?«

»Genau da liegt das Problem. Ich hätte nicht gewusst, was tun.«

»Und deshalb haben Sie mich die ganze Zeit belogen!«

»Ich habe Sie nicht belogen, ich habe Sie vielmehr vor einer Wahrheit geschützt, die nicht akzeptabel ist.«

»Sie haben mich unterschätzt!«

»Das wäre wohl das erste Mal. Und das wollen Sie mir jetzt vorwerfen?«

»Warum haben Sie nicht versucht zu begreifen?«

»Ach, und was soll das Ganze überhaupt? Ich habe mich selbst unterschätzt. Sie haben das ganze Leben vor sich, um Ihre Karriere zunichtezumachen, indem Sie versuchen, Licht in das Geheimnis zu bringen. Ich habe verschiedene hochintelligente Studenten gekannt, welche die Medizin zu schnell vorantreiben wollten. Sie haben sich allesamt das Genick gebrochen. Sie werden eines Tages feststellen, dass das Genie in unserem Beruf nicht darin liegt, die Grenzen des Wissens zu erweitern, sondern dies in einem Rhythmus zu tun, der weder die Moral noch die bestehende Ordnung ins Wanken bringt.«

»Und warum haben Sie aufgegeben?«

»Weil Sie noch lange zu leben haben und ich bald sterbe. Simple Zeitgleichung.«

Lauren schwieg und musterte den alten Professor, der den Tränen nahe war.

»Ich bitte Sie, ersparen Sie mir das! Genau das war der Grund, weshalb ich Ihnen lieber schreiben wollte. Wir haben wunderbare Jahre zusammen verbracht, Ihre letzte Erinnerung an mich soll nicht die an einen übertrieben sentimentalen alten Professor sein.«

Die junge Assistenzärztin trat hinter den Schreibtisch und drückte Fernstein an sich.

Er blieb zunächst mit hängenden Armen stehen, legte sie dann etwas linkisch um Laurens Schultern und flüsterte ihr ins Ohr: »Sie sind mein ganzer Stolz, mein größter Erfolg im Leben. Geben Sie nie auf! Solange Sie da sind, werde ich durch Sie weiterleben. Später müssen Sie lehren; Sie haben das Format und das Talent dazu. Ihr einziger Gegner ist Ihr Dickschädel, doch das wird sich mit der Zeit legen. Sehen Sie, ich habe mich ganz gut geschlagen. Wenn Sie mich in Ihrem Alter gekannt hätten …! So, und jetzt gehen Sie, ohne sich umzudrehen. Ich will ihretwegen weinen, doch ich möchte nicht, dass Sie mich dabei sehen.«

Lauren umarmte Fernstein noch einmal so fest sie konnte. »Wie soll ich ohne Sie zurechtkommen? Mit wem soll ich mich in Zukunft streiten?«, fragte sie und schluchzte auf.

»Ach, Sie werden doch irgendwann heiraten.«

»Sind Sie am Montag nicht mehr da?«

»Ich werde zwar noch nicht tot, wohl aber von hier fort sein. Wir sehen uns nicht wieder, werden aber oft aneinander denken, dessen bin ich mir sicher.«

»Ich habe Ihnen so viel zu verdanken.«

»Nein«, sagte Fernstein und löste sich aus der Umarmung. »Sie haben es sich selbst zu verdanken. Was ich Sie gelehrt habe, hätte jeder andere Professor Ihnen beigebracht. Sie selbst haben den Unterschied ausgemacht. Wenn Sie nicht dieselben Fehler wie ich begehen, werden Sie es einmal weit bringen.«

»Sie haben keinen einzigen begangen.«

»Ich habe Norma viel zu lange warten lassen. Hätte ich sie früher in mein Leben treten lassen und wäre ich früher in ihres getreten, wäre ich mehr als ein erfolgreicher Professor gewesen.«

Er wandte ihr den Rücken zu und machte ihr ein Zeichen; es war Zeit zu gehen. Und wie versprochen verließ Lauren das Büro, ohne sich umzudrehen.

Paul hatte Arthur nach Hause gefahren. Sobald Miss Morrison in Begleitung von Pablo erschien, fuhr er ins Büro. Der Freitag war immer viel zu kurz, und es erwarteten ihn ganze Stapel unerledigter Akten. Bevor er sich verabschiedete, bat Arthur ihn um einen letzten Gefallen, etwas, wovon er seit mehreren Tagen träumte.

»Mal sehen, wie du dich morgen früh fühlst. Ich komme heute Abend vorbei. Jetzt ruh dich aus.«

»Ich tue nichts anderes, als mich auszuruhen!«

»Dann weiter so!«

Lauren fand einen Umschlag in ihrem Briefkasten. Sie öffnete ihn, während sie die Treppe hinaufging. In ihrer Wohnung angekommen, zog sie ein großes Foto heraus, das von ein paar Zeilen begleitet war.

Im Lauf meiner Karriere konnte ich die meisten Rätsel lösen, indem ich am Ort des Verbrechens nach einer Antwort suchte. Hier nun das Foto und die Adresse des Hauses, in dem ich Sie gefunden habe. Ich zähle auf Ihre Diskretion. Dieses Dossier ging versehentlich verloren …

Viel Glück
George Pilguez
Polizeiinspektor a. D.
PS: Sie haben sich nicht verändert.

Lauren schloss den Umschlag wieder, sah auf ihre Uhr und betrat ihren begehbaren Wandschrank. Während sie ihre Reisetasche packte, rief sie ihre Mutter an.

»Wenn du mich fragst, das ist keine besonders gute Idee. Das letzte Mal, als du übers Wochenende nach Carmel gefahren bist …«

»Mom, ich bitte dich nur, Kali noch etwas länger zu behalten.«

»Ich musste dir versprechen, keine Angst mehr vor dir zu haben, aber du kannst mir nicht verbieten, Angst um dich zu haben. Sei vorsichtig und gib mir Bescheid, wenn du angekommen bist.«

Lauren legte auf. Sie kehrte zu ihrem Wandschrank zurück und stellte sich auf Zehenspitzen, um weitere Reisetaschen herauszuziehen. Ein Kleidungsstück nach dem anderen landete darin … und eine ganze Reihe sonstiger Gegenstände.

Arthur hatte eine Hose und ein Hemd angezogen. An Roses Arm machte er seine ersten Schritte auf der Straße. Pablo zog hinter ihnen an der Leine und verharrte an einem Baum.

»Wir sehen uns das Ende des Films an, wenn du erledigt hast, was zu erledigen ist!«, sagte Miss Morrison zu ihrem Hund.

Die Wohnungstür öffnete sich. Robert trat ins Wohnzimmer. Er schlich sich von hinten an Lauren heran und legte die Arme um sie.

Lauren fuhr zusammen.

»Ich wollte dich nicht erschrecken!«

»Schon geschehen.«

Robert sah die Gepäckstücke, die sich im Zimmer stapelten.

»Verreist du?«

»Nur übers Wochenende.«

»Und dazu brauchst du all diese Taschen?«

»Nur die kleine rote, die im Eingang steht. All die anderen sind deine.« Sie trat zu ihm und legte ihm die Hände auf die Schultern. »Du hast mir gesagt, die Dinge hätten sich seit meinem Unfall geändert, aber das stimmt nicht. Selbst vorher waren wir nicht glücklich. Ich habe meinen Beruf, der mich daran gehindert hat, es zu sehen. Was ich nicht verstehe, ist, dass du es nicht bemerkt hast.«

»Vielleicht weil ich dich liebe?«

»Nein, was du liebst, ist, uns als Paar zu sehen. Wir schützen uns gegenseitig vor der Einsamkeit.«

»Das ist doch schon mal gar nicht schlecht.«

»Wenn du ehrlich wärst, würdest du auch klarer sehen. Ich möchte, dass du gehst, Robert. Ich habe deine Sachen gepackt, damit du sie zu dir nach Hause nimmst.«

Robert war wie vor den Kopf geschlagen. »Du hast also beschlossen, dass es aus ist.«

»Nein, ich denke, das haben wir beide beschlossen, nur bin ich die Erste, die es ausspricht, das ist alles.«

»Willst du uns keine zweite Chance lassen?«

»Es wäre die dritte. Schon seit Langem begnügen wir uns damit, zusammen zu sein. Doch das ist nur Bequemlichkeit, die nicht ausreicht. Jetzt möchte ich lieben.«

»Kann ich heute Nacht hierbleiben?«

»Siehst du, der Mann meines Lebens hätte nie diese Frage gestellt.«

Lauren nahm ihre Tasche. Sie küsste Robert auf die Wange und trat aus der Wohnung, ohne sich umzudrehen.

Der Motor des englischen Oldtimers sprang sofort an. Das Garagentor öffnete sich, und der Triumph fuhr die Green Street herunter. An der nächsten Kreuzung bog er ab. Auf dem Bürgersteig trabte ein Jack Russell Terrier zu einem kleinen Park; hinter den Platanen verborgen, folgten ihm ein Mann und eine alte Dame.

Es war fast sechzehn Uhr, als sie auf den Highway 1 einbog, der am Pazifik entlangführte. In der Ferne erinnerten die sich im Nebel abzeichnenden Klippen an hauchdünne Spitze, eingerahmt von Feuer.

Als sie in Carmel eintraf, brach schon die Dämmerung herein. Sie stellte den Wagen am Strand ab und setzte sich allein auf den Steg. Dicke Wolken verbargen den Horizont. Die Farbe des Himmels wechselte von Violett zu Schwarz.

Eine Stunde später stieg sie im Carmel Valley Inn ab. Die Dame am Empfang reichte ihr die Schlüssel zu einem Bungalow mit Blick auf die Bucht. Als Lauren ihre Reisetasche öffnete, zuckten die ersten Blitze am Himmel. Sie rannte hinaus, um ihren Triumph unter ein Vordach zu stellen, und kam pitschnass zurück. In einen dicken Frotteebademantel gewickelt, bestellte sie eine Kleinigkeit zu essen und ließ sich vor dem Fernseher nieder. ABC zeigte einen ihrer Lieblingsfilme *Die große Liebe meines Lebens.* Das Geräusch des Regens, der gegen die Scheiben schlug, hatte etwas ungemein Behagliches. Als Cary Grant endlich Deborah Kerr küsste, nahm Lauren ihr Kopfkissen und umschlang es mit beiden Armen.

In aller Frühe hörte es auf zu regnen. Es tropfte weiter von den Bäumen im Park, und noch immer hatte Lauren keinen Schlaf gefunden. Sie zog sich an, legte sich einen Regenmantel über die Schultern und verließ ihr Zimmer.

Der Wagen glitt durch das Dämmerlicht des anbrechenden Morgens. In den Kurven der in den Felsen gehauenen Straße beleuchtete der Strahl der Scheinwerfer die orangeweiße Begrenzungslinie. In der Ferne erahnte sie die Umzäunung des Anwesens und bog in den Feldweg ein. Hinter einer Biegung stellte sie den Wagen unter eine Gruppe von Zypressen ab. Vor ihr erhob sich das grüne schmiedeeiserne Tor. Es war notdürftig mit einer Schnur zugehalten, an der das Schild eines Immobilienmaklers hing. Lauren schlüpfte durch die Torflügel.

Sie blieb stehen und betrachtete den großen Garten, durchzogen von ockerfarbenen Erdstreifen, auf denen Pinien wuchsen mit silbrigen Nadeln, Sequoien, Granatapfel- und Johannisbrotbäume, die sich bis zum Meer hinzuziehen schienen. Sie nahm die kleine Steintreppe, die neben dem Weg entlangführte. Die Stufen waren unregelmäßig, aber nicht steil. Zu ihrer Rechten erahnte sie die Überreste eines Rosengartens. Er war vernachlässigt, doch die verschiedenen Düfte weckten bei jedem Schritt einen bunten Reigen an Erinnerungen. Die hohen Bäume wiegten sich in der morgendlichen Brise.

Vor ihr lag das Haus, die Fensterläden waren geschlossen. Sie ging bis zur Freitreppe und die Stufen hinauf und blieb auf der Veranda stehen. Weiter unten schien das Meer die Felsen zerbrechen zu wollen. Die Wellen führten eine Unmenge Algen mit, in denen sich Piniennadeln verfangen hatten. Der Wind blies ihr die Haare ins Gesicht, und sie strich sie zurück.

Sie ging um das Haus herum und suchte nach einer Möglichkeit, es zu betreten. Ihre Hand strich über die Fassade und verweilte auf einem Holzkeil unterhalb des Fensterladens. Sie zog ihn heraus, und als sich der Laden öffnete, quietschte er in den Angeln.

Lauren lehnte den Kopf an die Scheibe. Sie hob das

Fenster leicht an, zog es ein wenig vor und drückte es in den Schienen nach oben.

Sie schloss Laden und Fenster hinter sich, durchquerte das kleine Arbeitszimmer, warf einen flüchtigen Blick auf das Bett und trat auf den Flur.

Langsam schritt sie voran. Hinter jeder Wand, in jedem Zimmer schien sich ein Geheimnis zu verbergen. Und Lauren fragte sich, ob dieses Gefühl der Vertrautheit von einer Geschichte herrührte, die sie in einem Krankenhauszimmer gehört hatte, oder ob es aus einer noch früheren Zeit rührte.

Sie betrat die Küche, und ihr Herz klopfte zum Zerspringen; mit Tränen in den Augen sah sie sich um. Auf einem Tisch stand eine alte italienische Espressokanne, die ihr bekannt vorkam. Sie zögerte, nahm sie in die Hand, strich liebevoll darüber und stellte sie wieder hin.

Die nächste Tür führte sie ins Wohnzimmer. In der Dämmerung erkannte sie die Umrisse eines Klaviers. Sie ging auf Zehenspitzen hin und setzte sich auf den Hocker. Ihre Finger, die jetzt auf den Tasten lagen, stimmten die zarten Töne von Debussys »Clair de Lune« an. Dann kniete sie sich auf den Teppich und ließ die Hände über die gewebte Wolle gleiten …

So besichtigte sie jeden Raum, ging in den ersten Stock zu den Schlafzimmern hinauf, und langsam verwandelten sich die Worte, die das Haus beschrieben, in eine Vielfalt von Einzelheiten, die ihre Umgebung lebendig machten.

Etwas später stieg sie die Treppe wieder hinab und kehrte in das Arbeitszimmer zurück. Sie betrachtete das Bett und trat behutsam an den Wandschrank. Sie hatte ihn kaum berührt, da drehte sich auch schon der Knauf. Vor ihren Augen schimmerten die Schlösser eines kleinen schwarzen Koffers.

Lauren setzte sich im Schneidersitz hin, ließ die beiden Verschlüsse aufschnappen, und der Deckel öffnete sich.

Der Koffer war gefüllt mit den verschiedensten Gegenständen, mit Briefen, einigen Fotos, einem Flugzeug aus Salzteig, einer Halskette aus Muscheln, einem Silberlöffel, einer Kindersonnenbrille. Auf einem gefütterten Umschlag stand ihr Vorname. Sie nahm ihn an sich, roch daran, öffnete ihn und begann zu lesen.

Und während sie las, formten sich die Erinnerungsfragmente endlich zu der Geschichte …

Sie ging zu dem Bett, legte sich darauf und las immer wieder die letzte Seite, auf der es hieß:

… So schließt sich die Geschichte über deinem Lächeln und der Zeit einer Abwesenheit. Ich sehe noch deine Finger auf dem Klavier meiner Kindheit. Ich habe dich überall gesucht, selbst anderswo. Ich habe dich gefunden, und wo immer ich bin, schlafe ich in deinen Blicken. Dein Körper war mein Körper. Beide Hälften fügten sich zu einer Verheißung zusammen; gemeinsam waren wir unsere Zukunft. Ich weiß fortan, dass die verrücktesten Träume mit der Feder des Herzens geschrieben werden. Ich habe dort gelebt, wo die Erinnerungen zu zweit geformt werden, fern von allen Blicken, in jenem Geheimnis, über das du noch heute herrschst.

Du hast mir gegeben, was ich mir nicht habe vorstellen

können, eine Zeit, in der jede Sekunde mit dir in meinem Leben sehr viel mehr zählt als alles andere. Ich kannte Dörfer, doch du hast eine Welt erfunden. Wirst du dich eines Tages erinnern? Ich habe dich geliebt, wie ich nie geglaubt hätte, lieben zu können. Du bist in mein Leben getreten, und plötzlich war Sommer.

Ich empfinde weder Zorn noch Bedauern. Die Augenblicke, die du mir geschenkt hast, haben einen Namen: Entzücken. Sie tragen ihn noch immer, sie bestehen aus deiner Ewigkeit. Selbst ohne dich werde ich nie mehr allein sein, weil du irgendwo existierst.

Arthur

Lauren schloss die Augen und drückte das Papier an sich. Sehr viel später fand sie endlich den Schlaf, der sich nachts nicht hatte einstellen wollen.

Es war Mittag, goldenes Licht drang durch die Fensterläden. Die Reifen eines Wagens knirschten auf dem Kies vor dem Tor. Lauren zuckte zusammen und machte sich rasch auf die Suche nach einem Versteck.

»Ich hole den Schlüssel und mache dir auf«, sagte Arthur und öffnete die Beifahrertür des Saab.

»Soll ich nicht lieber gehen?«, schlug Paul vor.

»Nein, du weißt nicht, wie der Fensterladen geöffnet wird; es gibt da einen Trick.«

Paul stieg aus dem Wagen, machte den Kofferraum auf und holte den Werkzeugkasten heraus.

»Was hast du vor?«, fragte Arthur.

»Ich schraube schnell das Schild ›Zu verkaufen‹ ab, es stört nur die Sicht.«

»Eine Minute, bin gleich zurück und öffne dir«, sagte Arthur und entfernte sich.

»Lass dir nur Zeit!«, rief Paul, einen Schraubenzieher in der Hand.

Arthur schloss das Fenster und ging den großen Schlüssel aus dem schwarzen Köfferchen holen. Er öffnete die Tür des Wandschranks und fuhr zusammen. Eine kleine weiße Eule starrte ihn an, die Augen hinter einer Kindersonnenbrille verborgen, die Arthur sofort erkannte.

»Ich glaube, sie ist geheilt und wird nie mehr Angst vor dem Licht haben«, ertönte eine schüchterne Stimme, verborgen im Dunkel.

»Das will ich gerne glauben; ich habe die Sonnenbrille früher getragen. Man sieht wunderbare Dinge in Farbe darin.«

»Scheint so!«, erwiderte Lauren.

»Ich will nicht indiskret sein, aber was treiben Sie beide da?«

Sie machte einen Schritt nach vorn und trat aus dem Schatten. »Was ich Ihnen sagen werde, ist nicht leicht zu verstehen und unmöglich zuzugeben, aber wenn Sie unsere Geschichte hören wollen, wenn du mir vertrauen willst, vielleicht glaubst du mir am Ende dann, und das ist sehr wichtig, denn jetzt weiß ich es: Du bist der einzige Mensch auf der Welt, mit dem ich dieses Geheimnis teilen kann.«

Und Arthur trat endlich in den Schrank …

Epilog

Paul und Onega bezogen an Weihnachten eine Wohnung an der Marina.

Mrs. Kline gewann die Bridge-Meisterschaften der Stadt und im nächsten Sommer die des Staates Kalifornien. Sie hat Poker spielen gelernt, und zum Zeitpunkt, da diese Zeilen geschrieben werden, tritt sie im Halbfinale gegen den Vorjahressieger in Las Vegas an.

Professor Fernstein starb in einem Hotelzimmer in Paris. Norma brachte seine sterblichen Überreste in die Normandie und setzte sie neben dem Grab seines im Juni 1944 gefallenen Onkels bei.

George Pilguez und Nathalia haben in einer Kapelle in Venedig geheiratet. Beim anschließenden Essen in einer wunderbaren kleinen Trattoria saßen sie, ohne es zu wissen, am Nebentisch von Dr. Lorenzo Granelli. Sie befinden sich noch auf einer langen Europareise. Das Kommissariat des siebten Bezirks soll kürzlich eine Postkarte aus Istanbul erhalten haben.

Miss Morrison ist das unglaubliche Unterfangen gelungen, Pablo und einen weiblichen Jack Russel Terrier zu paaren, der sich allerdings nach der Geburt der Jungen als Foxterrier herausstellte.

Betty ist immer noch Oberschwester in der Notaufnahme des San Francisco Memorial Hospital.

Was Arthur und Lauren angeht, so haben sie gebeten, nicht gestört zu werden …

Für eine gewisse Zeit …

Dank

an Nathalie André, Claire Barsacq, Kamel Berkane, Patrice Binet-Descamps / Prince Maurice, Antoine Caro, Dr. Delalande, Dr. Lefevre, Dr. Hervé Raffin, Dr. Tarragano, Dr. Philippe Bouron, Marie Drucker, Guillaume Gallienne, Sylvie Gendron, Emmanuelle Hardouin, Marc Kessler, Katrin Hoddap, Asha Last, Kerry Glencorse, Claudine Guérin, Nadia Jaray, Raymond und Danièle Levy, Lorraine Levy, Florence de Montlivaut, Pauline Normand, Marie-Ève Provost, Roseline, Manon Sbaïz, M. Zambon;

an Nicole Lattès, Leonello Brandolini, Serge Bovet, Anne-Marie Lenfant, Lydie Leroy, Aude de Margerie, Élizabeth Villeneuve, Joël Renaudat, Arié Sberro und das Team der Éditions Robert Laffont,

Philippe Guez

und

Susanna Lea und Antoine Audouard.